KB048498

2024 봄 | 통권 제 81호

표지 일러스트 ⓒ EOM JU 〈쌍둥이−남자/ 디지털 드로잉 2022〉

킬러 쌍둥이가 있다면 어땠을까 하는 생각에서 시작한 디지털 드로잉이다. 머리가 긴 사람은 남성이고, 짧은 쪽이 여성이다. 보색 대비가 잘 보이도록 의도하였고, 어떤 이야기가 있는지 보는 사람으로 하여금 여러 가지 이야기가 나올 수 있는 요소를 넣었다. 방금 일을 마치고 앉은 듯한 자세가 거울처럼 포개져서 두개를 동시에 두고 보면 의외의 재미가 있다.

EOM JU_작가, 상업 일러스트레이터. 이야기를 만들고 그림으로 옮기는 일을 업으로 삼았다. 대학에서 공간디자인과 서양화를 공부했고, 다수의 개인전시와 그룹전시, 출판 및 상업 일러스트 작업을 했다. 쓴 책으로는 《악몽수집가》가 있고, 그림으로 참여한 《사랑을 한다는 건》 등의 책이 있다. @eomju_

계간 미스터리
2024 봄호

2024년 3월 15일 발행 통권 제81호
발행인 이영은
편집장 한이
편집위원 윤자영 조동신 홍성호 박상민 김재희 한수옥
교정 오효순
홍보마케팅 김소망
디자인 조효빈
제작 제이오
인쇄 민언프린텍
발행처 나비클럽
등록번호 마포, 바00185
등록일자 2015년 10월 7일
출판등록 2017. 7. 4. 제25100−2017−0000054호

주소 (04031) 서울 마포구 동교로22길 49, 2층
전화 070−7722−3751 팩스 02−6008−3745
메일 nabiclub@nabiclub.net
홈페이지 www.nabiclub.net
페이스북 @nabiclub
인스타그램 @nabiclub
ISSN 1599−5216
ISBN 979−11−91029−93−2 03810

2024 봄호를 펴내며

문학평론가 선우은실 님의 글을 읽다가 최근 저의 고민과 맞닿아 있는 문장을 발견했습니다.

"문예지는 기획 과정에서 '문학에 대한 해석적 태도'를 필연적으로 요청받는다. 잡지의 구성은 필자 섭외의 공정성의 문제 이전에 '문학'에 대한 기획자의 가치 판단이 개입된 결과라는 측면에서 그들이 '문학'과 '잡지'를 무엇이라 이해하고 있는지를 보여준다."[1]

위의 말처럼 선언문을 낭독하는 거창한 퍼포먼스는 없어도, 《계간 미스터리》에 어떤 작품을 싣고, 누구를 신인상으로 선정하고, 무슨 주제의 평론을 실을 것인지 결정하는 모든 행위에 일종의 '가치 판단'이 들어갈 수밖에 없습니다. 따라서 매호 독자들에게 선보이는 《계간 미스터리》는 편집진이 생각하는 한국 추리소설의 방향성과 미래에 대한 고민의 결과물입니다. 그것이 독자들에게 어떻게 받아들여질지는 또 다른 문제이니, 두렵고 떨리는 마음으로 지금 최선이라고 생각하는 결과물을 내놓습니다.

이번 호 특집은 일요신문 김태현 기자의 〈인스타그램 주식 여신〉입니다. 고급 차와 별장, 샤넬과 루이비통, 아이 엄마라고 보기 힘든 미모와 몸매를 인스타그램에 과시하며 '주식 여신'으로 불리던 한 여인의 성공과 몰락에 관한 이야기가 생생하게 그려집니다. 그녀가 인스타그램에 게시한 여신의 이미지는 가족을 비롯해 수많은 사람을 투자 사기로 끌어들여 쌓아 올린 허상이었고, 결국 '범죄자가 처벌받아도 범죄 피해는 회복되지 않는' 악순환을 되풀이합니다.

신인상으로 서동훈의 〈사이버 니르바나 2092〉가 선정되었습니다. 다양한 SF의 설정을 활용한 미스터리로서 충실한 세계관, 매력적인 캐릭터, 매끄러운 대사 처리, 작품 기저에 흐르는 부패한 종교와 정치의 결탁이라는 주제의식이 좋은 평가를 받았습니다. 단편으로 담기에는 너무 많은 설정이 몰입을 방해한다는 평도 있었습니다만, 오히려 앞으로의 풍성한 작품을 가능하게 하는 넉넉함으로 받아들였습니다.

미스터리 장르의 확장을 꾀하며 다양한 작품을 실었습니다. 나연만의 〈가을의 불안〉은 '가을'이라는 계절의 이름을 가진 화자가 가슴에 돋아난 멍울의 조직 검사 결과를 기다리는 시간 동안, 가정폭력의 희생자인 소년을 만나면서 겪는 불안한 심리를 섬세하게 그리고 있습니다. 여실지의 〈Plan B〉는 전작인 〈호모 겔리두스〉의 프리퀄에 해당하는 작품으로, 최초의 겔리두스 정용준을 둘러싼 비밀이 밝혀지는 과정을 통해, 아무리 뛰어난 기술도 결국 인간 마음의 조종을 받는다는 사실을 섬뜩하게 보여줍니다. 무경의 〈낭패불감狼狽不堪, 이러지도 저러지도 못하고〉는 작가가 심혈을 기울이고 있는 '악마 연작' 중 한 편으로 군사독재의 서슬이 퍼렇던 시절 심문관과 피의자로 만난 사람들 사이에서 말 몇 마디로 영혼을 타락의 구덩이로 몰아넣는 악마를 통해, 인간이 얼마나 취약한 존재인지 여실히 드러냅니다. 신성치의 〈누운 사람〉은 일종의 힐링 미스터리라고 할 수 있습니다. 술에 취해 골목에 누워 잠든 한 남자가 자신도 모르는 사이에 죽을 고비를 넘기는 상황을 통해 따뜻한 메시지를 전

합니다. 특별 단편으로 존 마틴 레이히의 〈아문센의 텐트에서In Amundsen's Tent〉를 번역해 실었습니다. H. P. 러브크래프트의 〈광기의 산맥At the Mountains of Madness〉과 존 W. 캠벨 주니어의 〈거기 누구냐? Who Goes There?〉보다 앞선 작품으로, 코스믹 호러 cosmic horror의 태동을 알린 작품입니다.

이번 호부터 문학평론가 박인성 교수의 〈한국 미스터리를 읽는 4가지 키워드〉 연재가 시작됩니다. 첫 번째 주제는 〈로컬리티와 미스터리〉로 미스터리 장르의 황금기부터, 사생활이 보장되는 장소로서의 저택과 타인의 침입이라는 주제가 어떻게 긴장감을 유발했는지, 최근 한국 미스터리에서 시골이라는 공간이 어떻게 활용되고 있는지 명징하게 분석하고 있습니다. 인터뷰는 역사 미스터리 《설자은, 금성으로 돌아오다》의 정세랑 작가를 만났습니다. 최소 열 권의 설자은 시리즈를 발표하고 싶다는 작가가, 어떻게 소재를 찾고 작품으로 발전시키는지 쌈지에 감춰두었던 다양한 비결을 솔직하게 꺼내놓았습니다. 쥬한량은 스페인 미스터리 영화 〈인비저블 게스트〉를 리메이크한 한국 영화 〈자백〉의 장점 및 단점을 분석하는 글을 실었습니다.

앞에서 우리가 제시하는 방향성이 독자들에게 어떻게 받아들여질지는 또 다른 문제라고 말씀드렸습니다만, 수용자인 독자들의 적극적인 피드백과 반응을 바라는 마음에 '《계간 미스터리》에 대한 의견을 보내주세요'라는 공고를 냈습니다. 한국 미스터리의 미래를 함께 만들어갈 독자들의 많은 참여를 기다리고 있겠습니다.

– 한이·계간 미스터리 편집장

---

1 선우은실, 《시대의 마음》, 문학동네, 364쪽.

차례

인스타그램 주식 여신

김태현/팩트스토리

'No pain, No gain.'

'돈으로도 살 수 없는 것이 사실상 제일 가치 있는 것이리라.'

투자전문가 주제한(가명)은 어처구니없다는 감정이 떠올랐다. 2021년 6월 주제한은 여우비(가명)가 자신의 인스타그램에 적어놓은 글을 보고 있었다. 이 글귀가 누구보다 돈에 집착하는 사람이 써놓을 말은 아니라는 생각이 들었다. 2021년 5월 16일 여우비는 주식투자 오프라인 강의를 시작했다. 1인당 1회 네 시간의 강의 수강료로 회당 330만 원을 받았다. 더 큰 돈을 벌고 싶은 사람들은 기꺼이 이 유료 강의를 신청했다. 여우비는 '주식 여신'으로 통했다.

'주식 여신'을 지켜보는 남자가 있었다. 30대 중반의 주제한은 명문대를 졸업해 회사를 다니기도 했지만, 한계를 느껴 주식 개인투자자로 뛰어들었다. 주식투자에서 한계를 느끼다 우연히 좋은 스승을 만나 큰돈을 쥘 수 있었다.

그런 그가 보기엔 소위 '투자전문가' 업계는 혼탁하다 못해 더러웠다. 돈이 걸려 있는 분야인 만큼, 명성 있는 주식 전문가가 되면 강의 등으로 돈을 쓸어 담을 수 있기 때문이다. 한국에 소위 '개미투자자'라고 불리는 개인투자자는 코로나 사태를 지나며 급격히 늘어 2023년 약 1400만 명을 넘어섰다. 2020년 기준, 개인투자자의 매수 대금과 매도 대금은 각각 4387조 원, 4323조 원에 이른다. 좋은 강연이라고 하면 수백만 원을 결제하는 사람도 적지 않았다. 강연으로 돈을 벌고 싶은 사람이라면, 포토샵으로 수익률을 조작해서라도 전문가 업계에 들어가고 싶어 했다.

주제한 자신이 주식으로 큰돈을 번 주식 전문가였다. 그는 차트와 호재를 분석해 짧게 며칠 정도 보유했다가 수익률에 도달하면 팔고, 손실이 발생하면 손절매를 하는 단기 매매와 스윙 매매를 중심으로 수십억 원을 벌었다. 주제한이 보기엔, 강연하는 '투자전문가' 중 80퍼센트, 어쩌면 90퍼센트가 주식으로 돈을 벌지 못해서 전문가라고 말할 수 없는 사람이었다. 주제한은 이들 중 포토샵 사기꾼이나 전문가를 사칭하는 사람을 집어내고 그렇게 판단한 이유를 영상에 담기 시작했다.

'전문가는 전문가를 알아볼 수 있다'고 주제한은 생각했다. 그가 전문가가 아니라고 판정한 사람은, 실제로 실력이 없는 투자자로 밝혀진 경우가 많았다. 주제한은 평소 '전문가도 아닌 놈들이, 전문가랍시고 강연하고 거들먹거리는 걸 보면 화가 난다'고 말해왔다. 주제한은 말하자면 '가짜 전문가 감별사'였다.

그런 주제한은 여우비에 관심이 많았다. 유튜브를 시작한 이유도 여우비 때문이었다. 주제한에게 주식 '스승'이 있었다. 주제한이 존경하는 주식 스승은 여우비와 인스타그램에서 알고 지내는 사이였다. 스승의 인스타그램 지인이기에 주제한은 2018년 여우비의 인스타그램을 팔로잉하고 '눈팅'해왔다. 그러다 스승이 지병이 생겼고, 힘든 투병 생활 기간에 여우비가 자주 연락을 해오기 시작한다. 여우비는 스승이 힘들 때 매일 밤 몇 시간씩 통화를 하며 위로해주고 공감해주었다. 주제한은 대단한 실력을 가진 스승이 여우비 같은 '가짜'와 친하다는 게 도저히 이해가 가지 않았다.

여우비는 주식하는 사람들에겐 꽤 알려진 계정이었다. 여우비는 매일 하루도 빠짐없이 300만에서 많게는 수천만 원 수익을 찍은 매매 성과를 올렸다. 업계에서는 실력과 자제력이 대단하다고 소문이 났다.

'요즘 참 아귀가 안 맞네. 일할 타이밍에 나갈 일이 생기께.'

2017년 5월 10일 여우비는 하루 수익 152만 원을 인증하면서 이렇게 포스팅했다. 2017년 6월 22일 '이번 달은 대만 다녀오고, 부산 다녀오고'라면서 129만 원의 일일 수익을 공개했다. 편하게 놀러 다니면서 하루 100만 원 정도는 쉽게 버는 투자전문가. 이런 이미지와 모습이 여우비의 인기 요인이었을지도 모른다.

실력 말고 외모도 있었다. 아니, 인스타그램에서는 외모도 실력이었다. 여우비는 '인스타 주식 여신', '주식하는 아줌마' 등으로 불리며 인기를 끌었다. 2021년 당시 서른다섯 살이던 여우비는 몸매가 드러나는 옷이나 달라붙는 의상을 입은 사진을 종종 인스타그램에 올렸고, 아이 엄마라고 보기 힘든 미모와 몸매로 주목받았다. 팔로워들은 그녀가 포르쉐나 2억 원 상당의 BMW i8에서 하차하는 사진에 연신 '좋아요'를 눌렀다.

제주도 별장, 포르쉐, 샤넬, 루이비통.

여우비가 자신의 소셜미디어에 올린 명품 가방이나 액세서리 이미지들이다. 2020년 11월 30일 여우비는 '몇 번이나 놀러갈지는 모르겠지만…'이라며 별장 사진을 올렸고, 이에 약 1500개의 좋아요가 달렸다. 여우비의 팔로워는 2만 6000명 수준이었지만 '좋아요'는 1000개에서 2000개 가까이 찍힐 정도로 열성 팬덤을 확보하고 있었다.

여우비는 자신의 인스타그램에 '현역 때 모니터 세 개에 차트 열두 개를 돌리며 스캘핑(초단타매매)을 했다', '12년 동안 이 바닥에 있고 현역 때 부티크나 VIP 관리도 해보았다'는 글을 게시해 '여의도 부티크' 출신으로도 알려졌다. '여의도 부티크'란 증권사나 자산운용사 출신 인력 3~5명이 한 조를 이뤄 자산가의 돈을 운영하는 사무실의 일종이다. 미신고 영업을 하는 곳도 많아 정확한 추산은 어렵지만 약 300곳 이상의 부티크가 있다는 소문이 돈다.

'단 하루도 잃지 않는 투자자', '정확한 주식 진입 시점으로 손절매도 없다'는 얘기로 인기를 끌었다. 여우비는 가족과 아이들까지 공개해서 믿음을 사기도 했다. 설마 거짓이면 애들까지 동원하겠냐는 시각이 지배적이었다. 특히 여우비는 주부들 사이에서 인기가 많았다고 한다. 여우비에게 투자했던 한 피해자는 내게 "애 키우는 '아줌마'도 주식으로 큰돈을 벌 수 있다는 걸 보여줬다", "명품 옷을 입고 고급 수입차를 타고, 관리를 받는 모습이 부러웠다"고 말했다.

2023년 주제한이 공개한 영상을 보면, 2021년 초 여우비는 스승에게 '너무 큰 돈은 굴리기 힘들다'면서 7억 원 투자를 권유했다. 자신에게는 7억 원이 소액이라는 의미였다. 여우비의 실체를 의심하던 주제한과 주변 사람들은 스승을 뜯어말렸다. 주제한은 "'7억 원을 다른 곳에 투자해줄 돈이 없다'고 하고, 그때도 위로 전화가 오는지 보자"고 말했다. 여우비가 스승에게 걸던 전화가 뜸해졌다.

그로부터 몇 달 뒤인 2021년 5월 여우비가 스승에게 다시 연락을 해왔다. 여우비는 자신이 투자 강연을 시작했는데 들으러 오라고 하면서, 다시 투자를 권유하기 시작했다. 주제한은 "330만 원도 말이 안 되는데 진짜 돈에 환장을 했구나. 그래서 유튜브를 개설하고 여우비를 저격하기 시작했다"고 훗날 회고했다.

주제한은 내게 여우비가 의심스러웠던 이유를 다음과 같이 말했다.

"저점매수, 고점매도를 매번 할 수 있는 사람은 전 세계에 단 한 명도 없어요. 특히 여우비가 손대던 거래량 없던 종목들로는 더 힘들어요. 하루도 손실을 보지 않고 다년간 꾸준히 수익을 낸다는 게 말이 되나요. 특히 유명 트레이더라면 당연히 PC로 거래하는데 여우비는 모바일로만 거래한다는 것도 터무니없어요. 100퍼센트 사기라는 결론을 내렸죠."

2021년 5월 16일부터 시작한 고액 강연도 마음에 걸렸다. 여우비는 원래 강연을 하지 않기로 유명했다. 대부분 전문가는 자신의 이름을 알린 다음 강연을 시작한다. 투자 업계에서 강연은 리스크 없이 큰돈을 벌 수 있는 기회이기 때문이다.

주제한은 스승을 속인다는 생각에 여우비를 도저히 가만둘 수 없었다. 여우비의 실체를 드러내야겠다고 마음먹었다. 주식 전문가 B씨는 사석에서 내게 이렇게 말한 적이 있다. "매일 리스크 투성이인 주식시장에 있다 보면, 안정적으로 돈을 벌 수 있는 강연이란 게 참 매력적으로 다가옵니다. 돈이 부족해서 강연하는 게 아니라 안정적인 돈줄 하나 잡고 싶은 게 사람 마음이더군요."

여우비는 그런 전문가들과 달리 처음에는 강연을 하지 않았다. 오히려 강연에 비판적인 입장이었다. "강연하는 사람이 얼마나 잘하는 사람인지 수준은 알고 배우냐. 시간이 지나서 알고 보면 진리는 근본적이고 본질적인 내용이다. 그걸 돈 받고 가르치라면 난 못한다." 여우비가 2021년 2월 인스타그램에 올린 글이다.

그러던 여우비가 갑자기 태도를 바꿔 2021년 3월 '주식 강의를 하면 어떨까'라고 글을 게시했다. 그리고 돌연 그해 5월부터 강연을 시작한다고 발표했다. 액수도 터무니없었다. 단 한 번 네 시간 강연을 듣는데 비용은 330만 원. 당시 일반적인 주식 강의는 한 달에 걸쳐 진행하고 80만 원에서 150만 원 정도를 받는 경우가 많았다. 강연은 온라인을 통해 반복해서 들을 수도 있다. 그런데 여우비 강연은 녹음, 녹화조차 못하게 했다.

1회에 70명 강연으로 여우비는 네 시간 만에 2억 원이 넘는 돈을 벌게 됐다. 그럼에도 매진이 계속되고 있었다. 수강생은 개미투자자, 직장인, 주부 등 평범한 사람들이었다. 이들은 단 한 번의 강연으로 큰돈을 버는 비법을 알아낼 수 있다는 마음에 수강했다. 혹은 강연을 들어야만 들어갈 수 있는 여우비의 텔레그램 커뮤니티 입장을 위해서 큰돈을 낸 사람도 있었다.

주제한은 1회성 강연료가 330만 원이라는 걸 납득하기 어려웠다. 주제한은 여우비를 계속 지켜봤다. '인증 요구'가 무기였다. 여우비가 자기가 했던 말처럼 전문가로서 최소한의 수준을 인증하길 바랐다. 여우비가 인증 못하는 모습을 보면 스승이 그녀에 대한 믿음을 철회하리라고 생각했다. 주제한은 2021년 6월 19일 여우비에게 진실을 요구한다는 영상을 올렸다.

"모바일로만 매매하면서 어떻게 하루도 손실이 나지 않을까요. 기라성 같은 고수들은 마인드, 시황, 호가창, 차트, 거래대금 다섯 박자를 강조하는데, 이를 무시하고 차트만 강조하는 여우비 씨. 이제는 의심이 점점 커지고 있습니다. 최근 평소 비판하던 강연까지 시작했는데, 주식을 좀 아는 분들은 1회 네 시간 강연으로 의미가 없다는 걸 잘 아실 겁니다. 여우비 씨가 떳떳하다면 자신이 말한 것처럼 강연이 들을 만한 수준인지 알 수 있게 공개해주세요. 지난 수년 동안 사진으로 일별 수익을 공개해오던 것을 동영상으로 월별로 공개해주세요. 공개해서 수익을 내온 게 맞다면 1000만 원을 드리겠습니다."

주제한은 어쩌면 여우비에게 복수의 계좌가 존재할지 모른다고 추정했다. 주식으로 치면 여러 종목을 샀다가 수익이 나는 계좌만 공개하면 된다. 선물 거래일 경우 '양방매매'라고 불리는 방식으로 롱, 숏 두 방향 중 하나만 맞으면 수익금이 찍히니까, 잘된 쪽만 캡처해 공개하는 방식이다. 그리고 대중은 그 수익률에 열광한다. 계좌 수익을 인증하겠다면서 계좌를 공개할 때 사기꾼들이 흔히 쓰는 수법이다. 만약 복수의 계좌를 돌려 수익 나는 쪽만 공개하는 방식이라면 월별 합산 수익을 공개할 수 없다. 당연히 합산 수익은 공개하던 수익보다 훨씬 적거나 적어도 맞지 않을 것이기 때문이다.

'인증'은 유튜브와 소셜미디어 시대의 증명서다. 이 인증 요구 영상이 게시되자 여우비 팬으로 추정되는 사람들이 주제한의 영상에 악플을 달기 시작했다. 열렬한 여우비 팬들의 믿음은 흔들리지 않고 굳건했다.

"강의 들은 사람들은 가만히 있는데 들어보지도 않은 사람들이 뒤에서 이러는 게 웃기네요. 이것도 마케팅의 일부인지…?"

"아니 수준은 맞춰놓고 들이박아야지. 여우비는 평일에 제주도 별장에서 신선놀음하는데. 실력이 없고 사기면 저게 가능한 삶인가? 평생 의심하고 뒤에서 시끄럽게 떠드세요."

악플만 있던 건 아니다. 팬들 사이에서 다른 목소리도 나오기 시작했다. 여우비를 향한 팬들의 요구도 나왔다. 댓글에는 '간단한 인증을 해주고, 1000만 원을 받아 주제한을 망신 주자'는 얘기도 나왔다. 그런데 어쩐 일인지 여우비는 대응하지 않았다. 매일같이 자신의 수익을 공개하던 여우비가 계좌를 공개하지 않자 의심하는 사람도 나오기 시작했다.

"1분이면 될 일을 절대 안 하는 이유는 뭘까. 그동안 그렇게 수익 자랑질 해 대더니 월별로 동영상으로 인증하라니까 버로우(숨었음)."

"나 같음 자랑하고 싶어서 자발적으로 계좌 깔 것 같은데."

"진심 응원합니다. 저 또한 3년 이상 피드를 보면서 와, 주식의 신이다! 이게 가능하다고!! 라고 감탄만 하고 전혀 의심하지 않았는데 계좌 공개를 안 하는 걸 보니…. 혹시나 하는 의심이 잠시 드네요. 결론적으로 여우비 님께서 멋지게 계좌 공개하고 1000만 원은 사회에 기부하면 영웅 될 수 있습니다. 여우비 님 찐 팬으로서 계좌 공개 응원합니다."

이 영상이 화제가 되면서 과거 여우비를 주목하고 있던 다른 사람들의 제보 메일도 주제한에게 오기 시작했다. 2021년 6월 24일 주제한은 제보 내용을 토대로 '여우비 씨 관련해 많은 제보 감사합니다'라는 추가 영상을 올렸다. 주제한은 이 영상에서 '솔직하게 밝힐 수 있는 마지막 기회를 드리겠다. 스스로 진실을 얘기하지 않는다면 제보받은 자료를 올리겠다'고 엄포를 놓았다.

영상이 공개된 며칠 뒤 여우비는 갑작스럽게 자신의 인스타그램에 수익 인증을 올렸다. 자신의 팬층 사이에서 의심이 퍼져 나가는 걸 견디지 못했던 듯 보인다. 그런데 공개한 계좌는 과거 여우비가 수익을 뽐내던 주식 계좌가 아니었다. 여우비는 난데없는 선물 계좌를 보여주며 3개월 만에 25억 원을 올렸다는 걸 공개했다.

주제한의 '공격'이 이어졌다. 주제한은 선물 계좌를 공개할 거라면 월별 내역이 아닌 일별 수익을 인증하라고 요구했다. 3분도 걸리지 않는 일이기 때문이다. 여우비는 2019년 인스타그램에 공개하던 주식 계좌를 월별로 보여달라는 요구에 '사정상 안 된다'고 했고, 선물 계좌를 일별로 보여달라는 요구에는 명확한 공개를 하지 않았다.

어설픈 계좌 공개였지만, 여우비 팬들은 아직 '주식 여신'을 믿고 싶었다. 혹은 이 사안을 깊이 생각하지 않았던 것 같다. 여전히 주제한의 유튜브에는 조롱과 욕설이 달렸다.

"아니 왜 궁금한 거고, 왜 공개하라는 거예요? 본인 계좌만 신경 쓰면 되지. 혹시 피해를 받은 거 있으면 경찰서에 가세요. 삶이 인증인 분을." 대체로 '관종'이 어설픈 저격으로 괜한 사람 공격했다는 얘기였다.

악플도 있었지만, 수확도 있었다. 이 영상을 올리고 나서 며칠 뒤에 익명의 제보자로부터 '과거 여우비 포토샵 조작하다가 10분 만에 내려간 사진입니다'라는 제목의 메일을 받았다. 제보자는 주제한에게 과거 여우비가 포토샵으로 수익률을 조작하다 종목 코드 일부가 일그러진 사진을 메일로 보냈다. 이 사진을 보고 주제한은 조작이 있었다는 걸 확신할 수 있었다.

드디어 여우비가 반응했다. 주제한이 유튜브에서 공개한 녹취에 따르면, 6월 24일 주제한이 올린 영상을 보고 압박을 느꼈는지, 여우비는 6월 24일 밤 주제한에게 '궁금한 게 많으신가 본데 전화 주세요'라는 제목의 메일을 보냈다. 메일에는 여우비 전화번호가 적혀 있었다.

주제한이 답장을 보내지 않자 두 시간 뒤 여우비에게 재차 메일이 왔다. 메일 내용은 '카더라로 영상을 올렸다가 손해배상을 물 수 있다', '알 만한 법무법인 대표변호사 전부가 내 지인이다. 하실 말 있으면 전화 달라', '사람 입과 말이란 게 내뱉으면 이미 엎질러진 물과 같아서 어떤 결과를 가져오는지 생각을 잘 못하실 거다' 등의 내용이었다.

그렇게 둘의 전화 통화가 시작됐다. 유튜브 녹취를 보면, 통화 내용 초반 여우비는 주제한에게 계좌 인증의 효용이 별로 없다고 말했다.

"계좌 인증, 요즘 조작되는 프로그램 있는 거 아세요? 인증 그거 다 못 믿어요."

여우비는 강연료가 비싼 게 아니란 점도 강조했다.

"30만 원짜리 교육하는 애들보다 더 싸요. 수강생들이 이런 강연은 처음이라고 해요. 강연 듣고 우는 수강생도 있어요. 강연은 한 번이지만, 단체 대화방에서 나가지 않는 한 내가 평생 교육해준다고도 했어요."

"어쨌든 제가 원하는 계좌 동영상 인증은 안 하신다는 거죠?"

여우비는 한숨을 쉬면서 말했다.

"내가 해드려야 돼요? 해서 그럼 전 뭘 얻는 건가요?"

"명예를 얻죠."

"명예요? 누가 그래요? 명예를 얻는다고."

"그래서 안 하신다는 거죠?"

"공개적으로는 못하고 개인적으로 만나서 해드릴게요."

"제가 가겠습니다."

"제가 지금 애들을 걸고 100퍼센트 얘기하는데, 2019년에 매매했던 주식 계좌가 내 계좌가 아니에요. 그것 때문에 인증을 안 하는 거예요. 내가 그분 공인인증서를 받아 매매했다고요. 여의도 부티크에서 계약 기간이 있어서 그렇게 했어요. 불법이지만 내가 매매해 인스타그램에 올린 건 맞다니까요."

그렇게 시작된 통화는 몇 차례에 걸쳐 계속됐다. 여우비는 이런저런 이유를 들며 계좌 공개를 꺼렸다. 세 번째 통화에서 여우비는 "주식 계좌를 한 사람이 아닌 세 사람 계좌를 빌려서 썼다"고 말하기도 했다. 주제한은 '그럼 세 개 휴대전화를 앞에 두고 일평균 일곱 개가량 종목에서 스캘핑을 하고 있다는 얘기인데, 그건 더 말이 안 된다'고 생각했다.

3차 통화 이후 또다시 주제한과 여우비의 통화가 시작됐다. 이 전화에서 여우비는 거의 우는 목소리로 일방적인 요구를 했다고 전해진다. 주제한은 녹취 내용을 공개한 유튜브에서 "이 통화는 유튜브에 도저히 올릴 수가 없다. 여우비는 거의 우는 목소리로 '구설에 오르기 싫다. 이 상황이 지속되면 개인적인 사정 때문에 큰일 나는 상황이다. 일을 더 키우지 말아달라. 마무리하자'고 일방적인 요구를 했다"고 덧붙였다.

주제한은 황당했다. 여우비는 교묘한 계좌 공개로 여론을 돌리더니, 이제 와서 그만두자고 눈물로 호소하고 있다. 참을 수 없는 모욕감을 느꼈다. 결국 주제한은 7월 1일 '여우비 님, 거짓말은 거짓말을 낳습니다'라는 영상을 올렸다. 이 영상에는 그동안 여우비가 했던 거짓말들을 공개했다. 제보를 통해 받은 포토샵 흔적도 이 영상에서 공개됐다. 특히 그동안 '내 계좌가 아니라서 공개를 못한다'는 말과 달리 인스타그램에 공개했던 주식 계좌 번호를 통해 계좌 주인이 여우비 본인이 맞는다는 것을 드러냈다.

이 영상 공개가 결정적이었다. 여우비를 열렬히 지지하던 커뮤니티에서도 난리가 났다. 주제한이 누군지는 잘 모르지만, 여우비에게 거액을 맡겨놓은 사람들은 뭔가 잘못된 것 아닌가 하는 생각에 걱정이 들기 시작했다. 여우비가 제대로 계좌를 공개하지 않는 모습도 납득하기 어려웠을 것으로 추정된다.

7월 2일 결국 여우비를 도와 커뮤니티를 운영하는 운영자급 몇 명이 집으로 찾아갔다. 이들은 여우비에게 휴대전화를 제대로 보여달라고 했고, 이들이 본 실제 계좌는 충격적이었다.

'순손익 한화 -17억 원.'

계좌에는 수익은커녕 17억 원을 날렸다고 기록돼 있었다. 그동안 올린 거래 내역은 모두 조작이었다. 이들은 충격을 받고 거래 내역을 찍어 그대로 커뮤니티에 올려버렸다.

7월 2일 오후 10시 25분 여우비 텔레그램 방 운영자 C씨는 "지금까지 확인한 사실을 말씀드리겠다. 저희 스태프 오늘 진실 및 사태 파악을 위해 오전부터 대구에 내려왔다. 잠시만 기다려달라. 오늘 와서 알아낸 결과, 우리도 눈앞에서 확인한 계좌 올려드린다"면서 여우비 주식 계좌를 찍은 영상을 공개했다.

또 다른 운영자 D씨는 텔레그램에 "우리는 여우비를 믿고 세미나를 무보수로 도왔다. 계좌를 오픈한 결과는 위와 같다. 저희도 피해자로서 지금 고소를 하려 한다. 여우비 님께 현재 입장을 요구했다"고 말했다. 이 말이 끝나고 약 7분 뒤 C씨는 "여우비 님이 입장 표명을 한다면서 계좌 영상 삭제를 요청해 삭제했다"고 말했다.

그날 10시 56분 여우비는 "저희 아이들에게만 비난하지 말아주세요. 그것만 부탁드릴게요. 세미나 내용은 버리지 마세요. 그거 되실 거예요. 너무 늦게 완성됐지만 그건 맞으니까 꼭 계속 파보세요"라고 말했다.

이 사건으로 커뮤니티는 그대로 붕괴됐다. 피해자들은 여우비를 비난하고 언론에 제보하기 시작했다. 사건은 빠르게 전개되었다. 주제한이 쏘아 올린 공이 시발점이 됐고, 이제는 그 분노가 알아서 굴러갔다. 훗날 2023년에 올린 회상 영상에서 주제한은 "스승에게 여우비는 지인 몇 명의 돈을 굴려주고 있다고는 했지만, 그런 대대적인 폰지를 하고 있을 줄은 상상도 못했습니다"라고 말했다.

7월 3일 토요일 주제한은 '여우비 제2의 조희팔로 밝혀지다'라는 내용의 영상을 올렸다. 여우비가 주식 고수가 아닌 폰지 사기꾼이라는 내용이었다. 이후 주제한에게 피해 제보가 쏟아져 들어왔다.

경찰도 움직이기 시작했다 7월 초 경찰은 주제한에게 연락해 수사하고 있다는 사실을 알렸다. 대구지방경찰청 지능경제팀에서 여우비에 대한 인지수사가 시작됐다. 주제한의 영상이 시발점이 됐다. 여우비의 실체가 밝혀진 이후 피해자들의 고소가 이어졌고, 진술이 쏟아졌다.

여우비 피해자 방이 만들어졌는데, 주제한이 들어가니 그를 방장으로 추대

했다. 주제한이 나서서 주말 동안 자신에게 피해 사실을 보낸 사람들만 모아 제대로 된 피해자 방을 만들었다. 주제한은 피해자와 통화하고 피해 사실을 정리해 경찰에 넘겼다. 나중에 주제한은 이 공로로 대구지방경찰청에서 표창장을 받게 된다. 7월 5일 경찰 조사에 응했던 한 피해자는 "경찰서 가면 온 지능범죄팀이 여우비 하나 파고 있다"고 피해자 모임 단체 카카오톡 방에서 말했다.

경찰 수사가 진행되면서 실체가 드러나기 시작했다. 여우비는 짧은 시간에 강연으로 번 돈이 수억 원에 이르렀지만, 이 피해액은 새 발의 피였다. 알고 보니 여우비가 월 약 5퍼센트 수익을 고정적으로 지급하겠다면서 피해자들로부터 받은 돈이 200억 원 가까이 되었다.

여우비에게 돈을 맡겼다는 사람들이 피해를 호소했다. 주제한도 어쩌면 폰지 사기일 수도 있다는 생각을 언뜻 했지만, 이 정도로 많을 줄 몰랐다. 경찰이 집계하는 피해액이 끝없이 올라갔다.

나중에 법원 판결로 인정된 사기 피해액만 봐도 여우비는 피해자 일곱 명으로부터 약 118억 원을, 피해자 서른여섯 명으로부터 41억 원을 받아냈다. 특히 친척이나 가까운 친구들에게 피해가 집중됐다. 여우비는 대중에게 널리 알려지기 훨씬 전인 2017년 2월부터 피해자들로부터 돈을 받고 있었다. 한 달에 최고 10퍼센트 수익, 연 120퍼센트 수익을 돌려주겠다는 말로 피해자들을 현혹했다고 한다.

친척과 친구들은 여우비에게 돈을 돌려달라고 호소했다. 여우비는 남은 돈이 얼마인지, 돈을 돌려줄 수 있는지도 제대로 밝히지 않았다. 2021년 7월 29일에 공개된 MBN '서치'를 보면, 이들은 여우비의 집 앞까지 찾아가 전화를 걸었고, 만나서 얘기 좀 하자고 말했다.

"나 왔는데 언니 문 좀 열어주세요. 여우비 만나러 왔다고. 지금 집에 있잖아."

"문을 열기는 한다고 하나?"

"열어주겠죠 뭐. 그래도 얘기는 해야 하니까."

"일부분을 책임진다든지 아니면 살면서 갚겠다든지 무슨 말을 해줘야지."

친척끼리 나눈 대화와 달리 여우비는 나온다고도 하지 않았고, 문도 열어주지 않았다. 친척들은 주거침입죄를 감수하고, 담을 넘어 집에 들어갔다. 그나마 친척이니까 혹시 모를 형사처벌에서 참작되리라 각오한 행동이었고, 피해자들

대부분은 그 모습을 지켜볼 수밖에 없었다.

친척들은 담을 타고 넘어갔지만, 여우비를 만나지 못했다. 다만 주거래 계좌 거래 내역 일부를 확보할 수 있었다. 거래 내용에는 수많은 사람의 입금 내역이 있었다. 이렇게 입금된 돈 일부는 증권 계좌로 들어갔고 또 일부는 약속했던 이자 지급을 하는 데 쓰였다. 친척들이 가져온 계좌 내역을 본 피해자들은 탄식밖에 나오지 않았다. 잔고가 0원이었기 때문이다. 거대한 돌려막기가 확인된 순간이었다.

판결문에 따르면 여우비는 2017년 1월 1일부터 2021년 7월 27일까지 주식 거래를 통해 약 25억 원의 손실, 선물 거래를 통해 약 17억 원의 손실을 봤다. 이 기간에 거래를 통해 날린 손실만 약 42억 원이었다. 여우비가 받아낸 돈 약 160억 원은 투자 손실, 신용카드 대금, 은행 대출 이자 등에 쓰였다.

"돈을 받아서 해외 선물 증권 계좌로 다 들어갔네. 돈 받아서 결국 자기 노름을 한 거네. 노름으로 다 날렸네."

7월 5일 영상을 통해 주제한은 이제 여우비 사건에서 손을 떼겠다고 밝혔다. 이미 알 만한 사람은 다 여우비의 실체와 만행을 알게 됐다. 피해자 방도 잘 만들어졌다. 주제한은 자기가 할 일은 다 했다는 생각이 들었다. 여우비의 주변 사람들과 엮이기 싫었던 이유도 있었다. 주제한은 "남은 일은 이제 경찰이 여우비의 자금을 추적하는 것이고, 그건 자기가 할 수 없는 일이다"라고 설명했다.

유튜브나 단체 채팅방, 메일을 통해 느끼는 여론도 전부 긍정적이진 않았다. 주제한 덕분에 여우비의 정체가 드러나면서 그에게 고마움을 표하는 사람도 있지만, 모두 그랬던 건 아니다. '왜 이렇게 나대냐'며 욕을 하는 경우도 꽤 있었다. 여우비에게 돈을 맡겨놓았던 사람 중, '주제한이 들쑤셔서 폰지 사기(다단계 돌려막기)가 막 내렸다. 어쩌면 그가 아니었다면 나까지는 돈을 돌려받을 수 있지 않았을까'라고 생각하는 사람도 있었다.

주제한은 떠났지만, 피해자들의 폭로는 이어졌다. 그 와중에도 여우비는 돈을 구하기 위해 동분서주했다. 여우비는 주변 지인에게 아이를 걸고 호소하기도 했다. 7월 5일 한 피해자가 공개한 여우비와 카카오톡 대화 내용은 다음과 같았다.

"나 믿어요? 전 우리 애들 걸고 약속 지킬 수 있어요. 근데요 정말 저도 진심으로 얘기할게요. 제발 부탁드릴 건데, 빚이고 뭐고 다 갚게 해드릴 수 있어요. 제 계좌로 쏘세요."

여우비는 지금은 어렵지만 재기할 수 있다고, 능력이 있다고 강조하기도 했다.

"나 자신은 알잖아요. 그래요. 저 한 달에 8억 원으로 수익금만 5억 3000만 원 찍었어요."

결국 여우비는 피해자들에게 계좌에 돈이 아예 없다면서 통장을 보여주기도 했다. 여우비는 재기 비용을 달라며 피해자들에게 손을 벌렸다.

"2억 원, 3억 원만 있으면 매매를 통해 제기할 수 있다. 돈을 달라."

그녀는 피해자 돈도 줄 순서가 있다고도 말했다.

"피해액이 100억 원대라고 하는데 절대 그렇게 안 된다. 나도 그 부분을 알지 않다. 사실은 내 마음속에 누구부터 줘야 하는지 기준은 있다."

"그 기준이 뭐예요? 나를 믿어주는 사람?"

"아니요. 진짜 힘든 사람이요. 직장이 있고 월급이 나오는 사람들에겐 미안한데, 내가 천천히 갚아줘도 먹고살 수 있잖아요. 그런 사람은 조금 뒤에 주고 싶고."

이런 얘기가 흘러나오자, 피해자들은 발을 동동 구르기 시작했다. 전 재산을, 은퇴 자금을 맡겨둔 사람이 부지기수였다. 여우비의 말만 믿고 맡겨둔 돈을 받지 못하면 거리로 나앉아야 하는 사람도 있었다.

어떻게든 먼저 받기 위해, 여우비가 갖고 있던 고급 별장, 수입차 등을 확보하기 위해 동분서주하기도 했다. 일부 피해자는 제주도로 날아가 별장을 가보기도 했다. 하지만 피해액에 비해 남은 재산이 거의 없는 데다 명의가 다른 사람인 경우도 있어 큰 소득은 없었다고 전해진다.

피해자들은 여우비만 범죄를 저지른 게 아니라 가족도 한패라고 확신했다. 여우비가 자취를 감추자, 피해자들은 남편에게 돈을 달라고 할 수밖에 없었다. 남편은 자기는 몰랐다며 모르쇠로 일관했다.

피해 규모가 컸고 언론에서 화제가 되어서인지 수사는 급속도로 진행되었다. 사건이 터지고 채 두 달이 안 돼 여우비는 구속됐다. 대구지방경찰청은 2021년 8월 25일 자신에게 투자하도록 돈을 모집한 후 사기 행각을 벌인 혐의(특정경제가중처벌에관한법률 위반)로 여우비를 구속했다. 아내는 구속됐지만 남편은 무혐의 결정을 받았다.

1심 재판에서는 여우비가 했던 거짓말이 더 노골적으로 드러날 뿐, 동정할 만한 사실관계는 나오지 않았다. 여우비가 피해자들에게 변제할 돈은 거의 없었다. 피해자로서 재판을 통해 기대할 수 있는 건 여우비가 엄벌을 받는 것뿐이었다. 재판 과정에서 여우비는 방청객이나 증인으로 나선 친구 쪽을 보지도 않고 눈길을 피했다고 한다.

과거 지인이자 큰돈을 맡겨 막대한 피해를 본 C씨는 재판에 참석해 재판 진행 상황을 공유하기도 하고 피해자들의 의견서를 모아서 제출하기도 했다.

C씨는 여우비와 마지막으로 만났던 장면을 회상했다. C씨는 '구속되기 직전'이라고 기억했다.

"여우비 통장에 500만 원이 있는 걸 보고, 내가 생활고에 시달리는 상황이니 이거라도 달라고 했습니다. 그러자 여우비가 '이거는 애들 때문에 날 죽이더라도 못 준다'고 하더군요. 여우비는 자기 가정을 그렇게 중요하게 여기면서 수많은 남의 가정을 파탄 낸 사람입니다. 그러면서 자신의 사기 혐의조차 부인하는 사람을 엄벌에 처하지 않는다면 이런 한탕주의 범죄가 또다시 발생하지 않는다고 보장할 수 없습니다."

C씨는 2021년 11월 12일 대구지법 1심 첫 공판에 참석해 판사에게 발언 기회를 얻어 이렇게 말하기도 했다.

"판사님. 혹시라도 피고인이 엄마라는 이유로 감형이 된다면 그동안의 인스타그램 피드를 통해서도 알 수 있듯이 거의 매일 밤 애들은 집에 두고 밖에 나가서 동틀 때까지 술을 마시고 여우비는 음주 운전으로 면허 취소를 당했고, 취소된 상태에서도 서너 살밖에 안 된 아이들을 카시트나 안전벨트조차 제대로 채우지 않은 채 운전을 하고 다녔고 인스타그램에 아이들 사진, 영상들로 도배가 되지 않았었습니까? 여우비는 인스타그램에 아이들 사진과 영상으로 도배하면서, 엄마 투자자, 주부 투자자, '엄마도 할 수 있다'는 이미지를 굉장히 강조했습니다 그런데 이런 엄마 투자자 이미지를 팔면서 애들을 이용한 사람이 엄마 자격이 있는가, 여우비가 엄마라는 점이 감형 사유가 될 수 있는지 고려해주시길 바랍니다."

이 말이 끝나자 그때까지 한 번도 쳐다보지 않던 C씨 쪽으로 여우비가 고개를 돌리더니 울며 소리를 질렀다.

"내 아이들은 ○살, ○살이다. 어떻게 그렇게 말할 수 있냐?"

"법적으로 만 7세 미만은 카시트가 의무다. 그걸 지키기나 했냐?"

여우비는 "내가 죽을까"라면서 눈물을 보이며 소리를 지르고, 흥분해 마이크를 뺏어 발언을 하려고 했다. 판사는 '피고인의 태도가 잘못됐다'면서 발언을 막았다.

여우비가 구속되고 약 6개월이 지난 뒤인 2022년 2월 11일에 대구지법 형사12부(부장판사 이규철)는 1심에서 여우비에게 징역 8년을 선고했다. 피해액은 거액을 맡긴 투자자 일곱 명 약 118억 원, 소액 투자자 서른일곱 명이 42억 원으로 집계됐다. 여우비의 강의를 들은 피해자 중 154명이 고소했고, 이들이 입은 피해액도 1인당 330만 원씩 5억 800만 원으로 집계됐다. 실제 강연을 들은 사람은 350명으로 추정돼 여우비가 받은 수강료는 15억 원 이상이었던 것으로 집계된다.

피해자들은 법원에서 인정한 피해액보다 실제 피해액은 더 많다고 생각했다. 여우비는 끝까지 '주식 투자로 수익을 내 피해자들에게 약속한 수익금을 지급할 의사와 능력이 있었다'고 주장했지만, 재판부는 받아들이지 않았다. 피해자들은 막대한 피해액에다 제대로 반성이나 사과도 하지 않는 점을 비춰볼 때 형량이 너무 적다고 생각했다.

판결문에는 여우비의 거짓말이 드러났다. 그동안 얘기해왔던 수익 잔고는 실체가 없었다. 피해자들에게 여의도 부티크에서 근무했다면서 '한 부장'이라는 사람과 대화한 내용도 보여주었는데, 이 내용도 다 만들어낸 것이었다. 부티크 회사에 근무한 적도 없었다.

판결문에 따르면 여우비가 돈을 받아냈을 때 한 말도 거짓말이었다. 2017년 2월 여우비는 피해자에게 전화해 다음과 같이 말했다고 한다.

"나는 초단타로 국내에서 다섯 손가락에 들어가는 고수인데, 주식 차트를 보면 언제 시세가 올라가고 내려갈지 알 수 있기 때문에 확실히 수익을 낼 수가 있다. 가지고 있는 돈도 많아서 물타기를 할 수도 있으니, 손해를 볼 일이 없다. 그러니 나에게 돈을 맡기면 월 7~10퍼센트의 수익을 고정적으로 지급해주고, 원금은 언제든지 원할 때 돌려주겠다."

말과 달리 여우비의 상황은 최악이었다. 당시 여우비는 약 1억 9000만 원 상당의 미수금으로 주식을 매수했지만, 이 대금도 제때 지급하지 못해 이자를 연체하고 있었다. 여우비는 신용카드 대금, 살고 있던 아파트 관리비, 은행 대출 이자에 심지어 자동차 담보 대출을 받은 돈의 이자까지 연체됐다. 법원은 여우비가 투자금을 받더라도 다른 투자자들의 돈을 돌려막을 생각이었을 뿐 피해자에게 약속한 수익을 지급할 의사나 능력이 없다고 판단했다.

그렇게 여우비 사건은 2023년 7월 28일 대법원에서 징역 8년이 확정되면서 마무리됐다. 다만 피해자들에게 돌아오는 건 없었다. 친척이나 가까운 지인이 더 큰 피해를 본 경우가 많았다. 돌이킬 수 없는 피해를 본 사람들은 입을 모아 '도대체 가장 가까운 사람에게 이렇게까지 한 이유를 모르겠다'고 말했다. 그런 궁금증에 돌아오는 대답도, 사과도 없었다.

무엇이 여우비를 이런 행동으로 이끌었을까? 분명하지 않다. 지인과 친척들의 취재를 종합하면, 여우비가 회사에 오래 다닌 경력을 갖고 있거나 부유한 집안 출신인지도 분명하지 않다. '평범한 집안'이라는 말이 취재 과정에서 나왔다. 남편은 식당을 운영한 적이 있다고 알려졌다.

'사기 감별사' 주제한은 여우비 사건 이후 오히려 유튜브를 접으려고 했다. 2023년 5월 영상에 따르면, 주제한은 스승에게 여우비의 실체를 보여주겠다는 유튜브 개설 목적을 달성했기 때문에 이제 그만하려 했다고 한다. 여우비 사건 이후 가짜 전문가를 의심하는 사람들의 제보 메일이 쏟아졌지만, 주제한은 한동안 무시로 일관했다. 주변 지인이 피해를 당한 것도 아닌데 자신이 나설 마음이 들지 않았다. 그러다 받았던 제보 사건 가운데 가짜 전문가 사기 사건 하나가 뒤늦게 크게 논란이 되었다. 주제한은 '제보를 받고 본격적으로 내가 다뤘다면 사기 논란이 터지기 전에 피해자를 구할 수 있었다'는 생각에 '큰 후회로 남았다'고 말했다.

한 피해자가 '이런 걸 다뤄줄 사람이 당신밖에 없는데 왜 숨느냐'고 보낸 메일이 오랫동안 선명하게 기억이 난다고 주제한은 말했다. 그는 유튜브 영상으로 수익 창출을 하지도 않고, 돈 벌 생각도 없었다. 그 시간에 주식 매매에 집중하는 게 훨씬 돈이 되기 때문이다. 그런데 이런 메일과 유튜브 댓글 때문에 결국 주제한은 여우비 사건 이후에도 가짜 투자전문가를 '저격'하는 힘겨운 일을 이어갔다. 주제한은 단타, 단기매매 고수를 사칭하는 사람들 외에도 리딩 사기꾼

저격도 하겠다고 마음먹었다.

범죄자가 처벌받아도, 범죄 피해가 곧바로 회복되는 것은 아니다. 과거 여우비는 투자를 권유할 때 피해자와 이런 얘기를 나눈 적이 있다. 피해자가 "죄송한데 혹시 원금은 제가 필요할 때 찾을 수 있나요"라고 묻자 여우비는 "있어요. 그런 거 아니면 말씀 안 드렸죠. 급하면 제 돈으로 드릴게요. 애 키우는 엄마인데 저 약속 어기는 사람 아니에요. 그렇게 살아오지도 않았고요. 푼돈 욕심도 없어요. 의리상 해주고 싶은데 저도 제 매매 수익이 더 크니까, 지인들에게 내가 보증 서고 하라고 하는 거예요"라고 말했다.

'푼돈 욕심 없다'던 여우비의 재산은 어디로 갔는지 알 수 없다. 2024년 1월 15일, 서울의 낮 최고 기온은 0도다. 한때 주식 여신이라고 불렸던 투자가, 포르쉐를 타고 다니던 여자, 제주도 별장에서 종종 시간을 보내던 두 아이의 엄마, 여우비는 지금 대구교도소에 수감돼 있다.

김태현 가난한 사람이 모은 돈을 사기치는 것은 살인과 다름없다. 사기는 심리적 범죄다. 사기범들이 어떤 식으로 돈을 털어먹었는지, 그것만큼은 기록해두고 싶다. 내가 사기 사건에 집중하는 이유. 2014년 기자 생활을 시작해, 일요신문 사회부에서 근무 중이며 유튜브 채널 '기자왕 김기자'를 운영하고 있다.

팩트스토리 인생과 직업은 스토리로 가득하다. 직업물 범죄스릴러, 실화 모티프 웹툰 웹소설 기획사다. 대표작은 논픽션 《악의 마음을 읽는 자들》이며, 같은 제목의 드라마로 제작되었다.

감각적인 언어로 인간의 내면을 영리하게 포착하는
신인작가 홍선주의 첫 소설집

푸른 수염의 방

홍선주 소설

"미로 같은 인간의 내면을
밀도 있게 직조해내는 감각적인 이야기꾼이다."

—《잘 자요, 엄마》서미애 작가

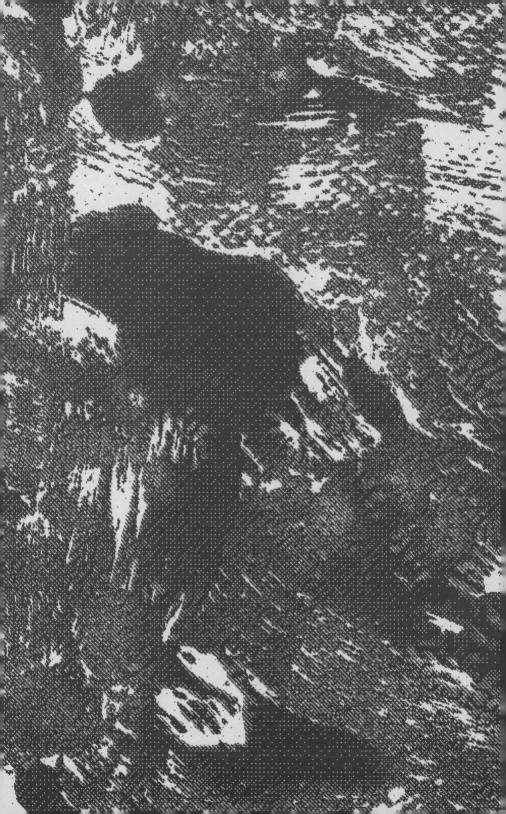

<u>신인상</u>

수상작

사이버 니르바나 2092 ✳서동훈

심사평

수상자 인터뷰

사이버 니르바나 2092

서동훈

"이거 못 지나가겠는데."

[도로교통공단의 실시간 드론 영상입니다. 30분 전과 비교했을 때 시위대의 규모가 늘어난 것이 확인됩니다. 도보로 가는 것을 추천합니다.]

"열반은 자살! 인연은 자해! 무아는 자위!"

"이 시간에 여길 걸어가긴 싫은데."

[뉴스를 보시면 아시겠지만, 이 시위는 사흘 전부터 이어지고 있습니다. 사용자가 매일 밤 게임을 하는 대신 뉴스를 챙겨 보았거나, 귀찮다며 저의 브리핑을 음소거하지 않았다면, 안티 부디스트들이 점거 중인 도로에 자가용을 끌고 나오는 실수는 저지르지 않았을지도 모르지요.]

왓슨의 경쾌한 목소리가 오늘따라 더욱 이죽거리는 듯하다. 나는 손을 홰홰 내저어 녀석이 보란 듯 눈앞에 갖다댄 화면들을 치워버렸다. 밤 10시 반이지만 종로의 대로는 밤을 잊은 채 환하게 북적였다. 차에 갇혀 옴짝달싹 못한 지도 30분째, 의뢰인의 연락을 받은 지는 한 시간이 넘어가고 있다. 의뢰인의 재촉이 없는 게 오히려 입안을 바짝 마르게 했다.

"그래, 다 내 카르마다. 그러니까 그만 긁고 지금이라도 걸어가면 얼마나 걸리는지 계산해주면 안 될까? 유능한 인공지능 조수님?"

"임플란트 규제 반대! 위선자 땡중들은 나가 죽어라!"

[사용자의 현재 위치에서 목적지인 그랜드메사호텔까지 남은 거리는 1킬로미터. 도보로 이동 시 약 20분이 소요될 것으로 예상됩니다. 다만 시위대가 점거한 중앙 도로를 통과하다 돌발 상황이 벌어질 경우 추가 시간이 소요될 수도 있습니다.]

"에휴."

애꿎은 휠만 두드리던 손을 겨우 뻗어 자율주행 패널에 설정된 목적지를 집으로 바꾸고 밖으로 나왔다. 이미 많은 사람이 차를 두고 가는 바람에 꽉 막힌 도로는 빈 차들로 가득했다. 저녁부터 내리기 시작한 비는 방금 그쳤지만, 차가운 습기 탓에 늦가을 밤은 더욱 썰렁했다. 코트를 여미고 종종걸음으로 인파를 헤치며 나아가자, 시위대의 고함과 철 지난 테크노 스타일 음악 소리가 점점 크게 들렸다.

"스와미 수, 데이빗 김, 강준기는 전쟁 피해자들에게 사죄하라!"

경찰특공대의 서치라이트가 무대 조명인 양, 시위자들은 길 위에서 발을 구르며 몸을 흔들고 있었다. 찬 밤공기에 흥분한 사람들의 몸에서 뿜어져 나오는 열기가 수증기가 되어 자욱했다. 1970년대 록밴드처럼 강렬한 메이크업. 그들의 상징인 검은 X자가 얼굴 전체에 그려져 있다. 얼굴만큼 흉흉한 기계 팔다리들이 윙윙거리며 불길한 소리를 냈다.

[시리얼이 조회되지 않는 불법 신체 임플란트가 다수 감지됩니다. 모두 살상력이 높은 군용 등급이니 조심하세요.]

시위대가 날뛰는 메인스테이지 옆에는 방수포로 지은 천막들이 늘어서 있었다. 천막 안에 쪼그려 앉아 담배를 피우는 여자와 눈이 마주쳤다. 담뱃불에 비치는 지저분한 머리와 앙상한 기계손이 기묘한 조화를 이루었다.

'록 페스티벌이 따로 없네. 이번 시위는 뭐 때문인데?'

[언제나처럼 공식적으론 세계불교연합의 해체와 전쟁 피해자를 비난하는 유명인에 대한 처벌 요구입니다. 하지만 사실은 언제나처럼 내년 지

급될 제9차 전쟁 피해자 보상금의 인상 요구지요. 한국 정부는 지난 10년 간 여덟 차례에 걸쳐 티베트 전쟁 피해 보상금을 지급해왔는데, 손쉬운 소득에 이끌린 신체 개조 중독자들과 저소득 일용직 노동자들, 불법 용역 업체들이 보상금 인상을 요구하는 시위에 참여하면서 갈수록 규모가 커지고 있습니다. 불어난 안티 부디스트들의 폭력 범죄와 불법 시위에 불안을 느끼는 시민들이 그들의 불법행위에 대해 정부가 강경하게 대처해야 한다는 목소리를 내고 있지만, 이들을 옹호하는 여론이 아직 다수를 차지하고 있어 도로를 불법으로 점거한 이번 시위 또한 경찰이 섣불리 진압하지 못하고 대치 중인 상황입니다.]

'시정잡배를 고상하게 부르는 표현이라.'

시위대 무리를 겨우 벗어나니 네온사인을 온몸에 휘감은 사람들이 행인들을 붙잡고 있다. 시위대를 축제 행진처럼 따라다니며 사람들을 괴롭히는 잡상인들이다.

'이래서 여길 걸어가기 싫었는데….'

처음 막아선 사람은 다리 대신 쇠막대를 끼운 채 뒤뚱거리는 지저분한 남자였다.

"선생님, 티베트 전쟁 피해자들을 위한 모금에 동참해주시죠. 지금 후원하시면 철조망 조각이 들어 있는 펜던트를 기념품으로…."

"죄송합니다. 바빠서."

이번에는 쌀쌀한 날씨에 어울리지 않게 웃통을 벗고 몸매를 자랑하는 느끼한 남자가 말을 걸었다.

"자기, 오늘 파티의 주인공이 되고 싶지 않아? 단돈 50아시아달러면 전뇌 연결로 집 소파에 앉아서 두 시간 동안 내 몸의 모든 감각을 느낄 수 있어. 추가금만 주면 오른손이랑 허리 움직임 권한도 넘겨줄게. 디도스 걱정 따윈 안 해도 돼. 내 전뇌는 서버급이니까. 벌써 열 명이나 접속 중이라고. 클럽의 최상위 포식자가 될 수 있는 절호의 기회…."

"꺼져."

마지막으론 산발한 머리를 날리며 정신없이 주변을 두리번거리는 중년 여자가 다가왔다.

"전뇌 사용자가 인류의 90퍼센트를 넘어가는데 전뇌 바이러스가 의료보험에 포함되지 않는다는 게 믿어지시나요? 바이러스에 감염된 환자가 매해 5만 명씩 증가하고 있다는 것 아시죠? 제 아들도 바이러스에 감염돼 몇 년째 방에만 있어요. 그런데도 정부는 전뇌 바이러스를 질병으로 인정하지 않고 있습니다. 여기에 서명해주시면….."

"다음에 할게요."

아수라장이 따로 없다. 의뢰인을 만나기도 전에 파김치가 되어 호텔 엘리베이터에 몸을 기댔다.

'시냅스가 탈 것 같아. 의뢰인이 누군지 다시 한번 정리해줘.'

[사용자가 의뢰를 접수한 시간은 오후 9시 22분. 의뢰인은 H엔터테인먼트의 매니지먼트 팀장 유정욱. 약속 장소는 서울시 종로구 그랜드메사 호텔 601호. 강력사건. 경찰에 신고하지 않음. ASAP.]

'H엔터에 대해서도 알려줘.'

[H엔터테인먼트는 강준기, 안시에라, 김류혜 등 유명 배우들을 다수 관리하는 연예 매니지먼트 기업입니다. 설립 연도는 2086년. 배우 강준기가 기존 기획사와 계약을 종료하던 해 매니저였던 두성철 대표와 함께 설립했습니다. 현재는 매니지먼트 사업 이외에도 콘텐츠 제작, 건강식품, 종자 개발 등 다양한 분야에 자회사를 두고 사업을 확장하고 있습니다.]

깊은 밤, 두꺼운 카펫이 깔린 특급호텔의 복도에는 정적만 가득했다. 방금 전까지 시위대의 소음에 시달린 게 전생의 일 같다. 601호의 문엔 빨간색 방해 금지 홀로그램이 흐르고 있었다. 초인종을 누르고 기다리니 등산복을 입은 남자가 나를 마중했다. 비를 맞았는지 젖은 머리칼이 헝클어진 채 이마에 달라붙어 있었다.

"늦은 시간에 갑작스레 연락드렸는데도 와주시니 정말 감사합니다."

"아닙니다. 너무 늦어서 제가 죄송하죠. 시위 때문에 길이 막혀서요."

특급호텔의 화려한 인테리어와 축축한 등산복의 조화가 미묘하다고 생각했지만, 등산복은 그나마 양반이었다. 방 안에는 더욱 이상한 조합의 사람들이 각자 개성을 뽐내고 있었다.

여자 세 명과 남자 한 명. 연령대와 차림새가 제각각이다. 가장 먼저 눈에 띄는 사람은 한눈에 봐도 굉장한 미녀로, 길거리에서 본다면 저절로 고개가 돌아갈 것 같다. 걸치고 있는 트렌치코트 사이로는 눈길을 두기 어려운 실크 원피스가 슬쩍 나와 있다. 하지만 미모가 무색하게 어두운 표정으로 응접실 의자에 걸터앉아 다리를 떨고 있었다.

[웹에 프로필이 올라와 있군요. 이름은 천리안, 직업은 모델입니다. 나이는 스물두 살. 한국인 아버지와 중국인 어머니를 두고 있으며 현재 국적은 한국입니다. 패션모델로 4년째 활동 중이고 최근엔 방송에도 얼굴을 비추고 있습니다.]

그 옆에 앉은 여자는 복잡하게 생긴 안경을 쓰고 뚱한 표정으로 다리를 꼬고 있었다. 화려한 색깔의 정장과 보석이 빼곡히 박힌 액세서리를 한쪽 팔 가득 차고 있는 게, 걸친 것만으로도 집 한 채는 살 수 있을 것 같았다. 신경질적인 얼굴은 30대 초반으로 보이지만 경제력으로 보아 바이오 플라스틱 수술로 액면가를 줄였을 수도 있다는 생각이 들었다.

그다음은 내 또래의 여자. 활동적인 단발머리와 뾰족한 이목구비가 꼭 고양이를 닮았다. 오밤중의 긴급 호출에도 셔츠와 가죽 재킷을 칼같이 챙겨 입고 온 게 그녀답다. 그녀가 팔짱을 낀 채 나를 노려보며 말했다.

"너무 늦잖아."

"어… 여기서 보네."

그녀가 앉은 의자 옆에는 전동휠이 눈을 깜박이며 서 있다. 과연 저거라면 인파도 순식간에 뚫고 올 수 있었겠지. 아직도 도로 한복판에 멍청히 서 있을 내 고물차가 생각났다.

[표정을 분석했을 때 그녀의 현재 감정은 짜증 72퍼센트, 긴장 14퍼센트, 기타 감정 14퍼센트로 추측됩니다. 과거 상황을 참고했을 때 긍정적

감정의 퍼센티지를 올리는 가장 좋은 방법은 그녀의 네일아트와 귀걸이가 네오펑크 스타일로 바뀐 것을 언급하는 것입니다.]

'그런 분위기 아니니까 좀 닥쳐주라.'

등산복 남자가 나와 세 여자 사이의 썰렁한 분위기에 끼어들었다.

"두 분 모두 경찰 출신 탐정이라고 해서 모셨는데 역시 서로 안면이 있군요. 그럼 소개는 생략해도 되겠네요. 보면 아시겠지만 지금 저희가 굉장히 급한 상황이라서요."

"그런 것 같네요."

나는 이 이상한 모임의 마지막 사람, 테이블 옆의 새하얀 더블베드 위에 대자로 뻗어 있는 한 남자를 보며 말했다. 비록 혈색은 빠졌지만, 여전히 건강해 보이는 구릿빛 피부, 60대라는 나이가 믿기지 않는 호리호리한 근육질의 몸, 노화의 흔적이라곤 볼 수 없는 미학적인 잔주름까지. H엔터테인먼트의 대주주이자 간판스타인 강준기는 죽어 있었다.

***

등산복 남자가 하나 남은 의자를 내게 빼주고 자신은 테이블에 털썩 앉았다. 등산바지에 진흙 방울들이 점점이 말라붙어 있었다.

"보시다시피 저희 회사의 간판인 강준기 선생님이 살해당했습니다. 인사동의 한 재패니즈 다이닝에서요. 다행스럽게도 선생님이 돌아가신 식당은 룸으로 나뉘어 있는 구조라 사망한 선생님을 직접 목격한 사람은 같이 있던 노넬 천리안 씨뿐이었습니다. 천리안 씨는 연예계에 놈남으신 분답게 경찰 대신 저희에게 곧장 연락을 해주셨죠. 저희는 선생님이 술에 취했다고 둘러대며 일단 코트로 몸을 가린 채 선생님을 업고 나와 이곳 호텔까지 왔습니다."

"그러니까, 사건 현장은 보존이 안 됐다는 거네요."

남자가 다소 짜증스럽게 머리를 긁었다.

"그…렇죠. 그런데 모랄레스 탐정님께도 말씀드렸지만, 선생님의 죽음은 단순히 한 사람의 죽음이 아닙니다. 선생님은 우리 회사의 거의 모든 사업에 깊이 연관되신 분입니다. 주주들이 납득할 만한 죽음의 사유와 책임의 소재가 밝혀지지 않으면 우리 회사는 파국을 맞게 될 겁니다."

안경 쓴 여자가 딱딱한 목소리로 말했다.

"경찰 출신 두 분께 실례되는 말인 줄 알지만, 경찰로 사건이 들어가면 조용히 일이 끝나는 걸 본 적이 없어요. 경찰 관계자라는 사람은 기자회견에서 쓸데없는 말을 하다가 기자들한테 떡밥이나 주고, 온갖 찌라시가 지구를 두 바퀴는 돌고 나서야 범인을 찾겠죠. 그동안 회사 주가는 바닥을 칠 테고, 저희는 길바닥에서 범인이 잡혔다는 소식을 듣게 되겠죠. 그러니 반드시, 선생님의 죽음은 범인과 함께 발표돼야 해요."

'호칭만 선생님이지 무슨 전시관에서 도자기 깨진 것처럼 말하네.'

"그래서 저희가 탐정님을 두 분이나 모시게 된 거죠. 저희는 최대한 빠르고 조용히 범인을 찾길 원합니다. 선생님의 죽음은 오로지 두 분만 알고 계셔야 해요. 외부인에게 알려져선 안 됩니다. 의뢰비는 각각 이 정도를 드리죠. 그리고 성의라고 하긴 뭣하지만, 범인을 먼저 찾아주시는 분에게는 인센티브로 이 정도를 더 드리겠습니다."

여자가 테이블 위에 매직으로 숫자 몇 개를 썼다. 내가 이해한 단위가 맞는다면 쪽방 같은 내 사무실을 당장 번듯한 신축 빌딩으로 옮길 수 있을 만한 금액이다. 슬쩍 눈치를 보자 그녀 또한 눈을 반짝거리고 있었다. 사실 쟤는 돈 아니라도 이런 거 못 지는 성격이지. 특히 나한테라면.

"무슨 말씀인지 알겠습니다. 노력해보죠. 어…"

등산복 남자는 뒤늦게 아, 하며 내 눈앞에 디지털 명함 한 장을 띄웠다.

"죄송합니다. 마음이 급해 소개가 늦었군요. 제가 전화를 드렸던 H엔터 유정욱 팀장입니다."

안경 쓴 여자도 내게 명함을 전송했다. H엔터테인먼트 매니지먼트 팀장 타나카 한.

"이해해줘서 고마워요. 잘 부탁해요."

나는 침대 위에 널브러진 강준기의 시신을 찬찬히 살펴보았다. 이마 쪽의 전뇌 슬릿을 까맣게 더럽힌 그을음 자국을 제외하면 겉보기엔 상처 하나 없는 멀쩡한 모습이었다.

'전뇌 합선인가.'

입고 있는 정장은 명품이었지만 어깻죽지 부분에 실밥이 터져 있고 셔츠 단추 몇 개는 떨어져 나간 것으로 보아 시신을 거칠게 옮긴 게 틀림없었다. 아무리 사정이 있다지만 이렇게 막무가내라니, 나는 속으로 혀를 찼다.

'왓슨, 웹에 올라온 강준기 정보 검색해줘. 최근 이슈나 논란, 인간관계, 취향이나 알레르기 같은 것까지 다.'

[이름 강준기. 28년 6월 27일생. 나이 64세. 미혼. H엔터테인먼트 소속 배우 및 사업가. 2062년 드라마 〈사건의 스카이라인〉에서 로봇 갱단과 싸우는 형사 역할을 맡아 연기대상 수상 이후 반기계주의, 극단적인 인본주의 캐릭터로 대중에게 인기를 끌었습니다. 정치적 이슈로는 2079년 티베트 종교 전쟁 이후 안티 부디스트들의 폭력 시위를 비판하며 전쟁 피해자를 비하하는 발언을 해 논란을 빚은 것이 가장 유명합니다. 2086년 H엔터테인먼트로 소속사를 옮긴 이후로 굵직한 연기 활동은 없었지만 네오붓다주의 다큐멘터리나 토크쇼 등 방송에 꾸준히 출연하며 과격한 인본주의적 발언을 이어가고 있습니다. 그는 지나친 신체 개조가 인간성을 없앤다고 주장하며 자신은 가장 기초적인 전뇌화 수술만을 받아 전뇌 통신 임플란트 대신 구세대 통신 단말기인 '스마드폰'을 사용하고 있다고 밝혔습니다. 최근에는 사흘 전 도로를 점거한 안티 부디스트 시위대에 EMP 폭탄을 터트려야 한다고 말해 논란을 일으킨 바 있습니다. 주변 인물 이슈로는 연애 스캔들이 있습니다. 강준기는 한국의 디카프리오로 불리며 스타덤 이후 연애 스캔들이 끊이지 않았습니다. 파파라치에게 확인된 현

재 교제 중인 연인은 여성 세 명에 남성 한 명으로 모두 서른 살 이상 차이 나는 연하입니다. 알려진 알레르기 유발 물질은 없습니다. 기타 좋아하는 것으론 서핑, 레이싱, 태국 요리가 있으며 싫어하는 것으로는 록 음악, 고양이, 생선회가 있습니다.]

'나도 드라마에서 몇 번 보긴 했지만, 생각보다 논란이 많은 아저씨였네. 정치적으로나 개인적으로나 적이 많을 수밖에 없겠어.'

시신을 살피는 내 옆에 그녀가 다가왔다.

"시신이랑 소지품 확인은 내가 먼저 마쳤어. 들어볼래?"

묘하게 우쭐대는 말투에 왠지 열이 받는다. 묵묵부답으로 대꾸하자 그녀가 혼자 떠들었다.

"시신을 살폈을 때 유력한 사인은 전뇌 시냅스 합선이야. 일종의 감전사지. 사망 추정 시각은 밤 9시경, 목격자인 천리안 씨가 타나카 팀장에게 연락한 시간과 일치해. 피해자에게서 나온 소지품은 통신 단말기와 카드 지갑. 지갑 안엔 플라스틱 카드 두 장, 본인의 종이 명함 석 장이 들어 있었어. 스마트폰 통화 기록도 살펴봤지만, 오늘 통화한 사람은 타나카 팀장과 천리안 씨뿐이었어."

그녀의 말을 듣는 둥 마는 둥 하며 강준기의 소지품을 올려놓은 침대 옆 탁자 위로 눈을 돌렸다. 각 잡혀 놓은 소지품들 위엔 특이사항을 기록해 놓은 AR 메모들이 꼼꼼하게 붙어 있었다. 얘는 대체 얼마나 빨리 온 거야.

"실물로 보는 건 처음이네요. 스마트폰요."

안절부절 내 주위를 돌며 손을 비비던 유 팀장이 냉큼 대답했다.

"별 기능도 없는데 스마트라니, 지금은 어색한 이름이지만 선생님의 상징 같은 물건이었죠. 머릿속에 통신 모듈을 심는 걸 극도로 싫어하셔서 불편하더라도 저걸 쓰는 걸 고집하셨어요."

"플라스틱 카드도 정말 오랜만이에요. 요새는 다들 근거리 통신으로 결제하니까요."

"아, 플라스틱 카드는 의외로 아직 많이 씁니다. 저건 무기명 현금카드거든요. 현금 결제를 하더라도 이체한 전뇌 주소가 기록에 남으면 소용이 없죠. 법인 카드를 쓸 수 없는 곳에서 결제를 해야 할 때, 예를 들어 협력사 사장들을 만나서….”

타나카 팀장이 헛기침을 하자 신나게 설명하던 유 팀장이 말을 돌렸다.

“아무튼 사업할 때 필요한 기타 비용을 결제할 때 가끔 사용합니다.”

‘접대용 눈먼 돈이란 뜻이겠지. 왓슨, 시신이랑 소지품 좀 자세히 살펴봐. 우리 지금 뒤처지고 있다고. 뭐 더 찾은 거 없어?’

[없습니다. 애초에 모랄레스 탐정의 ‘왓슨’은 저보다 한 계단 높은 버전입니다. 사건 기록도 저보다 몇 배는 더 많이 학습했고요. 홧김에 사표를 던지고 나오느라 경찰과 척진 누구랑은 다르게요.]

패배주의자 인공지능 같으니라고. 나는 뭐라도 더 찾을 수 있을까 싶어 시신과 소지품을 꼼꼼히 살폈으나 새로운 단서는 없었다. 결국 믿을 건 현장 기록과 진술뿐인가.

“현장을 직접 볼 수 없으니 목격자의 블랙아이즈 기록을 확인해야겠습니다. 천리안 씨, 협조 부탁드립니다.”

“방금까지 그 얘기를 하던 중이었습니다만.”

유 팀장이 곤란하다는 표정을 지으며 머리를 긁었다.

“저희는 사실 천리안 씨의 블랙아이즈를 확인하지 않았으면 하는 바람입니다. 비록 고인이 되셨지만 아무래도 사적인 시간 중에 벌어진 일이라 선생님의 명예를 지켜드려야 하는 처지에서 블랙아이즈 공개는 좀….”

“뭐라고요?”

그녀의 목소리가 두 옥타브 올라갔다. 좋지 않은 징조인데.

“저희는 기자가 아니라 탐정입니다. 현장 확인도 못하는 사건인데 블랙아이즈 기록까지 없으면 어떻게 범인을 찾을 수 있겠어요?”

“저기, 소윤아.”

“천리안 씨께서 최대한 자세히 진술해주신다면 괜찮지 않겠습니까? 그녀도 어떻게 보면 사건에 휘말린 피해자입니다. 사건 해결을 바라는 만큼 열심히 협조하실 거라고요."

"목격자의 진술은 사건 당시의 상황을 제대로 설명하지 못하는 경우가 많습니다. 애초에 가장 객관적인 영상 기록을 두고 구두 진술만으로 조사하라는 건 사건 해결을 늦추기만 할 것 같은데요."

"소윤아, 소윤아."

내가 그녀의 어깨를 잡자 그녀가 어깨를 거칠게 빼며 내게 얼굴을 확 돌렸다. 안 그래도 큰 눈을 한껏 치켜뜨며 더욱 매섭다.

"우리가 서로 이름 부를 사이는 아니지, 이 탐정? 도움은 못 돼도 서로 방해는 하지 말았으면 좋겠는데?"

"예, 모랄레스 탐정님. 알죠. 근데 나한테도 발언권이 있지 않나요? 좀 비켜주시죠?"

나는 그녀를 밀어내고 유 팀장에게 최대한 친절한 미소를 지어 보이며 말했다.

"피해자가 저명한 스타이니 팀장님 처지도 이해합니다. 그런데 아무리 짧더라도 사건의 블랙아이즈 기록은 구두 진술보다 훨씬 많은 정보를 제공합니다. 당장 사인으로 추정되는 전뇌 합선도 원인이 여러 가지거든요. 사망 당시 상황만 확인해도 수사망을 상당히 좁힐 수 있을 겁니다. 그럼 이렇게 하면 어떻겠습니까? 사건 전후의 일은 천리안 씨한테 듣고, 고인의 사망 당시 상황만이라도 블랙아이즈로 확인하는 겁니다."

유 팀장은 고민하더니 하아, 하고 한숨을 내쉬었다.

"탐정님 말씀도 일리는 있죠. 회사에 한번 물어보겠습니다. 잠시만 기다려주세요."

두 팀장이 허공을 바라보며 침묵에 잠겼다. 메신저로 회사에 연락하는 중이리라.

"네, 허락은 받았습니다. 다만, 블랙아이즈는 저희가 먼저 보고 선생님의 사적인 부분은 편집한 다음 보여드리도록 하겠습니다."

"알겠습니다. 어때요, 모랄레스 탐정님?"

소윤은 여전히 불만이 있어 보였지만 결국 고개를 끄덕였다. 타나카 팀장과 유 팀장이 천리안의 옆에 앉아 눈을 감았다. 의뢰인들이 증거품을 마음대로 가위질하는 동안 나는 소윤에게 개인 메시지를 보냈다.

[나: 탐정이기 이전에 고용인이라는 거지. 종종 있는 일이야.]

[소윤: 못 본 사이 넉살이 늘었네.]

[나: 우리 이제 경찰 아니에요. 먹고살려면 돈 주는 사람 눈치도 봐야지.]

[소윤: 맘대로 수사 못하게 한다고 깽판 치다가 후배들한테도 손절당하고 나가더니, 이러고 있었던 거야?]

[나: 손절 아니거든! 아직도 걔들 술 먹으면 나 부르는데!]

[소윤: 픽이나.]

아웅다웅하는 사이 유 팀장이 영상 데이터 하나를 보내왔다. 그놈의 사적인 부분을 다 잘라내고 남은 분량은 고작 46초. 여기에서 뭔가를 찾아내야 한다. 영상의 한쪽 구석에 워터마크 텍스트가 표시되어 있다.

[2092-11-23 21:04:16 천리안의 블랙아이즈]

물소리. 그녀는 담배 연기를 내뱉고 꽁초를 변기에 던졌다. 화장실 거울에 원피스를 입은 천리안의 모습이 비쳤다. 그녀는 거울 앞에서 머리를 매만지다 화장실 쪽으로 다가오는 사람 소리에 고개를 푹 숙이고 사람들 사이를 지나갔다. 어둑한 식당 복도에 늘어선 칸막이 너머로 두런대는 말소리와 그릇 달그락거리는 소리가 들렸다. 서빙 로봇이 쟁반을 들고 소리 없이 굴러가며 그녀를 스쳤다. 그녀가 장지문 앞에 서자 안에서 목소리가 들렸다.

"뭐야, 누, 누구야?"

그녀가 문을 열며 말했다.

"오빠, 여자 많이 만난다고 그새 나 까먹은 거야?"

방 안의 강준기는 이마에서 연기를 토하고 있었다.

"오빠!"

강준기의 눈알이 미친 듯이 흔들렸다. 그러고는 뒤로 쿵 넘어져 더는 움직이지 않았다. 그녀는 입을 가린 채 새어나오는 비명을 삼켰다. 영상 종료.

나는 소윤의 눈치를 봤다. 그녀는 팔짱을 낀 채로 테이블만 바라보고 있었다. 영상에서 본 사망 장면으로 살해 방법을 검색하고 있겠지. 왓슨이 몇 가지 가설을 내놓았다.

[전뇌는 복합합금으로 둘러싸여 있어 신체 외부에서의 전기 충격이나 전자기 펄스에 영향을 받지 않습니다. 전뇌에 합선이 일어나는 경우는 다음과 같은 몇 가지 원인이 있습니다. 첫 번째는 물리적인 이유로 인한 기계 고장입니다. 두 번째는 전뇌 모델과 호환이 불가능하거나 불법으로 개조된 보조 임플란트 사용으로 인한 오류 발생입니다. 세 번째는 전뇌 용량을 초과하는 처리 데이터 폭증입니다. 흔히 '디도스' 혹은 '논리 폭탄'이라고 부릅니다. 전뇌는 프로세스에서 처리 가능한 수준을 초과하는 데이터가 발생할 시 사용자에게 경고 메시지를 전송하고 해당 프로세스를 강제로 종료하는데, 논리 폭탄은 모종의 방식으로 프로세스가 꺼지지 않도록 방해해 시냅스에 과전류가 흐르도록 합니다. 이것이 곧 전뇌에 누전 또는 합선을 일으키게 됩니다.]

'강준기는 머리를 맞은 것도 아니고 별도의 기계 신체도 없었으니 합선 원인은 세 번째겠네.'

내가 말을 꺼내려 했지만 소윤이 한발 빨랐다.

"강준기 씨를 해친 흉기는 논리 폭탄 프로그램입니다. 실제 폭탄처럼 몰래 설치만 한다면 범인이 원격으로 작동할 수 있죠. 전뇌 발명 초기엔 이런 논리 폭탄 테러가 종종 일어났습니다만, 전뇌의 성능이 개선되면서 자취를 감췄습니다. 범인이 이런 구시대적인 도구로 범행을 저지른 이유는 역시 임플란트를 비판하고 초기형 전뇌를 고집하고 있는 강준기 씨에 대한 저격으로 보입니다. 논리 폭탄은 전뇌 바이러스처럼 웹상에서 피싱 링크를 통해 퍼지거나 근거리 무선통신으로 전송되는데, 강준기 씨는 스마트폰을 사용할 정도로 전뇌 통신 사용을 꺼렸습니다. 따라서 범인은 최근 만났던 사람 중에 있을 가능성이 큽니다."

"안티 부디스트 놈들 짓일 겁니다."

유 팀장이 씩씩거리며 말했다.

"그놈들은 몇 년 전부터 회사에 꾸준히 블랙 메일을 보내왔어요. 틀림없이 스토킹도 했을 겁니다. 회사 경호가 허술한 틈을 노려 선생님을 해친 거죠."

타나카 팀장이 테이블 위에 홀로그램으로 식품 브랜드 홍보 브로슈어를 띄우며 말했다.

"강 선생님의 오늘 일정은 이곳 그랜드메사호텔 연회장에서 열린 우리 회사의 신규 식품 브랜드 론칭 파티에 참석하는 것이 전부였습니다. 선생님은 저와 함께 파티장에 오후 5시부터 7시까지 머물렀습니다. 참석자는 협력 기업의 대표들, 그리고 우리 브랜드의 투자자들이었어요. 물론 안티 부디스트 활동을 할 이유가 없는 분들이고요."

"범인이 파티장에서 강준기 씨한테 논리 폭탄을 설치했을 가능성은 적겠네요."

나는 천리안에게 고개를 돌렸다.

"그런데 천리안 씨는 강준기 씨와 언제, 어떻게 만나게 됐나요?"

"제가 먼저 오빠한테 연락했어요."

천리안이 말했다. 조금 전까지 벌벌 떨고 있던 모습과는 달리 어느 정도 진정이 된 듯 차분한 목소리였다.

"며칠 전 소셜 앱 메신저로 호감이 있다고 보냈었는데, 오늘 답장이 오너라고요. 오후에 송로에서 일정이 있으니 끝나고 저녁에 만나자고요. 뭐가 먹고 싶으냐고 물어서 회 얘기를 했더니 인사동의 일식집을 예약하겠다고 했어요. 저희는 8시 반에 그곳에서 만났죠."

"이런 말은 좀 실례지만… 천리안 씨가 강준기 씨에게 호감을 보인 이유를 알 수 있을까요? 두 분은 나이 차도 좀 있고… 그, 연인 관계도 복잡한 분이라고 들었는데요."

"오빠는 어릴 때부터 제 이상형이었어요. 엄마가 네오붓다주의 지지자라 오빠에 대한 좋은 얘기를 많이 들었던 것도 있고요. 그러다 얼마 전 방송국에서 우연히 보게 되었는데 말이라도 걸어보자 싶어서 함께 있던 매니저 분께 오빠의 소셜 앱 프로필 주소를 물어봤어요."

"저희는 초면인데, 아마 다른 매니저가 알려줬나 보네요."

유 팀장이 중얼거렸다.

"오빠와는 오늘 처음 만났지만, 오래전부터 화면으로 봐와서 그런지 뭔가 편안한 느낌을 받았어요. 자상하고 재치 있고, 얘기를 나누는 동안 세대 차이도 못 느꼈어요. 어쩌면 제 연령대 사람들을 계속 만나다 보니 마음은 젊었는지도 모르죠. 그런데 오늘 처음 만나자마자 이런 일이…."

"알겠습니다. 이번엔 만남 장소인 식당 얘기를 해보죠."

분위기를 감지한 소윤이 재빨리 화제를 바꿨다.

"식사 중에 누군가 알아보며 접근한 사람은 없었습니까?"

"딱히요. 프라이빗한 곳이라 다 룸으로 되어 있었어요. 서빙도 로봇이 했고요. 애초에 사람을 마주친 적이 거의 없어요."

"과연 그럴까요?"

나는 테이블 위에 수십 장의 사진을 띄웠다. 강준기와 천리안이 식당으로 들어가는 모습, 장지문 틈 사이로 두 사람이 마주 앉은 모습, 천리안이 화장실에 들어가는 모습 등 두 사람의 사진이 수없이 찍혀 있었다.

"소셜 앱에서 두 분이 태그된 최근 피드들입니다. 파파라치가 아니더라도 연예인이 보이면 일단 찍고 보는 게 사람 심리죠. 옛날처럼 카메라를 들이댈 필요도 없이 시선 안에만 들어오면 도촬할 수 있으니 정말 편리한 세상 아닙니까?"

"아…."

"아마 두 분이 함께 있다는 사실은 식당에 있던 사람들은 물론 강준기 씨에게 원한이 있는 사람들에게도 알려졌을 겁니다. 그렇다면 두 분이 식당에 있을 때, 특히 천리안 씨가 화장실에 가 있는 동안 강준기 씨에게 범인이 접근해 논리 폭탄을 설치했을 가능성도 있겠죠. 그즈음의 식당 입구 CCTV를 조사해본다면 용의자를 특정할 수 있을 겁니다."

"아냐, 그럴 순 없어."

소윤이 딱 잘라 말했다.

"웹에서 식당에 대한 리뷰를 살펴봤어. 이 식당은 예약제로만 운영되는 곳이야. 출입구엔 로봇 가드들이 예약자를 확인해서 들여보내고, 식당 안엔 직원들이 CCTV 화면을 눈에 띄워놓고 실시간으로 감시 중이라 수상한 행동을 했다간 바로 제지당해. 무엇보다 두 사람이 만난 건 8시 반, 강준기 씨의 사망 시각은 9시 정각이야. 범인이 소셜 앱을 보고 식당에 따라가서 논리 폭탄을 설치했다고 보기엔 시간이 너무 절묘해."

[모랄레스 탐정의 말대로입니다. 제 논리 검증 프로세스에도 사용자의 추리는 21퍼센트의 신뢰도를 보이고 있었습니다. 추리를 말씀하시기 전에 저와 교차 검증을 거치길 추천해드립니다.]

'예, 조수님, 참 도움이 되는 조언입니다. 앞으로는 조수님의 허락을 받고 나대도록 합죠.'

"그렇다면 그렇게 보안이 철저한 식당에서 누가 강준기 씨한테 접근했다는 거야? 설마 같은 시간대 그곳에 있던 손님 중에 마침 강준기 씨의 원수가 있었던 건 아니겠지?"

"서빙 로봇."

소윤이 손가락을 튕겼다.

"방금 블랙아이즈 영상에서 강준기 씨가 있던 룸 쪽에서 온 서빙 로봇 한 대가 있었지? 그 서빙 로봇에게 논리 폭탄을 설치하게 했다면 어떨까? 범인은 예약자 명단에서 강준기 씨를 보고 논리 폭탄을 준비했어. 그리고 서빙 로봇의 카메라에 접속해 강준기 씨가 앉아 있는 위치를 파악하고 논리 폭탄을 설치한 거야. 재패니즈 다이닝은 코스 요리가 여러 차례 서빙돼. 룸을 들락날락하는 로봇이 한 번쯤 수상한 움직임을 보여도 의심을 받지 않지. 아마 상대가 연예인이니 경찰에 바로 신고하지 않으리란 것도 계산했을지 몰라. 주변인들이 시신을 옮겨간 후에 유유히 현장에 돌아와 깨끗이 청소하면 끝. 전자장치를 능숙하게 다루는 식당 직원이 있다면 그 사람이 가장 유력한 용의자야."

그녀가 벌떡 일어났다. 가만히 앉아 있지 못하고 일단 움직이고 보는 버릇은 여전하다.

"잠깐만, 너무 성급한 결론은 아닐까? 네 왓슨은 식당에 범인이 있었을 확률이 얼마라고 보는데?"

"46퍼센트. 충분히 의미 있는 수치야. 정말로 범인이 식당 직원이라면 아직 현장에 있을 가능성도 있어. VIP를 노린 계획범죄라면 초범은 아니 겠지. 그곳 직원들을 스캔해보고 범죄 기록이 있는 사람을 찾아봐야겠 어."

"절반도 안 되는 확률이잖아. 아직 조사도 절반밖에 못 했는데."

"무슨 소리야?"

나는 앞에 앉은 두 팀장에게 말했다.

"두 분을 포함해 평소 강준기 씨와 함께 다니는 매니저들의 알리바이를 알고 싶습니다. 아까 듣기로는 매니저가 꽤 여러 명인 것 같던데요."

유 팀장과 타나카 팀장이 고개를 갸웃거렸다.

"저희는 회사 창립 때부터 선생님과 함께한 가족 같은 사이입니다. 채 용 때 인적 사항도 꼼꼼하게 확인하기 때문에 이상한 단체에 가입한 사람 도 없고요. 저희가 의심을 받을 이유는…."

"논리 폭탄이 근거리 통신으로 몰래 설치할 수 있고 임의대로 작동할 수 있는 물건이라면 피해자와 함께 많은 시간을 보내는 매니저가 가장 쉽 게 설치할 수 있겠죠. 살인 동기는 사건의 수만큼 다양해요. 범인은 생각 지도 못한 이유로 다른 사람을 해칠 수 있습니다. 평소 가까이 지내는 사 람이라면 살인 동기도 외부인보다 더 많을 수 있겠죠. 함부로 의심해서 죄송합니다만, 원래 의심하는 게 탐정의 일이라서요."

타나카 팀장이 고개를 끄덕였다.

"기분이 썩 좋진 않지만, 이유가 그렇다면 확실하게 하고 가는 게 좋겠죠. 메신저로 매니저들에게 연락을 돌릴게요. 사건 전후 세 시간 동안 어디서 무얼 하고 있었는지 알려달라고 하면 될까요?"

"강준기 씨가 변을 당한 시각의 블랙아이즈 캡처도 함께 부탁드립니다. 워터마크가 나오게 해서요. 강준기 씨의 매니저는 총 몇 명입니까?"

"명목상 매니저인 두성철 대표님을 포함하면 운전하는 로드매니저까지 총 여섯 명이에요. 요즘 연예인들이 인공지능 비서 하나씩은 필수로 쓰고 혼자서도 활동하는 걸 보면 많은 편이죠. 선생님은 스스로도 본인의 전뇌가 2020년의 순수한 단백질 덩어리랑 다를 게 거의 없다고 하셨어요. 하지만 그런 저용량의 전뇌가 선생님 본인의 아이덴티티이자 대중에게 어필하는 캐릭터라 불편을 감수하셨죠. 그래서 선생님의 일정에는 항상 팀장급 매니저가 따라붙었어요. 방송 대본이며 사업 파트너들의 인적 사항까지, 수많은 정보를 저희 팀장들이 대신 알려줘야 하니까요."

"매니저라기보다는 사무직 비서 같군요."

"그런 셈이죠. 평일엔 네 명의 팀장급 매니저가 돌아가며 한 명씩 붙고, 일정이 별로 없는 주말엔 두성철 대표님이 선생님을 케어해요. 로드매니저는 따라다니며 운전만 하고요."

"두 팀장님은 오늘 9시까지 무슨 일을 하셨습니까?"

"저는 오늘 선생님 담당 팀장으로 이 호텔의 연회장에서 열린 사업 파티에 참석했습니다."

타나카 팀장이 말했다.

"파티라곤 하시만 별거 없었어요. 선생님 선배사 대본을 챙겨드리고, 선생님이 그전에 만난 적이 있던 사람들에겐 먼저 아는 척하며 귀띔도 해드리고요. 선생님은 저녁 7시까지 연회장에 계시다가 좀 쉬겠다며 호텔 방으로 올라가셨어요. 파티는 밤 10시까지 예정돼 있어서 대표님과 선생님, 저는 아예 여기서 자고 갈 생각으로 각자 객실을 잡아뒀거든요. 대표님과 선생님은 16층의 스위트룸, 저는 이 객실이죠. 선생님이 올라가신 지 두 시간쯤 지났을 때, 선생님한테서 연락이 왔어요. 하지만 연락한 사람은 천리안 씨였죠. 선생님 스마트폰의 통화 기록에서 가장 최근에 통화한 제게 연락한 거였어요. 저는 이 사실을 매니저들에게 알렸고요. 두성철 대표님은 사태 수습을 위해 회사로 돌아가면서 제게 사건 처리를 부탁하셨어요. 마침 유 팀장이 북한산에서 오토바이 캠핑 중이었던 터라 제일 빨리 달려와서 저와 합류한 겁니다."

타나카 팀장의 블랙아이즈는 호화찬란한 호텔 연회장을 비추고 있었다. 그녀는 신경 쓸 대상이 없어져 여유가 생겼는지 한 손에 샴페인 잔을 들고 소파에 편하게 앉아 있었다.

유 팀장이 뒤이어 말했다.

"저는 오늘 비번이었습니다. 평소 오토바이 캠핑이 취미라 오늘도 오전부터 오토바이에 짐을 싸들고 북한산으로 가서 캠핑하고 있었죠. 비가 와서 아무것도 하지 못하고 텐트 안에 틀어박혀야 했지만 이것도 나름대로 캠핑의 재미거든요. 그렇게 멍 때리고 있다가 갑자기 타나카 팀장한테서 선생님이 쓰러졌다는 연락을 받았습니다. 가장 빨리 움직일 수 있는 사람이 저였기에 일단 캠핑 장비고 뭐고 내팽개친 채로 오토바이로 빗속을 달렸죠. 그리고 식당에서 타나카 팀장님과 함께 선생님의 시신을 이곳으로 옮겨왔습니다."

유 팀장이 내민 블랙아이즈에는 조촐한 버너와, 구겨진 맥주 캔 몇 개가 나뒹구는 축축한 텐트 안의 모습이 들어 있었다. 바깥은 아늑한 텐트 안과 대비되는 스산한 숲을 배경으로 비에 젖은 오프로드 모터사이클과 불한 번 붙이지 못한 채 쫄딱 젖은 캠프파이어 장작이 처연한 분위기를 자아내고 있었다. 다른 매니저들에게서도 답장이 속속 도착했다. 저마다 연회장, 가정집, 술집 등 알리바이를 증명하는 블랙아이즈 캡처도 함께였다. 소윤이 사진의 수를 세다가 말했다.

"석 장이네요. 여기 계신 팀장님들을 더해도 한 장이 모자라요."

타나카 팀장이 메신저 화면을 들여다보며 말했다.

"로드매니저 이정환이 답장을 안 했네요. 오늘 선생님이랑 저를 호텔로 태워다준 친구예요. 저희는 여기서 자고 갈 거라 더 할 일이 없기도 하고 감기 기운이 있다고 해서 일찍 퇴근시켰는데. 약을 먹고 자고 있을지도 모르겠어요."

"강준기 씨 일을 알렸을 때도 답장이 없었습니까?"

"그러네요. 사업 관련 얘기가 있어서 잠깐 실례."

타나카 팀장은 테이블에 펼쳐둔 메신저 화면을 거두어 혼자 훑어본 뒤 말했다.

"정환이는 퇴근 이후 답장을 안 했군요. 다른 매니저한테 집에 찾아가 보라고 할까요?"

나는 손사래를 쳤다.

"아뇨, 요새 쌀쌀해서 감기에 걸릴 만합니다. 귀가한 사실만 확실하다면 굳이 당장 찾아갈 필요는 없겠죠. 하지만 조금 이상하군요."

소윤이 다시 자리를 박차고 일어났다.

"여기서 알아볼 만한 것들은 충분히 조사한 것 같아요. 저는 식당으로 가보겠습니다."

"그건 안 돼."

내가 딱 잘라 말하자 소윤이 눈을 동그랗게 떴다.

"네 생각대로 직원 중에 범인이 있다면 타깃이 실려 나간 뒤에 수상한 여자가 혼자 식당을 두리번거리는 걸 그냥 보고 있을까?"

"무슨 소리야? 살인사건의 범인을 잡는 게 위험한 건 당연하잖아. 여기 앉아 있는다고 해서 뭐가 달라지기리도 해?"

"내 말은, 범인이 정말로 안티 부디스트와 연관돼 있다면 오늘처럼 우르르 모여서 시위하는 날에 혼자 나서는 건 위험하다는 거야. 팀장님, 혹시 회사 경호원들을 불러줄 수 있습니까?"

"네, 마침 연회장을 지키던 경호원들이 호텔에 남아 있어요. 같이 차를 타고 가시면 될 거예요."

소윤이 입을 삐죽거렸다.

"이상한 데서 걱정해주는 척하네. 그럴 거면 같이 가지?"

"왜, 나만 범인 못 찾을까 봐 걱정해주는 거야?"

"어이없어 정말."

소윤이 쌩하고 나간 뒤 나는 지금까지 모인 단서들을 다시 살펴보며 왓슨에게 몇 가지 계산을 부탁했다. 그녀가 식당에 도착할 만한 시간이 되자, 나는 넌지시 매니저들에게 물었다.

"혹시 일식집에서 결제는 누가 하셨나요?"

"유 팀장이 선생님을 업고 나가는 동안 제가 했어요. 금액이… 이거 왜 이러지?"

결제 내역을 확인하던 타나카 팀장의 얼굴이 굳었다.

"식당이 꽤 고급스러운 곳이더군요. 그런 곳에 코스를 예약할 땐 보통 노쇼를 방지하기 위해 일정 금액을 선결제하죠. 타나카 팀장님이 결제한 금액은 아마 선결제한 금액을 뺀 나머지 금액일 겁니다."

"그렇군요. 그런데 그건 왜 물어보시는 거죠?"

"그냥 이런저런 생각을 하다 보니 문득 궁금해져서요. 선결제는 당연히 강준기 씨 본인 카드로 하셨겠죠?"

"그렇겠죠."

[타나카 한 팀장의 표정 분석 결과 사용자가 생각한 추리의 신뢰도는 83퍼센트로 높아졌습니다. 좋은 검증 방법이었네요.]

'예, 좋게 봐주셔서 참 고맙습니다.'

소윤에게 연락이 왔다. 영상 통화였다. 테이블에 홀로그램 영상을 켜자 그녀의 모습이 셀프캠 각도로 비췄다.

"네! 안녕하세요~! 구독자 여러분! 오랜만에 돌아온 유니입니다!"

"뭐죠, 이건?"

유 팀장이 어이없어하는 목소리로 묻자 나는 음소거를 한 뒤 말했다.

"이 친구가 자주 하는 잠입 수법입니다. 용케 저런 걸 한다니까요."

"유니의 꿀맛먹방! 오늘은 무려! 인사동의 찐 맛집이라는 재패니즈 다이닝에 왔습니다!"

입구의 경비 로봇이 예약 내역을 확인하고 문을 열어주었다. 하여간 행동력 하나는 기가 막힌 여자다. 홀의 데스크에서 직원 두 명이 소윤에게 인사했다.

"안녕하십니까. 방문해주셔서 감사합니다. 예약자 모랄레스 소윤 님 맞습니까?"

"네! 아. 실례지만, 제가 지금 맛집 탐방 영상을 촬영 중인데 가게 인테리어가 너무 멋져서요. 혹시 식사 전에 가게를 둘러보며 조금만 찍어도 될까요?"

"칭찬 감사합니다. 가게는 편하게 둘러보셔도 됩니다만, 다른 고객님들께 불편을 끼치지 않는 선에서 부탁드립니다."

"정말 감사합니다! 구독자 여러분! 고고!"

소윤은 호들갑을 떨며 직원들에게 애교를 부렸다. 시야를 그대로 녹화하는 전자 안구를 쓰는 시대가 됐어도 이렇게 대놓고 카메라를 들고 다니면 사람들은 자연스레 안구 카메라를 잊고 경계심을 풀게 된다. 특히 이렇게 해맑은 부잣집 딸내미 같은 사람에겐 더욱. 소윤이 깡충거리며 주방 창문을 눈으로 빠르게 훑었다.

[소윤: 좀 전의 데스크 직원 한 명이랑 요리사 한 명이 전과가 있긴 한데 경범죄 정도네요. 좀 더 찾아보겠습니다.]

[정욱: 선생님이 계셨던 방은 더 안쪽 복도입니다.]

[소윤: 여기가 아끼 천리안 씨의 눈으로 본 화장실이네, 아!]

소윤의 시선이 화장실에서 쓰레기봉투를 들고 나오는 직원에게 멈췄다. 기계 팔 위에 억지로 덮어씌운 울퉁불퉁한 싸구려 피부, 구부정한 허리에 흐리멍덩한 눈빛을 지닌 사람이었다.

[소윤: 이 사람, 안티 부디스트로 활동한 전력에 특수폭행 전과기록까

지 있어!]

　　[한: 그 사람을 확보해야 합니다. 눈을 떼지 말아주세요. 경호원을 추가로 부르죠. 가게에는 저희가 설명하겠습니다.]

　　그때였다.

　　"총 맞기 싫으면 다 꺼져!"

　　얼굴을 뒤덮은 검은색 X, 요란하게 꾸민 총기들. 부서진 식당 문틈으로 반파돼 쓰러진 로봇 가드가 보였다. 안티 부디스트 네 명은 천장에 총알을 퍼부으며 순식간에 식당을 제압했다. 소윤의 곁에 있던 경호원들이 몸으로 그녀를 감쌌지만 소윤이 뿌리쳤다.

　　"전 괜찮아요! 그보다 용의자를!"

　　소윤이 바닥을 기며 도망치는 손님들 사이를 뚫고 필사적으로 구부정한 직원을 찾고 있을 때였다.

　　"우리 예쁜이. 뒤통수치고 여기 숨어 있으면 모를 줄 알았어?"

　　"아, 아니야!"

　　산탄총을 든 덩치가 구부정한 직원의 멱살을 잡아 올렸다. 뒤에 있던 남자가 도망가려던 데스크 직원에게 발길질하며 윽박질렀다.

　　"야! 넌 거기 있는 돈 다 담아!"

　　직원이 남자가 건넨 카드를 결제 기계에 꽂자 적립된 현금이 순식간에 카드로 빨려 들어갔다.

　　"잘했어, 이제 카드 기록 다 지워!"

　　직원이 손이 발이 되도록 빌었다.

　　"이게 없으면 보험사 보상을 받지 못합니다! 절대 신고하지 않을 테니 이것만은…!"

　　천장에 총탄이 박혔다. 직원이 바닥에 납작 엎드렸다.

　　"다음은 머리야."

　　때가 됐다. 나는 발신자 음량을 최대로 올렸다.

　　"아아, 안녕하십니까. 여러분. 참으로 흉흉한 밤입니다."

아수라장이 된 식당에 내 목소리가 울리자 모두의 시선이 소윤에게 꽂혔다.

"야! 미쳤어?"

"배우 소속사의 경호원들은 연기도 제법 잘하는군요. 꽤 흥미진진한 연극입니다만 위험해서 더 볼 수 없었습니다. 팀장님?"

나는 두 매니저를 노려보며 말했다.

"이제 그만 솔직히 말씀해주시는 게 어떻습니까?"

"무슨 말씀을 하는지 모르겠네요."

타나카 팀장이 말했다.

"명예를 지켜야 한다며 증거조차 먼저 검사하는 팀장님께 진실을 먼저 말할 기회를 드리는 겁니다. 아니면 제가 맘대로 떠들어도 되겠습니까? 팀장님의 '편집'을 거치지 않고요?"

타나카 팀장이 입술을 깨물었다.

"판단 잘하세요."

"저도 고민을 안 한 건 아닙니다. 저는 어디까지나 고용주를 만족시켜야 하는 고용인. 하지만 저는 고용인이기 이전에 탐정이고 싶어서요."

"…그럼 해보시죠."

"알겠습니다."

나는 침을 삼켰다.

"이 사건은 강준기 씨 살인사건이 아닙니다. 오늘 죽은 사람은 로드매니저 이정환 씨이고, 그를 죽인 사람은 유정욱 팀장입니다."

* * *

"뜬금없군요. 이야기가 주제에서 많이 벗어났다고 느끼는 건 저뿐인가요?"

타나카 팀장이 말했다.

"인공지능 비서를 사용하지 않는 강준기 씨를 케어하기 위해 주중에는 팀장급 매니저 넷이 돌아가면서 근무하고, 주말에는 두성철 대표가 강준기 씨를 케어한다? 인공지능 비서 임플란트 덕분에 매니저를 고용하지 않는 연예인도 많은 요즘 시대에 비하면 지나치게 호화로운 인사입니다. 정말 네 명씩이나 일을 분담해야 할 만큼 강준기 씨의 능력이 부족한 걸까요? 90년대를 살아가는 저희가 과거 사람들의 지적 능력 수준을 잊어버린 탓일 수도 있습니다. 하지만 모든 의심을 떨쳐내더라도 근무자 네 명이 주중 5일을 나눠서 근무한다는 건 그다지 깔끔하게 떨어지는 계산이 아닙니다. 하지만 하루에 두 명씩 2인 1조로 교대 근무를 한다면 어떨까요? 예를 들어 제 앞에 계신 두 분이 오늘의 담당자였다면?"

"제가 캠핑장에 앉아 있는 모습을 블랙아이즈로 보셨지 않습니까? 설마 즉석에서 그렇게 정교한 조작을 했을까요?"

유 팀장이 인상을 찌푸렸다.

"물론 유정욱 씨의 블랙아이즈는 진짜였습니다. 하지만 그게 재택근무였다면 어떨까요? 전뇌 연결이라는 기능에 대해선 다들 아실 겁니다. 기계화된 뇌에 통신까지 가능해지면서 우리는 다른 몸의 감각을 원격으로 체험하고 그 몸을 조종할 수도 있게 되었죠. 길거리에선 이를 이용해 자기 몸을 아예 포르노 극장으로 만든 사람들도 있더군요. 강준기 씨의 매니저들께선 강준기 씨가 어떤 이유로 세상을 떠나자, 그의 죽음을 숨기고 전뇌 연결을 통해 강준기 씨 행세를 하기로 한 겁니다. 강준기 씨가 과거에 어떻게 죽음을 맞이했는지는 알 수 없지만, 목격자도 책임질 사람도 없는 죽음이었을 겁니다. H엔터테인먼트 간판의 갑작스러운 죽음은 회사 경영진에게 있어선 안 될 사고였겠죠. 그래서 H엔터테인먼트의 임원들은 강준기 씨의 전뇌에 통신 기능과 인공지능 비서 기능을 설치했습니다. 강준기 씨의 몸에 들어간 매니저들은 강준기 씨의 전뇌를 학습한 인공지능의 도움을 받아 각종 방송에서 강준기 씨 흉내를 성공적으로 해냈습니다. 물론 작품 연기는 하루아침에 따라 할 수 있는 부분이 아니라 연기 활동은 중단할 수밖에 없었겠죠. 이렇게 강준기 씨 역할을 맡은 매니저 여러분께선 강준기 씨의 재산을 마음껏 쓰기도 하고, 일정이 없을 땐 연예인의 몸으로 각자 애인을 만들어 방탕한 생활을 즐기기도 하면서 비밀을 지켜왔겠죠."

타나카 팀장이 팔짱을 끼자 그녀의 팔에 매달린 보석들이 연회장 샹들리에처럼 반짝였다.

"그러나 이러한 시스템에 불만을 가진 사람이 있었습니다. 바로 운전과 잡무를 맡은 로드매니저 이정환 씨였죠. 팀장들이 강준기 씨의 몸으로 쾌락을 즐기는 동안 일만 해야 했으니까요. 그래서 이정환 씨는 몰래 접속 코드를 알아내 강준기 씨의 몸을 훔쳐 탈 기회를 노리고 있었습니다. 며칠 전 천리안 씨가 그에게 연락처를 물어본 게 도화선이 되었겠죠. 그리고 기회는 유정욱 씨가 캠핑장에서 재택근무를 하기로 한 오늘 찾아왔습니다. 이정환 씨는 유정욱 씨가 캠핑장에서 원격 근무를 할 경우 일정을 마친 뒤엔 캠핑을 제대로 즐기기 위해 강준기 씨의 몸을 더 쓰지 않는다는 사실을 알고 있었습니다. 그래서 그는 강준기 씨의 스마트폰으로 천리안 씨에게 답장을 보낸 뒤 평소보다 일찍 퇴근해 식당을 예약하는 등 천리안 씨와의 데이트를 준비했습니다. 그리고 유정욱 씨의 소셜 앱 계정이 온라인 상태가 되자 강준기 씨의 몸에 접속한 겁니다. 하지만 그 판단은 틀렸죠. 몸을 비운 지 두 시간 만에 유정욱 씨는 강준기 씨 몸으로 돌아왔고, 두 사람분의 데이터를 감당할 용량이 되지 않았던 강준기 씨의 전뇌는 과부하에 걸렸습니다. 접속 순간 이변을 눈치챈 유정욱 씨는 재빨리 접속을 끊고 나왔지만, 대처가 늦었던 이정환 씨는 타버린 전뇌와 함께 세상을 떠나고 말았죠. 천리안 씨가 들었던 강준기 씨의 누구냐는 말은 유정욱 씨가 한 말일 테죠. 분명 스위트룸에 있어야 할 몸이 누군가에게 조종당해 낯선 곳에 있었으니 말입니다."

"지나치게 창의적인 추측이네요. 논리 폭탄의 정체가 유 팀장이라는 근거는 있나요?"

"유정욱 씨, 오늘 비가 몇 시부터 왔는지 알고 있습니까?"

"네?"

"오늘 비는 저녁 6시부터 내렸습니다. 강준기 씨가 호텔 파티에 있던 시간, 5시부터 7시, 즉 유정욱 씨가 본인의 몸을 비운 시간 한가운데죠. 캠핑 중에 비가 온다면 방수천으로 장작이나 장비를 덮어두는 게 보통일 텐데, 유정욱 씨는 호텔에 있어서 비가 오고 있다는 걸 몰랐습니다. 자기 몸으로 돌아와 보니 비가 오고 있고, 캠핑 도구들은 잔뜩 젖어 못 쓰게 돼 있었죠. 축축한 텐트에서 하릴없이 맥주를 마시던 유정욱 씨는 결국 강준기 씨의 스위트룸으로 돌아가기로 한 겁니다. 취기 때문에 접속 중인 사람이 있다는 것도 확인하지 않고요."

말을 끝내니 식당과 호텔 방 안에는 침묵만이 맴돌았다. 소윤이 입을 뗐다.

"탐정이기 이전에 고용인… 우리가 필요했던 이유는… 범인을 찾기 위해서가 아니라… 만들어내기 위해서였어."

"전쟁 피해자 중 안티 부디스트 시위에 나갔다가 전과자가 돼서 일용직을 전전하는 사람들은 서울에만 수만 명에 달해. 털다 보면 나오는 먼지 같은 희생양이지. 물론 이런 희생양이 필요한 이유는 H엔터테인먼트도 강준기 씨의 죽음을 더 이상 감출 수 없겠다고 생각했기 때문이야."

나는 테이블 위에 소셜 앱 피드 하나를 띄웠다. 피드의 사진 속엔 어깨를 훤히 드러낸 천리안이 무인 택시를 타는 모습이 들어 있었다. 그 뒤에 유 팀장이 트렌치코트로 덮인 채 축 늘어진 누군가를 업고 있는 모습까지도.

"H엔터는 강준기 씨의 죽음을 감출 수 없다면 차라리 순교자로 만들려고 했어. 안티 부디스트의 테러에 희생된 인본주의자 폴리테이너, 새로운 붓다의 사이버 니르바나로 말이야. 우리는 이 시나리오를 위한 배우이자 스토리라이터였던 거지. 하지만 뜻대로 되진 않을 거야."

식당 밖에서 경찰차 사이렌 소리가 들렸다. 좋은 타이밍이다.

"카드 기록으로 팀장들을 도발하면 무리해서라도 힘을 행사할 줄 알았지. 이제 소윤이 네가 이 통화 기록을 경찰에 넘기기만 하면…."

그러나 식당에 들어온 건 경찰특공대가 아니었다. 무장조차 하지 않은 사복 차림 형사 몇 명이 가짜 안티 부디스트들을 투명인간처럼 지나쳐 멱살이 잡혔던 직원의 손에 수갑을 채웠다.

"왜…."

형사가 소윤에게 홀로그램 영장과 저장장치를 내밀며 말했다.

"배우 강준기 씨의 사망 사건을 조사한 탐정이시라고요. 사건의 증거로 지금 통화 기록과 두 시간 분량의 본인 블랙아이즈 기록 원본을 담아주시길 부탁드립니다."

"그게 무슨 말이야!"

호텔 방에도 경찰들이 들이닥쳤다. 경찰들은 장갑조차 끼지 않은 손으로 강준기의 시신을 보디백에 거칠게 쑤셔 넣었다. 그리고 내게도 저장장치를 내밀었다.

"늦지 않아서 다행이네요. 탐정분들이 스토리를 짜주는 동안 대표님께선 중요한 미팅을 하셨거든요."

타나카 팀장이 기지개를 켜며 말했다.

"안티 부디스트를 치우고 싶어 하는 사람들은 많죠. 매년 낭비되는 돈이 얼만데요. 그러지 못하는 건 그놈의 명분 때문이죠. 적당한 서사와 희생양, 거기다 H엔터 신규 브랜드의 지분까지 준다는데 거절할 스폰서가 어디 있겠어요. 사실 연기를 못하는 강준기의 주가는 계속 떨어지고 있던 참이거든요. 아쉽지만 이렇게 정리하는 게 나을 수도 있겠네요."

"영장이 있다고 해도 개인의 블랙아이즈를 함부로 삭제하는 것은 명백한 위법입니다."

나는 경찰을 노려보며 말했다.

"그걸 판단하는 건 저희가 할 일이 아닙니다. 선생님, 협조하지 않으면 공무 방해로 체포할 수도 있습니다."

무표정한 경찰이 기계 같은 어조로 말했다. 타나카 팀장이 방을 나가며 덧붙였다.

"돈은 드릴 테니 걱정하지 마세요. 탐정님들은 우리 시나리오에서 꼭 필요한 조연이니까. 결말이 약간 아쉬워서 인센티브는 어렵겠지만."

나는 이를 악물었다.

* * *

소윤은 식당 맞은편의 지저분한 벤치에 앉아 있었다. 그녀가 띄워둔 화면엔 강준기의 죽음과 논리 폭탄에 대한 특집 뉴스가 흐르고 있었다. 나를 흘끗 본 그녀가 한숨을 내쉬었다.

"폼 안 죽었네."

"노력 중이지."

"이런 기분이었어?"

나는 대답 대신 손을 내밀었다. 그녀는 고민하다 내 손을 잡고 자리에서 일어섰다.

"그래도 출연료는 받았으니 힘을 내자고요. 뭐라도 먹고 갈래?"

"피곤해. 들어갈래."

소윤이 전동휠에서 헬멧을 꺼내 들었다. 주저하던 나는 돌아선 그녀의 등에 대고 말했다.

"그래도 간만에 보니까 좋네. 그, 네온핑크 스타일도 잘 어울리고."

떨떠름한 표정으로 고개를 돌린 그녀가 피식 웃었다. 오랜만에 보는 웃는 얼굴이 반갑다.

"네오핑크다, 이 바보야."

서동훈 상명대 국어교육과를 졸업하고 수년째 방송 작가로 활동 중이다. 언젠가 오롯한 내 글을 쓰고 싶다는 생각을 속에 묻은 채 생업에 종사하던 중 공백기를 틈타 일탈을 저질렀다. 유머를 소중히 여기며, 매체에 얽매이지 않고 이야기를 짓고 공유함으로써 사람들에게 새롭고 즐거운 경험을 주기 위해 노력 중이다.

심사평

《계간 미스터리》신인상 심사위원

이번 호에도 많은 작품을 심사했고, 최종적으로 〈죽음의 모자〉와 〈사이버 니르바나 2092〉가 결선을 다투게 되었다. 결과부터 말하면 서동훈 작가의 〈사이버 니르바나 2092〉가 《계간 미스터리》 2024년 봄호의 신인상 수상작으로 선정되었다.

〈죽음의 모자〉는 보험조사관 강지영이 장현수(아버지, 56세)와 장민수(아들, 8세)가 독버섯으로 사망한 사건의 진상을 밝히는 내용으로, 이혼 소송 중이던 아내 이유진이 유력한 용의자로 떠오른다. 전반적으로 미스터리의 얼개를 갖추고 있고 마지막 반전도 나쁘지 않았다. 하지만 범행 동기가 도무지 이해되지 않는다.

사건의 진상은 장현수가 아들을 죽이고 본인도 음독자살한 일종의 '자녀 살해 후 자살'인데, 범행 동기가 친아들 장민수가 이혼 소송 중에 친모도 아닌 이유진과 살겠다고 했기 때문이다. 엄마와 살겠다고 하게 만든 아내에게 복수하기 위해 아들을 죽이고 자신은 자살해서 이유진을 살인사건의 범인으로 만든다는 것이다. 장현수는 '경제 전문가이며 주식 거래로 많은 부를 쌓았는데, 역삼역에 있는 빌딩을 비롯해 수십억을 호가하는 주식, 잠실 107평형 아파트, 석 대의 고급 자동차'를 소유한 인물이다. 상식적으로 이 정도 부를 쌓은 사람이라면 보통 강한 정신력의 소유자가 아닐텐데, 고작 저런 이유로 아들을 죽이고 자신도 스스로 목숨을 끊는다? 더군다나 이혼 소송 때문에 장현수가 선임한 거대 로펌의 변호사는 대단히 유능한 인물로, 이유진이 선임한 변호사는 무능하기 짝이 없는 인물로 묘사된다. 그렇다면 변호사를 이용해서 얼마든지 유리한 판결을 끌어낼 수 있지 않을까? 도무지 저런 극단적인, 그것도 본인이 죽으면 복수가 제대로 됐는지 알 수도 없는 방법을 택한 이유를 이해할 수 없다. 작품에서 강지영의 입을 빌려 죽은 "장현수 씨에게 직접 듣지 않는 이상 동기를 알 수는 없다"고 막연하게 말하는데, 그건 강지영의 처지에서 할 수 있는 말일 뿐, 작가는 독자를 설득할 수 있는 충분한 동기를 제시해야 한다.

〈사이버 니르바나 2092〉는 단편에 담기에는 지나치게 많은 설정이 담겨 있어 몰입하기 어렵다는 평이 있었다. 하지만 SF 미스터리라는 관점에서 보면 이해할 만한 수준이었고, 매력적인 캐릭터, 매끄러운 대사 처리, 작품 기저에 흐르는 부패한 종교와 정치의 결탁이라는 주제의식 등이 독자의 마음을 사로잡을 만한 작품이라는 판단이었다. 〈죽음의 모자〉는 장점도 있지만 미스터리 장르에서 가장 깊이 천착하는 '동기의 문제'에서 설득력을 잃었다는 단점이 두드러졌고, 〈사이버 니르바나 2092〉는 다양한 요소에서 일정 수준 이상의 고른 완성도를 보여주었다는 장점이 도드라져, 최종적으로 신인상 수상작이 되었다.

고이즈미 기미코의 말을 빌려 한 가지 당부를 덧붙이고자 한다. 미스터리 평론에도 일가견이 있었던 그녀는 단편집 《코미디언》의 후기에서 단편과 장편을 비교하면서 이렇게 말한다. "길어서 좋다거나 짧아서 좋다거나 하는 문제가 아니다. 중요한 것은 내용이다. 그 내용을 표현하기에 가장 적절한 형식을 취하고 있는가 하는 문제라고 생각한다."

이번 투고작 중에서 〈분노의 끝과 시작〉은 200자 원고지 470매, 〈개들의 산장〉은 309매에 달한다. 작품의 완성도를 떠나서 이 정도면 《계간 미스터리》 신인상으로 심사할 수 있는 분량이 아니다. 불필요한 부분을 과감하게 삭제하고 더 쫄깃하고 밀도감 있는 작품으로 거듭나기를 기대한다.

수상자 인터뷰

《계간 미스터리》편집부

조나 레러의《지루하면 죽는다》에는 NBC 최장수 드라마 중 하나인 〈로 앤 오더〉의 총괄 프로듀서 마이클 체르누친의 말이 실려 있는데, 한 에피소드와 관련된 일화를 소개하면서 이렇게 말한다. "이 에피소드의 제목은 〈무슨 일이 있었던 걸까Something Happened〉입니다. 이 문장은 우리 드라마의 본질이죠. 대체 무슨 일이 벌어졌을까? 우리가 이야기를 제대로 만든다면 시청자들은 41분 동안 답을 알 수 없어요." 조나 레러는 "이 드라마는 42분짜리다"라고 덧붙인다.

너무 일찍 풀리는 미스터리만큼 싱거운 것은 없다. 지금도 미스터리 작가들은 마지막 문장까지 독자를 향한 펀치를 날리기 위해 머리를 싸매고 있다. 독자에게 맞아 쓰러지더라도 손맛이 느껴지는 펀치를 날리고 싶다는 신인상 수상자와 인터뷰를 진행했다.

신인상 당선을 축하드리면서, 먼저 간단한 자기소개 부탁드립니다.

안녕하세요. 저는 대학에서 국어교육과를 졸업하고 올해로 7년째 방송작가로 활동 중인 서동훈입니다. 인터뷰는 많이 했는데, 질문을 받아보는 것은 처음이라 조금 정신이 없습니다. 즐겨 읽던《계간 미스터리》에 제 작품이 실린다고 생각하니, 어안이 벙벙하면서도 기쁩니다.

프로필을 보니 방송작가로 오랫동안 일하셨다고 하셨는데, 어떤 작품들에 참여하셨나요?

교양과 예능을 오가며 다양한 프로그램에 참여했습니다. 그중 몇 가지만 소개하자면, EBS의 반려견 문제 행동 솔루션 프로그램인 〈세상에 나쁜 개는 없다〉, SBS의 요리 소개 어린이 프로그램 〈요리조리 맛있는 수업〉, TV조선의 어린이 퀴즈쇼 프로그램 〈개나리 학당〉, MBC의 친형제자매 일상 관찰 프로그램 〈호적메이트〉 등이 있습니다. TV 방송 이외에도 유튜브 웹 예능이나 프로젝트성 오디션 프로그램에도 조금씩 참여했습니다.

저도 〈세상에 나쁜 개는 없다〉를 즐겨 봅니다. 늘 보던 프로그램의 작가님을 뵈니 뭔가 내적 친밀감이 들어 더 반갑네요. (웃음) 방송작가 일을 하시다가, 미스터리 소설을 써야겠다고 결심하신 계기가 있나요? 당선작인 〈사이버 니르바나 2092〉를 어떻게 구상하게 되셨는지도

　사실 장르를 가리지 않고 소설 읽는 것을 좋아합니다. 언젠가 나도 글을 써보고 싶다는 생각을 학생 때부터 품고 있었는데요. 막상 졸업 후 진로를 결정하는 순간이 오니 현실적인 문제 때문에 용기가 나지 않았습니다. 급여를 받으면서 이야기를 구성하는 법을 배울 수 있는 일을 찾다 보니 프로그램 대본을 쓰는 방송작가라는 직업을 알게 되었습니다. 그런데 매주 방송되는 TV 프로그램은 어떻게 보면 100여 명이 같이 쓰는 주간 연재물이거든요. 여기서 벌어진 일을 수습하다 보면 저기서 일이 생기고…. 바쁜 제작팀에 있을 땐 밤새 연락이 오다 보니 글을 쓴다는 건 엄두도 내지 못했습니다. 그러다 문득 영영 글 한 줄 못 쓰겠다는 조바심이 들었습니다. 그래서 작년 여름에 잠깐 일을 쉬고 있을 때 새로운 방송 일을 찾는 대신 도서관에 가서 책을 읽고, 글을 쓰게 되었습니다.

　미스터리 작품을 쓰게 된 것은, 다양한 내용의 방송 대본 작성 중 문득 문득 머릿속에 떠오르는 엉뚱한 상상들이 모인 탓입니다. 조선시대 세자빈이 종묘에서 제례를 지내는 장면이 나오는 역사 관련 대본을 쓰다가 '여기서 만약 세자빈이 독살당한다면?', 해외로 가는 여객선 여행 관련 부분을 쓰다가도 '갑자기 선원들이 죽고 망망대해에 승객들만 남는다면?' 하는 다소 황당한 생각을 하다 보니 자연스럽게 '나의 첫 소설은 미스터리여야만 하겠구나!'라고 마음이 꽂혀버렸습니다.

　조선 궁궐 내 미스터리를 다룬 첫 번째 글은 나름대로 공부도 하고 애를 많이 썼음에도 제가 봐도 조악하다고 느낄 만한 졸작이었습니다. 글을 쓰기 시작한 이상 끝을 보고 싶어 제가 가장 사랑하는 장르인 SF와 미스터리를 몽땅 넣고 볶아 〈사이버 니르바나 2092〉를 쓰게 되었습니다.

　그래서인지 〈사이버 니르바나 2092〉에는 다양한 SF적 설정이 있는데요. 작품의 이해를 위해 '안티 부디스트'나 '티베트 전쟁' 같은 설정에 관해 설명해주실 수 있을까요?

　SF 작품에서 국가 간 기획 전쟁과 그로 인한 사회적 혼돈은 클리셰라고도 할 만큼 흔한 소재인데요. SF 팬의 한 사람으로서 이런 확정적인 '아는 맛' 소재를 뚝 잘라와 써보고 싶었습니다. 다만 저 자신도 수긍할 수 있는 고유한 배경 설정을 위해 궁리하던 중 최근 뉴스로 접한 국가 간 분쟁과 피해 상황을 녹여 미래 한국의 모습을 그리게 되었습니다.

　짧게 소개해드리자면, '티베트 종교 전쟁'은 중앙아시아에 살고 있는 다양한 민족 간의 긴장 상황을 인접한 강대국이 조종해 벌인 대리전입니다. 제3세계를 위한 인도적 지원이란 명목으로 선진국들은 구호물품과 함께 첨

단 병기를 분쟁지역에 보내 기술 연구를 하고, 전쟁을 기획한 사람들은 물자를 유통하고 전황을 스포츠처럼 중계하며 돈을 법니다. 외부에 공개되는 전쟁의 모습은 무인 병기로 이루어지는 살인 없는 전쟁이기에 사람들은 게임처럼 전쟁을 즐겼습니다. 첨단기술 강국인 미래 한국 또한 정부 주도로 전쟁 사업에 뛰어들어 큰돈을 벌어들입니다. 그러나 인도적 지원, 살인 없는 전쟁으로만 알고 현지에 보내진 사람들이 입은 인명 피해와 전쟁터가 된 고향을 탈출한 사람들이 실상을 폭로하면서, 전쟁의 실체와 강대국과 유착해 갈등 상황을 조장한 부패한 현지 종교 지도자들의 비즈니스가 드러나게 됩니다. 전쟁 피해자를 중심으로 세계 각지에서 부패한 종교연합을 규탄하는 움직임이 일어나고, 이렇게 국가와 종교권력에 맞서 싸우는 사람들은 곧 '안티 부디스트'라는 이름으로 불리게 됩니다. 전쟁은 진상이 밝혀지기 무섭게 승자도 패자도 없이 흐지부지 끝나버리고, 피해자만 남습니다. 한국을 비롯해 전쟁으로 이득을 본 나라의 국민들은 정보가 통제되었다곤 해도 전쟁을 이용해 부를 축적했다는 사실에 죄책감을 느끼죠. 그래서 전쟁 난민을 받아들이고 '안티 부디스트'들의 과격한 활동에도 호의적인 시선을 보냈지만, 그들 또한 이권을 차지하기 위해 똑같이 타락하고 맙니다. 결국 가해자와 피해자를 구분할 수 없는 혼란스러운 상황이 되는 거죠.

그 외 전뇌나 임플란트 같은 설정도 기존 SF 작품에서 익숙하게 나오는 소재들인데, 제 작품에 어울리도록 나름대로 다듬어보았습니다. SF를 즐기는 독자분들이 어떻게 보실지, 기대 반 걱정 반입니다.

당선작에는 SF적인 설정에 미스터리가 적절한 조화를 이루고 있는데요, 작가님이 선호하시는 하위 미스터리 장르가 있나요? 그 장르에서 전범으로 삼고 싶은 작가와 작품이 있다면 소개해주세요.

나름 미스터리 장르를 좋아한다고는 말하지만 깊이 공부하진 못해 특정한 하위 장르를 콕 집어 말씀드리긴 어려운 것 같습니다. 그럼에도 미스터리 초보자의 눈높이에서 말해보자면 밀실 트릭처럼 독창적인 기믹이 들어 있는 작품들을 특히 좋아합니다. 아야츠지 유키토의《시계관의 살인》이나 도진기의《유다의 별》과 같은 작품이요. 어떻게 하면 더욱 독창적으로 사람을 해칠 수 있는지 흉흉한 상상력을 뽐내는 작품들이지만 창작물이기에 가능한 상상이고, 소설을 읽으며 추리하는 독자들은 물론 독특한 트릭을 구상한 작가 또한 자기 글에서 카타르시스를 느낄 수 있을 것 같거든요.

최근 본격 미스터리를 좋아하고 창작하려는 젊은 작가들이 많아지고 있는데 장르의 확장을 요즘 세상에는 재밌는 게 너무 많죠. 저만 해도 유튜브 숏츠를 넘기다가 한두 시간을 날려버린 적이 많은데요. 자극적이고 빠르게 쾌감을 주는 매체는 생각할 틈을 안 줘요. 그러니 요샌 문장을 읽고 이해해서 나만의 상상력을 펼치는 활자 읽기는 누군가에게 권하기도 민망한 행동이죠. 석 줄 요약 없이 긴 글을 공유했다간 매너 없다는 소리를 듣는 시대니까요. 그럼에도 미스터리는 활자로 읽었을 때 가장 진가가 발휘되는 장르라고 생각합니다.

물론 미스터리 영화나 드라마도 재미있지만, 화려한 시청각 효과와 줄줄 흐르는 대사가 눈과 귀를 빈틈없이 채워주기 때문에 보는 사람은 사건에 제대로 집중하기도 전에 명탐정의 해설 강의를 듣게 되죠. 반면 소설은 독자가 자기 속도에 맞춰 읽으며 작가가 뿌려놓은 복선들을 기억해뒀다가 사건 해결의 도구로 써보기도 하고, 모든 진실이 밝혀지기 직전엔 책을 덮고 나름의 추리를 펼치기도 하면서 작가와 독자 간의 두뇌 싸움을 제대로 즐길 수 있잖아요. '힙하다'고도 할 수 있을 것 같은데요, 활자로 읽을 때 가장 깊게 즐길 수 있다는 특별함이 미스터리 장르의 가장 큰 매력이라고 생각합니다.

그래서인지 미스터리는 작가의 역할이 유독 중요한 장르입니다. 저는 '멋지게 져주기'라고 부르고 싶은데요, 미스터리 작가는 흥미로운 사건을 펼치고 충격적인 반전으로 분위기를 뒤집는 것도 중요하지만, 결국 사건 해결이 필요한 장르의 특성상 독자가 범인을 추론해 작가에게 한 방 먹일 수 있도록 추리를 위한 힌트 또한 준비해둬야 한다고 생각합니다. 작가가 손쉽게 지면 독자도 김이 빠집니다. 트릭을 최대한 꼬고 복선을 숨기되 독자가 추리 펀치를 뻗었을 때 손맛이 느껴져야 멋지게 졌다고 할 수 있습니다. 작품의 절대자인 작가가 독자에게 멋지게 맞기 위해 머리를 싸매고 고민하는 장르가 미스터리 말고 또 있을까 싶습니다. 이것 또한 힙하지 않나요?

공통 질문이라고 읽은 적이 있어서 오랫동안 고민했는데요. 조금 뜬금없지만 이왕 시대를 초월할 수 있다면 각종 실학서를 집필한 다산 정약용을 만나고 싶습니다. 우리나라 위인들 중에서 개방적이면서 이지적이고 정의로운 이미지를 갖고 있어 역사 미스터리에서도 곧잘 탐정 역할로 등장하기 때문입니다. 만나게 된다면 정약용 선생님이 탐정으로 등장하는 작품을 같이 읽고 감상을 나누고 싶습니다. 역사 미스터리를 쓰고 싶다는 욕심을 놓지 않고 있으니 겸사겸사 소설 속 고증에 대해 여쭤보고 싶기도 합니다.

작품 수가 몇 편 안 되는 저 역시도 열 살 무렵의 정약용 선생이 탐정으로 활약하는 추리 동화를 쓴 적이 있는 것을 보니, 아마 국내 역사 미스터리에 가장 많이 등장한 실존 인물이 맞는 것 같습니다. (웃음) 질문을 바꿔서 방송작가로서의 작업과 소설을 쓸 때가 다를 것 같은데요, 어떤 방식으로 집필하시나요? 특별한 루틴이 있으신가요?

많은 분이 알고 있겠지만 방송 대본은 작가 혼자 쓰는 글이 아닙니다. 제작진과 여러 차례 회의를 거쳐 가닥을 잡고 출연자와 촬영 현장의 컨디션에 따라 수정에 수정을 거듭합니다. 그러다 보니 창작의 고통을 느낄 새도 없이 약간은 기계적으로 문장을 이어 붙일 때가 많습니다. 그러다가 처음으로 저 혼자 처음부터 끝까지 쓰려고 하니 시간 배분을 어떻게 해야 할지도 모르겠고, 퇴고를 어떻게 해야 하는지도 모른 채 좌충우돌하며 글을 썼습니다. 이런 처지라 루틴이라고 부를 만한 것도 없었습니다. 큼직한 상황은 예전부터 떠올리고 있던 터라 며칠 동안은 멍하니 트릭 구상에만 매달렸습니다. 그러다 대략적인 논리가 만들어지고 며칠 동안 줄줄 써 내려가기만 했습니다. 그러다 보니 매우 불규칙한 생활을 하게 되더라고요. 그나마 규칙적으로 지키는 것이 있다면 생존을 위한 운동을 하러 집 앞 헬스장에 가거나 도보 20분 정도 떨어진 마트에 저녁 장을 보러 가는 건데요. 걸어가는 동안 등장인물들의 대화를 입으로 작게 중얼거리며 말투가 인물과 어울리는지, 내용이 이야기 전개에 적절한지를 생각합니다. 사실 이건 방송 대본을 쓸 때부터 하던 버릇인데, 한 사람이 정보를 줄줄 읊은 게 아니라 사람들끼리 이야기를 주고받으며 풀어가야 하는 방송의 특성상 대화가 매끄럽게 이어져야 하기 때문입니다.

심사 과정에서 처음으로 느낀 장점이 신인답지 않게 대화가 매끄럽다는 것이었습니다. 나중에 방송작가라는 걸 알고 이해했습니다. 그 외에도 단편에 담기에는 차고 넘치는 더 많은 이야기가 있다는 느낌을 받았습니다. 지금 집필 중인 작품이나 앞으로의 집필 계획, 추구하는 작품 방향에 대해 말씀해주세요.

솔직히 SF 미스터리인 이 작품으로 당선될 거라는 생각은 못했습니다. 글을 쓰게 된 동기부터가 어느 정도는 자기만족을 위한 것이었기에 이왕 한정된 기회 안에 쓰는 거 후회 없도록 좋아하는 것을 다 쏟아붓고 결과를 받아들이자고 생각했거든요. 그런데 막상 쓰다 보니 단편으로 작별하고자

했던 인물들에게 제멋대로 배경이 생기고, 생각도 못했던 반동 인물 또한 생기고 말았습니다. 그러다 보니 저 역시 주인공의 이후 행보가 궁금하게 되었습니다. 아직은 얼기설기 에피소드를 엮는 중이지만 가능하다면 계속해서 2092년 서울을 배경으로 주인공이 크고 작은 사건들을 해결해나가며 자신도 몰랐던 대적자에게 다가가는 이야기를 쓰고 싶습니다.

재밌는 작품이 나올 것 같네요. 기대하겠습니다. 앞으로도 방송작가와 소설가를 병행하실 건가요? 앞으로의 계획에 대해 듣고 싶습니다.

바라던 대로 온전히 제 글을 쓰는 시간을 보내며 기대하지 않은 성과까지 얻었지만, 방송작가로서도 배움이 부족한 짧은 경력이고 생계도 이어가야 하니까 당분간은 방송으로 복귀해 일을 하게 될 것 같습니다. 하지만 소망하던 소설가로서의 가능성 또한 발견할 수 있었기에 이전보다는 마음의 여유를 갖고 후속 글을 준비하려고 합니다.

좋은 작품이 완성되면《계간 미스터리》에 투고해주세요. (웃음) 끝으로 당선 소감 부탁드립니다.

신나서 자판을 두드릴 때는 모르다가 막상 메일을 보내고 나니 부족한 점들이 눈에 걸려 괴로웠습니다. 출판에 관해 무지한 터라 작년 겨울호에 결과가 나올 것으로 생각하고 서점에《계간 미스터리》가 들어오자마자 심사평부터 펼쳤습니다. 제 목표는 처음부터 심사평에 나오는 한 줄이었습니다. 주변에 부족한 글을 읽어달라고 내밀 상황도 못 되는 주제에 글을 쓰겠다고 나섰으니 감히 수상은 바라지도 않았고 객관적인 평가부터 받아보고 싶었습니다. 경쟁작 명단에 이름을 올리지 못한 것을 확인한 후 당선작을 그 자리에 서서 다 읽었습니다. 맛있었습니다. 한동안 시무룩해진 채로 본업으로 돌아갈 준비를 하며 집에서 겨울호의 나머지 작품도 다 읽었습니다. 글을 실으려면 이렇게 써야 할 텐데, 생각하면서 책을 뒤적이고 있었는데《계간 미스터리》로부터 당선 연락을 받았습니다. 스스로 돌이라 생각하고 지레 낙담한 제게 갈아보면 또 모르겠다며 선뜻 응답해 주신 심사위원들께 감사드립니다.

주변에 감사해야 할 분들이 너무 많지만, 어려운 방송가에서 못난 제가 넘어지지 않도록 붙잡아주신 선배 작가님들께 먼저 감사의 마음을 전하고 싶습니다. 떠오르는 이름이 너무 많아 다 적지 못하는 점 죄송합니다. 할 일 없으면 언제든 출근하라고 해주신 라움채널 여러분 감사합니다. 배고프다고 했을 때 밥 사준 박미정 & 박소정 고맙다. 먼저 쉬시러 가신 어머니께, 묵묵히 지켜봐주시는 아버지께 감사드립니다.

'힙하다'고도 할 수 있을 것 같은데요, 활자로 읽을 때 가장 깊게 즐길 수 있다는 특별함이 미스터리 장르의 가장 큰 매력이라고 생각합니다.

— 서동훈

단편소설

가을의 불안

나연만

그의 이름은 계절의 이름이기도 했다.

그의 가슴은 상하좌우로 납작해지기도 했고 앞뒤로 눌리기도 했다. 상당한 고통이 이어졌다. 검사실에서 가을은 눈물을 줄줄 흘렸다. 눈물을 흘린 이유는 고통 때문이 아니었다. 뭘 어쨌기에 이러고 있는지 분노가 치밀었기 때문이다. 의사의 목을 조르고 싶었다. 초음파 검사를 할 때는 혹이 보인다고 했다. 의사는 가슴 조직까지 떼어갔다. 정확한 검사 결과는 며칠 기다려야 나온다고 했다. 가을은 일주일 동안 휴가를 냈다. 가장 많은 근력과 신경을 쏟았던 회사 일이 뒷전으로 밀리는 데는 하루가 채 걸리지 않았다. 팔을 들 때마다 생살을 파낸 곳이 욱신거렸다.

'그까짓 회사.'

가을은 건강했지만 늘 조심했다. 2주 전에 병원에 가서 검사 예약을 했었다. 오른쪽 가슴에서 무언가가 만져졌기 때문이다.

여과되지 않은 햇볕이 콘크리트와 아스팔트 바닥에 쏟아져 내렸지만 덥지 않았다. 조금 어질했지만 평온함을 유지하는 데는 문제가 없었다. 놀이터 벤치에 앉아 자신의 앞에 펼쳐진 것들을 구경했다. 놀이터에는 사람이 없었다. 미끄럼틀과 그네의 모서리마다 녹이 슬어 있었다. 가을은 아이들이 놀이터에서 뛰노는 걸 본 적이 있었는지 기억을 더듬어보았다. 잠시 후 책가방을 멘 아이 하나가 놀이터 구석에 나타났다. 가을이 놀이터를 주시하지 않았다면 아이가 있는지도 모를 정도로 인기척이 없었다. 녀석도 학교를 빼먹은 것일까. 어릴 적 기억이 되살아났다.

*　*　*

가을은 초등학교 6년을 통틀어 딱 한 번 결석했다. 3학년 가을의 어느 날이었다. 아침에 눈을 떴는데 이미 1교시가 시작할 시간이었다. 하지만 아무도 가을을 깨우지 않았다. 누워 있는 자리가 축축했다. 누운 채로 천천히 고개를 돌렸다. 화분에 물을 주고 있던 어머니와 눈이 마주쳤다. 어머니는 학교에 가지 않아도 된다고 말했다. 어머니의 목소리는 물처럼 부드럽게 귓구멍으로 흘러들어왔다. 식은땀이 눈썹을 타고 내려와 눈물처럼 흘렀다. 그 와중에도 개근상을 놓쳤다는 생각이 떠올라 속상했다. 어머니는 가을에게 성실하다고 했다. 흰 국화의 꽃말에 '성실'이라는 뜻이 있다고도 했다. 실제로 어머니는 화분에 국화를 심어 키웠다. 가을은 어렸을 때의 어떤 기억을 계속 안고 살았다. 가을은 꽃에 의미를 부여한 이가 누군지는 모르지만 참 피곤한 사람이라는 생각이 들었다. 그래도 어쨌든 칭찬을 들어서 기분이 좋았다. 가을은 숙제를 빼먹거나 약속 시간을 어기는 일이 거의 없었다. 시간이 지날수록 남을 실망시키지 말아야겠다는 마음도 커졌다. 그러나 어쩔 수 없는 일은 늘, 그런 마음과 상관없이 일어났다.

간밤에 그토록 어린 가을을 괴롭혔던 몸살과 두통이 사라졌다. 땀을 흠뻑 흘리고 나니 몸이 한결 가벼워진 느낌이었다. 햇살이 방 안으로 넘쳐들어왔다. 해는 중천에 떠 있었다. 몸을 일으키자, 가벼운 현기증이 일었다. 가을이 일어난 것을 본 어머니가 미음을 가져다주었다.

"가을아, 너무 신경 쓰지 말자. 하루 빠졌다고 바뀌는 건 별로 없단다."

가을은 존경이라는 단어의 뜻을 알기도 전에 자신의 어머니를 존경했다. 어머니는 세상의 이치를 차근차근 알려주는 사람이었다.

오전 10시. 놀이터엔 아무도 없었다. 놀이터의 풍경이 액자 속 그림처럼 느껴졌다. 그네며 나뭇가지들의 가장자리가 선명하지 않고 희뿌옇게 보였다. 약 기운 때문인지, 결석해서인지, 몸이 허해서인지 아직도 그 이유를 알지 못했다. 하늘엔 태양 말고는 아무것도 없었다. 그 시간에는 구름조차 없었다. 세상은 하늘과 땅, 그리고 태양. 이 세 가지만 존재하는 듯했다. 그늘은 쌀쌀했고 볕 아래는 따뜻한 계절이었다. 어린 그는 햇볕이 드는 담벼락 아래에 오랫동안 앉아 있었다.

다시금 어머니가 했던 말이 생각났다.

"하루 빠졌다고 바뀌는 건 별로 없단다."

지금은 학교가 회사로 바뀌었을 뿐이라고 생각했다. 무슨 부귀영화를 누리겠다고 악착같이 회사에 다니고 있는지 알 수가 없었다. 그 말을 했던 어머니는 이제 세상에 없다.

* * *

가을이 취직 후 첫 월급을 탔을 때 부모님께 드린 것은 돈이나 내복이 아니라 건강검진 상품이었다. 가을이 사회인으로서 첫발을 내디뎠을 때, 부모님은 쉰 살도 되지 않았다. 그들은 여전히 젊고 활기 넘쳤으며, 건강을 자신했다. 아버지는 아무리 술을 많이 마셔도 다음 날 6시가 되기 전에 일어나 운동을 하러 가는 사람이었다. 어머니는 늘 신선한 재료로 음식을 만들어 먹었다. 가을은 젊고 건강한 부모님이 자랑스러웠다. 그런데도 첫 월급 선물로 건강검진 상품을 드린 이유는 부모님이 지나치게 건강을 자신하는 모습이 불안했기 때문이다.

의사는 아버지에겐 아무 문제가 없다고 했다. 그러나 어머니에게는 추가 검사가 필요하다고 했다. 혹이 발견되었다면서. 가을은 검사 결과를 보기 위해 어머니와 함께 병원에 갔다. 볕이 따뜻했지만 한기가 느껴지는 날이었다. 그는 무서워했다. 차트에 'cancer'라는 글자가 적혀 있을까 두려워서 영어로 된 단어를 읽지 않을 정도였다. 그 단어가 어머니와 상관이 없는 것으로 판명된다면 자기가 가진 것 대부분을 기꺼이 내놓을 의향이 있었다. 실제로 글자를 읽지 않기 위해 눈을 게슴츠레 뜬 채로 병원 의자에 앉아 있었다. 하지만 그것은 혼자만의 일방적인 생각이고 규칙이었다. 단어를 피한다고 해서 병을 피할 수는 없었다. 악성이라고 했다. 그것이라고 말하지는 않았지만, 누구나 그것이라고 알아들었다. 유방암 2기였다. 가을과 아버지는 충격을 받았다. 정작 어머니는 담담하게 받아들였다. 2기면 완치 가능성이 높다는 의사의 말은 가족 모두에게 큰 위로가 되었다.

병 때문에 많은 것이 바뀌었지만, 어머니의 신념이 바뀌지는 않았다. 믿지 않았던 신을 찾지도 않았고 민간요법에도 관심이 없었다. 가족들은 달랐다. 가을과 아버지는 성탄절이나 석가탄신일에도 생각해본 적이 없는 예수님과 부처님에게 그들의 방식대로 기도했다. 생식을 권하기도 했다. 그런 행동이 간신히 평정심을 유지하고 있는 어머니를 괴롭히고 있다는 생각은 하지 못했다. 두려움이 앞선 나머지 환자를 이해하는 것은 뒷전이었다.

수술과 항암치료를 받으면서 어머니는 평소 하던 일을 못하게 되는 상황이 많아졌다. 그러나 어머니는 완전히 체념하거나 포기하지 않았다. 횟수를 줄이거나 잠시 미룬 것뿐이었다. 의사는 어머니의 보호자가 누군지도 몰랐다. 어머니는 늘 혼자 통원 치료를 받으러 다녔기 때문이다. 어머니는 병을 극복한 듯 보였다. 암을 이겨낸다면 모범적인 사례로 기록돼도 전혀 문제없을 것 같았다. 모두 희망을 품었다.

결국엔 다 부질없는 일이었다. 어머니는 다섯 번째 항암치료를 받다가 갑작스러운 심정지로 숨졌다. 의사는 여러 가지 원인이 있을 수 있다고 말했다. 골수가 어떻고, 항암제가 어떻고, 방사선 치료가 어땠기 때문에 심장이 정지될 수 있다고 했다. 이해하고 싶지도 않았고 이해할 수도 없는 소리였다. 의사는 한마디로 재수가 없었다는 말을 의학적으로 설명하느라 애쓰는 듯 보였다.

그동안 품었던 희망은 신기루였다. 언제든지 처참하게 짓밟힐 수 있는 것이 희망이다.

어머니는 자신의 삶을 돌아볼 새도 없었다. 남아 있는 사람들도 마찬가지였다. 갑작스레 찾아온 망연함을 떨쳐낼 수 없었다. 어머니의 유품들은 방금 머리가 잘린 생선처럼 펄떡거리는 것 같았다. 너무나 갑작스러워서 아무 생각이 나지 않았다. 눈물도 나오지 않았다. 장례식장에 흰 국화꽃들이 들어찼을 때 비로소 어머니가 국화의 꽃말에 대해 했던 말이 생각났다.

장례를 치른 지 1년도 안 되어 가을의 아버지는 재혼했다. 아버지에 대한 걱정은 기우에 지나지 않았다. 아버지는 얄미울 정도로 건강했다.

가을도 집을 나와 따로 살았다. 가을이 원하던 바였다. 가을은 회사에서 그리 멀지 않은 곳에 있는 오피스텔을 구했다.

오피스텔은 산을 깎아 만든 곳에 우뚝 솟아 있었다. 행정구역은 서울이지만 서울답지 않다는 생각이 들었다. 낮은 곳에서 보면 붉은 벽돌로 된 집들이 하늘과 맞닿아 있었다. 언덕 아래쪽에는 시장이 있어 늘 사람들로 북적였다. 본의 아니게 이웃에 대한 정보가 입력되었다. 그런 곳이었다. 사람을 모른척한다고 해서 모르게 되지 않았다.

***

가을의 눈길은 아이에게 머물러 있었다. 아이는 허리를 굽혔다가 이내 쪼그리고 앉았다. 왠지 낯이 익었다. 그러고 보니 녀석을 본 기억이 났다.

동네 할인마트 계산원에게 달라붙어 집에 가자고 아우성치던 녀석. 제 엄마가 돈을 쥐어주니 언제 그랬냐는 듯 금세 떨어졌었다. 계산원으로 일하는 엄마가 짓는 표정은 몇 개 되지 않았다. 그나마 전부 삭막한 쪽이었다. 여인은 가을이 사는 오피스텔에서 조금 아래쪽에 있는 빌라에 살고 있었다. 출근길에 아이의 엄마가 쓰레기를 내놓다가 가을과 마주치곤 했다. 여인은 비탈길에 지어진 붉은 벽돌로 된 4층짜리 금동빌라 다섯 동 중 하나에 살았다. 가을은 여인에게 아는 척하지 않았다. 여인도 마찬가지였다. 그 때문에 그 할인마트를 자주 갔다. 가을은 어딜 가든지 익명으로 남고 싶었다.

아이는 어딘가를 뚫어지게 응시했다. 녀석은 무언가를 기다리고 있었다. 가을은 그 광경을 하릴없이 보고 있었다. 몇 분이 지났을까. 아이가 일어났다. 기다리던 무언가가 나타나지 않은 것 같았다. 가을과 눈이 마주쳤다. 녀석은 움찔하더니 놀이터 위쪽으로 도망치듯 사라졌다. 가을은 무엇에 이끌린 것처럼 아이가 머물렀던 쪽으로 걸어갔다. 아이가 응시하던 곳엔 때 묻은 햇반 용기가 놓여 있었다. 주변에 고양이 사료가 군데군데 흩뿌려져 있었다. 녀석은 고양이를 기다린 것 같았다.

가을은 발걸음을 돌려 집으로 향했다.

* * *

가을은 버킷리스트를 작성하다가 그것조차 일처럼 느껴지는 순간이오자 노트를 찢어버렸다. 침대에 벌렁 누웠다. 당장 먹고 싶은 것을 떠올렸다. 식욕이 없어서인지 생각이 나지 않았다. 며칠 전에 먹고 싶었던 걸 떠올렸다. 스시였다. 잡지와 인터넷에서 본 호텔의 일식집이 생각났다. 그 식당을 소개하는 블로그를 볼 때마다 스시의 맛보다 블로거의 재력이 궁금해지게 하는 식당이었다. 가을은 전화를 걸어 다음 날로 예약했다.

가을은 휴대폰으로 식당의 메뉴를 찾아보다가 잠이 들었다.

　평일이라 그런지 손님이 많지 않았다. 안내받은 자리 바로 앞에 셰프가 있었다. 그런 자리를 예약했다. 새하얀 원통 모자를 쓴 셰프가 인사를 건넸다. 그는 가을과 이 공간에서 두 시간 정도 함께할 터였다. 셰프의 '안녕하세요' 한 마디에 많은 정보가 담겨 있었다. 그가 쓸데없는 소리를 하지 않는 사람이라는 것, 다정하진 않지만 무례하지도 않은 사람이라는 것, 부드럽진 않지만 딱딱하지도 않은 사람이라고 확신했다. 그게 타고나는 건지, 단련되는 건지, 단지 장삿속이 만들어주는 건지 궁금했다. 이유야 어떻든 바람직하다는 생각이 들었다. 가을은 대화를 즐기는 편이 아니었다. 언제부턴가 이렇게 말하면 저렇게 알아듣거나 이 얘기를 하려고 한 건데 저 얘기만 하는 일이 늘어났다. 그건 대화가 아닐 수도 있었다. 그래서인지 혼자가 편했다. 가을은 개근상을 타는 것처럼 혼자 하는 일이 그대로 성과로 나타나는 것을 좋아했다. 그러나 병을 고치는 것은 혼자서는 힘든 일이었다. 그게 암이라면 더욱 그렇다. 환자가 제 손으로 수술할 수는 없었다. 혼자서는 할 수 없는 것이 많다는 사실은 늘 슬프게 다가왔다.

　셰프는 스시를 하나씩 쥐고 내놓을 때마다 이름과 특징을 말해주었다. 묻는 말에는 필요한 만큼만 대답했다. 그의 칼질은 예술적이기까지 했다. 모든 사람이 스시학원을 의무적으로 다녀야 한다는 캠페인이라도 벌이고 싶었다. 편백나무로 만들었다는 테이블 위에 푸딩과 구별이 잘 안 되는 달걀찜을 시작으로 각종 해산물을 얹은 스시가 나왔다. 전복을 씹을 때 오도독 소리가 났다. 성게 알에서는 어떤 향이 진하게 느껴졌다. 바다 냄새가 뭔지 모르는 가을도 그것이 바다 냄새라는 걸 알 수 있었다. 생맥주를 한 잔 주문했다. 종잇장처럼 얇은 잔에 담긴 맥주가 나왔다. 튀김 두어 조각도 같이 나왔다. 가을에 나오는 아스파라거스와 무화과를 튀긴 것이라고 했다. 설명만으로도 이미 가을이 입속에 들어온 것 같았다. 맥주를 한 모금 마시자 노곤한 기운이 혈관을 타고 퍼져나갔다. 혹시라도 수술할 일이 있다면 일식 요리사가 집도하면 좋겠다고 생각했다. 이왕이면 예술적으로 수술하면 좋을 것 같았다.

조직 검사로 심란했던 마음이 점심 한 끼로 평안해진다는 사실에 기가 막혔다. 심각하게 생각했던 것들이 실제로는 얇디얇은 것일 수도 있었다. 어머니가 불행했다는 생각은 착각일지도 몰랐다. 걱정하는 모습을 내보이지 않느라 어머니에게 암에 걸려보니 어떠냐고 묻지 못한 것이 아쉬웠다. 불경하다는 의식에 가려 많은 것을 놓친 듯한 느낌이 들었다.

시간과 돈이 아깝다는 생각이 들지 않았다. 집에 들어가는 길에 늘 들르던 편의점에서 맥주를 샀다. 편의점과 오피스텔 사이에 놀이터가 있었다.

놀이터에는 녀석이 있다. 어제와 똑같은 자세로 웅크리고 있었다. 녀석은 학원도 안 다니는 모양이었다. 앞에서 무언가가 반짝였다. 그 순간을 놓치지 않고 녀석의 발이 그 반짝이는 것을 축구공 차듯 걷어 올렸다. 반짝이는 것은 어떤 소리를 내면서 공중에 떴다. 밝은 태양 빛을 받으면서 완전히 한 바퀴를 돌았다. 그때 그것이 노란 고양이라는 것을 알 수 있었다. 걷어차인 고양이는 순식간에 풀숲으로 사라졌다.

가을에게는 눈앞에 벌어진 일이 화질이 나쁜 무성영화의 한 장면처럼 아득하게 느껴졌다. 딱 몇 초였다. 예상치 못한 상황을 현실로 받아들이는 데 걸리는 시간이었다. 가을이 소리를 내자, 아이도 사라졌다. 고양이가 나타났던 자리에는 고양이가 미처 먹지 못한 사료가 남아 있었다. 고양이가 온전히 도망친 것으로 보아 다리가 부러지거나 하진 않은 모양이었다. 사료를 안 주는 것이 고양이에게 도움이 될 것 같았다. 가을은 핸드백에서 포스트잇을 꺼내 글을 석고는 햇반 그릇 위에 붙였다.

"이곳에 사료를 놓으면 고양이가 위험합니다."

고양이에 대해 생각해본 적도 없던 자신이 굳이 이러고 있는 모습이 공연히 낯설었다. 늘 일어나는 일일 터였다. 단지 그 시간에 자신이 회사에 있었기 때문에 보지 못한 것뿐이었다. 문득, 이 순간 자신을 이끄는 것은 순전히 도의적 책임이라는 생각이 들었다.

　가을은 다시 집으로 돌아왔다.

＊＊＊

　가을은 회색 후드티와 운동복 바지를 입은 채로 집을 나와 편의점에 들렀다. 타이레놀을 그 자리에서 생수와 함께 식도로 흘려 넘겼다. 배가 아파 잠을 이룰 수 없었다. 통증은 매달 찾아왔다. 그러나 이번엔 유난히 더 아팠다. 자궁이 멀쩡한지 걱정될 정도였다. 진통제는 다 떨어지고 없었다. 참고 자려고 했지만 무시할 만한 고통이 아니었다. 당하고 있기엔 시간이 아깝기도 했다.

　밤에는 날이 제법 쌀쌀했다. 뿌연 빛을 내뿜는 가로등이 왠지 기운이 없어 보였다. 뜬금없이 아버지는 잘 지내고 있는지 궁금했다. 신혼인데 잘 지내시겠지. 편의점 유리에 비친 자신의 얼굴이 창백해 보였다.

　편의점에서 나와 집으로 돌아가는 시간은 훨씬 길게 느껴졌다. 오르막길이라 그렇게 느껴졌을 수도 있다. 바깥으로 드러난 발목이 시렸다. 골목에는 사람이 거의 눈에 띄지 않았다. 시계를 보았다. 시간은 자정을 넘어서고 있었다. 지구대의 파란 간판이 시야에 잡히자 조금 안심이 되었다.

　오르막 옆에 늘어선 금동빌라를 지나는데 한 집에 불이 켜져 있었다. 그 녀석의 집이었다. 그림자가 유리창에 나타났다가 사라졌다. 가을의 발걸음은 빌라 쪽으로 향했다. 주차장이 따로 없는 빌라 앞에는 차들로 빽빽했다. 가을은 차들 사이로 몸을 비집고 불빛을 향해 걸었다. 창에서는 불빛과 함께 소리가 새어나왔다. 유명 MC의 신나는 목소리. 그리고 딱딱한 것이 바닥에 떨어지면서 나는 소리. 포대자루를 뭔가로 때리는 듯한 타격음 몇 개. 그와 같은 수의 짧은 신음. 그것이 전부 텔레비전에서 나는 소리는 아니었다. 모든 소리는 절도 있게 느껴졌다. 가을의 입에서 입김이 나왔다. 지구대에 신고해야겠다고 생각했다. 건물에서 몸을 떼어내면서 앞에 주차된 차에 무릎을 부딪쳤다. 차에서 요란한 경보음이 울렸다. 빌라를 떠나는 가을의 발걸음이 다급했다.

"뭘 도와드릴까요?"

경찰은 지구대 정문에 쓰여 있는 표어를 읽듯이 말했다. 그 공간이 이질적으로 느껴졌다. 지구대는 처음이었다. 가을은 책상을 사이에 두고 제복을 입은 40대 남성과 마주 보고 있었다. 경찰의 머리 뒤에 누르면 '뭘 도와드릴까요'라는 말이 나오는 버튼이라도 달려 있을 것 같았다. 가을은 금동빌라에서 들은 소리에 관해서 이야기했다.

"금동빌라 5동 102호라고요? 알겠습니다. 지금 순찰하는 경찰이 있으니까 바로 확인해볼게요."

벌써 오전 2시였다. 왜 그 빌라 옆에 있었느냐는 질문을 받지 않은 것이 다행이라고 생각했다. 그에 대한 대답이 아직 준비되지 않은 까닭이다. 집에 돌아왔다. 아까 사온 캔맥주를 몇 모금 마시고 잠이 들었다. 자는 동안 복통은 느껴지지 않았다.

* * *

가을은 눈을 떴다. 이제는 낮에 눈을 떴다. 세상은, 아니 회사는 사람 하나 없다고 변할 것 같지 않았다. 그러나 자신의 인생은 달라질 듯했다. 어머니가 그걸 알고 있었을 것이다.

자신과 상관없다고 생각하거나 신경 쓰지 않았던 것들이 눈에 들어왔다. 생리대를 사기 위해 할인마트에 갔다. 주로 쓰던 제품은 마트 진열대에 보이지 않았다. 유해 물질이 검출됐다는 보도가 나오면서 천연 생리대가 가판대 전면에 배치됐다. 그는 담배를 피우지도, 과음을 하지도 않았다. 그렇다고 무공해니 유기농이니 하는 제품을 찾아 먹는 편도 아니었다. 그런 것에 별로 신경 쓰지 않는 쪽이었다. 오래 살고 싶다는 생각은 하지 않았다. 빨리 죽고 싶다는 게 아니었다. 단지 죽을 때가 아니라고 여겼을 뿐이다. 30대 초반에 암에 대해 걱정하는 사람은 실제로 본 적이 없었다. 그러나 여태 자신이 사용했던 것은 발암물질이 있는 제품이었다. 플라스틱 부직포에 묻어 있는 발암물질이 성기를 통해 흡수되어 어딘가에 암세포를 만들 것이라고 상상하고 싶지는 않았다. 그러나 상상하지 말자고 마음먹는 순간 상상에서 빠져나올 수 없었다. 망상은 이미 물에 떨어뜨린 잉크처럼 퍼져나갔다.

가을은 계산대 위에 바구니를 올려놓았다. 계산대에는 금동빌라에 살고 있고 고양이를 발로 차는 아이를 자식으로 둔 여인이 서 있었다.

"늘 쓰던 생리대가 보이지 않네요."

가을은 여인에게 물었다. 계산원에게 말을 거는 것은 처음이었다. 늘 쓰던 생리대의 행방이 궁금해서 물은 것은 아니었다. 여인이, 아니 어제 들었던 신음의 주인공이 어떤 말을 할지, 어떤 표정일지 궁금해서 물어본 말이었다. 심장박동수가 치솟는 것이 느껴졌다.

"문제가 있다며 전부 수거해갔어요."

여인은 바코드를 찍으며 대답했다. 그 제품이 언제 다시 들어올 거고, 대체품으로 어떤 제품이 있다는 부연 설명도 했다.

"괜찮아요?"

가을은 여인에게 물었다. 여인의 안위를 묻는 건지, 생리대의 안전성을 묻는 건지 자신도 정하지 못한 채였다. 여인이야말로 필요한 말을 하고 있었다. 가을은 의식적으로 여인의 얼굴을 살폈다. 약간 웃는 것 같기도 했다. 여인의 표정에서는 한 치의 흔들림도 보이지 않았다. 감정을 아웃소싱이라도 한 것일까. 오싹한 기운마저 감돌았다. 어딘가 불편해 보이는 구석도 없었다. 여인은 번듯했다. 어제 내가 들은 소리는 무엇이란 말인가. 여인이 대답했다.

"네. 그럼요."

여인의 얼굴을 계속 보고 있을 수는 없었다.

* * *

아무것도 안 하는 시간이 아깝다고 생각했지만, 하고 싶은 것을 하는 데 집중할 수가 없었다. 아무것도 안 하는 것, 이것이 가을이 할 수 있는 최선의 선택이었다. 스시집에 다시 갈까 했지만, 예약을 하지 않았다. 생리 이틀째, 출혈량은 최대치가 됐다. 가슴 언저리가 콕콕 쑤셨다. 조직 검사를 한 부위를 지그시 눌렀다. 통증이 커졌다. 가슴의 멍울을 만져보았다. 정작 멍울은 아프지 않았다. 어째서 아프지 않은 것인지 궁금했다. 멍울을 꽉 쥐었다. 통증이 느껴질 때까지 엄지와 집게손가락에 힘을 가했다. 아찔할 정도의 고통이 느껴졌다. 몇 초 후에 가슴을 놓아주었다. 타이레놀을 먹었다. 외롭다는 생각이 들었다. 아버지에게 전화를 걸었다.

"어, 우리 딸."

"아빠, 바빠?"

"응. 근무 중이라. 근데 웬일이야?"

아버지는 바깥에 있는지 길가의 소음이 목소리와 힘께 섞여 들어왔다.

"잘못 눌렀어."

아버지는 곧 근무를 시작할 시간이었다. 아버지와 아무 얘기도 나누지 않았지만, 왠지 위안이 되었다. 모든 걸 솔직하게 말할 필요는 없었다. 텔레비전을 이리저리 돌려보다가 잠이 들었다. 깬 후에는 우유와 시리얼을 먹었다. 화장실에 들어갔다. 볼일을 보고 나와 다시 누웠다. 그날은 온종일 침대에 있었다.

다시 눈을 떴다. 바깥은 캄캄했다. 시계를 보니 12시였다. 낮에는 없던, 완전히 다른 의욕이 솟아났다. 여인의 근황이 궁금해지는 시간이었다.

엘리베이터를 타고 1층으로 내려왔다. 몇 걸음 움직인 것 같지도 않았지만, 어느새 금동빌라 앞에 서 있었다. 어제는 보이지 않던 빌라의 구조가 눈에 들어왔다. 금동빌라는 한 동에 열여섯 가구가 사는 4층 건물이었다. 언덕길에서도 1층에 박히듯 설치된 두 집의 대문이 보였다. 102호는 그중 하나였다. 빌라와 언덕길이 접한 곳에는 불룩한 비닐봉투와 스티로폼 같은 쓰레기들이 쌓여 있었다. 102호는 불이 꺼져 있었다. 그는 102호 창문 옆에 바싹 붙었다. 아무 소리도 들리지 않았다. 자리를 피하려는 순간, 말소리가 들렸다. 크진 않지만 묵직한 목소리였다. 여인의 목소리는 들리지 않았다. 아니면 들리지 않을 정도로 작게 말하고 있는 건지도 몰랐다. 손뼉을 치는 듯한 소리가 들렸다. 방문을 여닫는 소리가 들리는가 싶더니 순식간에 대문이 열리며 사람이 튀어나왔다. 가을은 피할 겨를도 없이 그와 마주칠 수밖에 없었다. 여인의 아이였다. 둘이 아니면 누구도 모를 정적이 흐른 뒤, 녀석은 어디론가 달려갔다. 102호의 창에 불이 켜졌다. 가을은 언덕길 위로 몸을 피했다. 그러나 녀석을 찾으러 나온 사람은 없었다. 적막과 함께 자각이 찾아왔다. 자신이 여기서 무엇을 하고 있는지 알 수 없었다. 집으로 발길을 돌렸다. 발걸음이 무거웠다. 오르막길 때문만은 아니었다.

* * *

아이가 집에 들어갔는지 궁금했다. 침대에 누웠지만 잠이 오지 않았다. 낮에 긴 잠을 잔 탓도 있었다. 이럴 때 무엇을 해야 하는지 알려주는 사람이 있었으면 좋겠다고 생각했다. 누워서 휴대폰을 만지작거렸다. 휴가를 냈지만, 회사에서 온 전화가 가장 많았다. 포털사이트에 확인하지 않은 메일이 천 통이 넘었다. 999에서 카운트가 멈춰 있었다. 실로 오랜만에 메일을 훑어보았다. 거의 다 스팸이고 아는 사람이 보낸 메일은 세 통뿐이었다. 보낸 지 1년이 넘은 것들이었다. 모두 해피뉴이어나 근하신년 따위의 제목을 달고 있었다. 포털사이트에서 제공하는 메일 주소는 이제 아무런 기능도 발휘하지 못했다. 전화기의 스팸 번호함을 보았다. 익숙한 전화번호가 몇 개 있었다. 헤어진 애인들이었다. 자신을 생각하는 사람이 있다는 사실이 하나도 고맙지 않았다. 헤어진 애인들이 주는 무용함이 있었다.

바다에 가야겠다고 생각했다. 평소에 가고 싶었던 곳은 아니었지만, 바다 정도는 봐야 할 것 같았다. 인생을 회상하는 내용의 영화에서 바다가 나오지 않은 경우를 본 적이 없었다. 바다가 무엇을 가져다줄지 궁금했다. 용산역으로 가는 버스를 탔다. 새벽이었지만 빈 자리가 몇 개 없었다. 자신을 제외한 승객은 전부 50대 이상으로 보였다. 노동자의 시간이었다. 용산역 앞에서 노숙자 몇이 자신에게 말을 걸었다. 그들은 구걸하면서도 손에서 술과 담배를 놓지 않았다. 그들이 누운 바닥에서 나오는 발암물질은 어느 정도인지 궁금했다.

부산으로 가는 KTX를 탔다. 출장을 가는 사람들인지 양복을 입은 승객이 많았다. 시간대에 따라 보이는 사람의 모습이 다르면서도 비슷했다. 저마다 열심히 살고 있다고 생각했다. 그건 자신의 모습이기도 했나. 그러나 열심히 살고 있다는 것만으로는 어떤 보상도 받을 수 없었다. 차창 밖으로 많은 것들이 지나가고 있었다. 사진을 몇 장 찍어 인스타그램에 올렸다. 사진을 올리는 순간 분위기가 달라졌다. 인스타그램의 사진들은 한층 더 화사했다.

부산역에 도착하자마자 택시를 타고 광안리로 향했다. 광안리까지 왔음에도 시간은 여전히 오전을 벗어나지 못하고 있었다. 광안리는 처음이었지만 바다 한가운데에 보이는 큰 다리가 광안대교라는 것을 알 수 있었다. 문득 저 위치에 다리가 놓여야 할 이유를 생각해보았다. 가을의 해변에는 사람이 그리 많지 않았다. 늘어선 가게에서는 낮부터 술을 팔고 있었다. 그중 한 가게에 들어가 앉아 맥주를 시켰다. 가게 앞은 해변을 마주하고 있었다. 먹는 내내 바다를 볼 수 있었다. 그러나 바다가 사람의 인생에 주는 무언가를 느낄 수는 없었다. 맥주를 마시면서 휴대폰 카메라로 자신의 얼굴을 거울처럼 비춰보았다. 얼굴에 표정이 없었다. 아직은 이럴 때가 아니라는 생각이 들었다. 맥주를 들이켜고 택시를 잡아 부산역으로 향했다. 자신이 사는 곳으로 가야 했다.

* * *

가을은 자신의 동네에 도착했다. 할인마트에 들렀다. 물을 샀다. 여인의 표정에는 변화가 없었다. 계산한 물은 핸드백에 넣었다. 여인의 팔목에 파란 멍이 보였다.

"우리 집에 그만 와요."

여인이 먼저 말했을 때, 시간이 정지한 것 같았다. 아이가 고자질했을까. 아니면 경찰이 알려줬을까. 여인의 표정에는 여전히 변화가 없었다. 아니, 약간의 미소가 느껴지기도 했다. 그는 도망치듯 마트를 빠져나왔다. 공포가 섞인 흥분으로 가슴이 뛰었다. 이상하게도 불쾌하지는 않았다.

집에 와서 샤워하면서 가슴을 만져보았다. 타이레놀을 먹지 않았는데도 통증이 한결 줄어들었다. 졸음이 밀려들었다. 그제야 밤을 새웠다는 사실을 깨달았다. 긴장이 풀리면서 깊은 잠에 빠져들었다.

누군가 자기 목을 조르고 있었다. 발버둥 쳤지만 벗어날 수 없었다. 얼굴을 볼 수가 없었다. 자기 가슴 위에 올라탄 사람이 누군지 알 수 없었다. 그가 입을 열고 뭐라고 말했다. 목이 떨어져 나가는 것 같았다. 비명을 질렀다. 눈이 떠졌다. 꿈이었다. 현실처럼 생생했다. 가을은 침대에서 튕기듯 일어나 지구대로 달려갔다.

"뭘 도와드릴까요?"

경찰은 며칠 전과 똑같은 말을 했으나, 그의 눈이 알은체했다.

"지난번에 사람 때리는 소리 난다고 신고했잖아요. 어떻게 됐는지 궁금해서요."

"아, 네. 그랬지요. 그때 우리 동료들이 방문했었는데, 별문제가 없었다고 합니다."

그는 준비한 것처럼 즉각 대답했다.

"매일 사람이 맞는 소리가 들리는데도요?"

이해할 수가 없었다.

"그게 사람이 맞는 소리가 아닐 수도 있습니다."

"때린 사람이 때렸다고 하겠어요?"

경찰은 가을이 무슨 생각을 하는지 알고 있다는 듯 고개를 끄덕였다. 그는 책상에 공책과 볼펜을 올려놓았다.

"이웃에게 이렇게 관심을 갖는 거, 대단히 중요합니다. 선생님께 감사드리고요. 자, 선생님이 신고한 그 시간에 우리 지구대에서 순찰하던 경찰 두 명이 그 집을 방문했습니다. 사유는 싸우는 소리가 들린다는 신고였죠. 당시 집에 불이 켜져 있었고, 집 안에서는 싸움의 흔적이 발견되지 않았습니다. 남편과 아내, 그리고 아들 이렇게 셋이 사는 집이있죠. 셋 모두 싸운 사실이 없다고 했습니다."

그는 공책에 네모와 동그라미를 그리며 설명했다. 그가 말하는 내용하고는 별 상관이 없었지만, 이해하는 데 도움이 되는 것 같았다. 그럼에도 그렇게만 끝나서는 안 된다는 생각이 들었다.

"그 집은 아이한테 학원도 안 보내는 것 같던데요?"

설명은 계속됐다.

"아직 3학년밖에 안 됐으니 그럴 수 있습니다. 저도 애가 그 나이 땐 태권도학원만 보냈어요. 경제적인 문제일 수도 있고요. 그게 가정폭력의 근거가 되지는 않습니다. 저희가 그날만 그 집에 들른 건 아닙니다. 아시다시피 이 동네가 아파트는 별로 없고 주택이 많습니다. 사람이 적은 만큼 다른 지구대보다 주민들을 더 잘 파악하고 있다고 생각합니다. CCTV는 이 언덕에 설치돼 있어요. 여기하고, 여기요. 이상이 있다고 하면 무슨 일이 있는지 관제센터에서 돌려봅니다. 선생님께 말씀드려도 될지 모르겠습니다만, 그 집 남편분이 이 근처 카센터에서 근무하고요. 고정 수입이 있다는 얘깁니다. 아내분도 마트에서 근무하시고…. 3년 됐어요. 여기서 산 지. 평판이 나쁘지 않아요."

어느새 그의 공책에는 아이의 집과 길이 그려져 있었다.

"혹시 그 집 여자한테 제가 신고했다고 말씀하셨나요?"

가을은 뭐에 막힌 듯 답답해졌다.

"신고자의 신원은 밝히지 않는 것이 원칙입니다. 그런데…."

그가 볼펜으로 아이의 집에 동그라미를 계속 그리다가 잠시 말을 멈추었다.

"그런데요?"

"CCTV를 보니 선생님이 그날 그 집 앞에서 나오다가 주차된 차를 건드린 모양이더라고요."

"네. 그럴 수도 있죠."

"그렇지요? 어제도 그 집 가신 것 같고…."

가을의 머리가 하얘지는 것 같았다. 경찰이 자기를 어떻게 생각할지 상상하니 맥이 탁 풀렸다.

"…."

"걱정이 되는 건 알겠습니다만, 그 집에서 부담스러워할 수 있습니다.

저희가 신경 쓸 테니 이제 걱정 안 하셔도 됩니다."

"무슨 일이 생기면 책임지실 건가요?"

가을이 나무라듯 묻자, 그가 미소를 지으며 말을 돌렸다.

"지금 많이 늦었습니다."

가을은 시계를 보았다. 1시였다. 그의 말에 일리가 있었지만, 왠지 무시당한 기분이 들었다. 석연찮은 억울함을 갖고 발길을 돌렸다. 언덕으로 슬리퍼를 끌고 올라갔다. 경찰의 말을 듣고 살펴보니 과연 가로등 밑에 설치된 CCTV가 몇 개 있었다. 102호는 불이 켜져 있었다. 이제는 다가갈 수 없었다. 그는 빌라를 그대로 지나쳤다.

집에 도착하니 가슴이 아파오기 시작했다. 멍울 때문이 아니었다. 검사할 때 난 상처 때문이었다. 멍울은 아프지 않았다. 유방암의 전조라는 분비물도 없었다. 멍울이 발견됐다고 암일 확률은 5퍼센트밖에 되지 않는다는 얘기는 익히 들어 알고 있었다. 그럼에도 가을은 밤새 뒤척였다.

* * *

눈을 떴다. 검사 결과를 확인하러 오라는 문자가 와 있었다. 가을은 병원에 가기 위해 집을 나섰다. 빨리 가서 결과를 확인하고 싶은 마음뿐이었다. 아침 10시였지만 밖은 어제처럼 환하지 않았다. 비가 오고 있었다. 우산을 펴고 오피스텔을 벗어났다. 언덕 초입에서 빨갛고 파란빛이 번쩍거렸다. 발을 몇 번 내디디니 금동빌라 아래에 구급차와 경찰차들이 몰려 있는 모습이 보였다. 위아래로 흰옷을 입은 사람들이 흰 모자를 뒤집어쓴 채 그 앞을 지나다녔다.

그들은 개미처럼 제 할 일을 하고 있었다. 가을은 언덕길로 내려가려다 말고 오피스텔 옆으로 난 다른 길로 발걸음을 옮겼다. 몇 분 지나자 큰길이 나왔다. 택시가 보였다. 손을 들었다. 가슴께가 욱신거렸다. 달라지는 건 아무것도 없었다. 그를 발견한 택시가 이쪽으로 오고 있었다. 문득 결정된 건 아무것도 없다는 생각이 들었다. 가을은 손을 흔들며 말했다.

"아니에요. 그냥 가세요."

속도를 늦추던 택시가 다시 지나갔다.

전화기가 울렸다. 회사였다. 곧장 전화기 모양 그림을 터치했다. 전화기 너머에서 누군가 질문을 던지고 있었다.

"네. 집에서 메일 확인했어요. 기안서 작성하겠습니다. 지금도 괜찮습니다."

가을의 목소리에 힘이 들어갔다. 전화를 끊은 가을은 다시 손을 들었다. 저 멀리 택시가 보였다. 가을의 입꼬리가 올라갔다.

나연만 주부. 2020년 경상일보 신춘문예에 소설 〈까치〉로 데뷔했다. 《2021 신예작가》 등, 소설집과 문예지에 단편소설들을 발표했다. 2022년 《여섯 번째 2월 29일》, 《충청도 뱀파이어는 생각보다 빠르게 달린다》를 출간했다. 2023년 교보문고 스토리대상에서 《돼지의 피》로 최우수상을 수상했다.

Plan B

여실지

1

2033년, 여름

지호는 남자를 내려다보았다.

병실 침대에 누워 있는 남자는 턱선이 갸름하고 콧날이 부드러운, 온순한 인상이었다. 영양 상태는 좋지 않았다. 형편없이 마른 몸은 복부에만 군살이 붙어 있었다. 불규칙한 식습관과 운동 부족 때문이었다. 수척한 뺨과 메마르고 거친 입가에는 성근 수염이 듬성듬성 나 있었다.

남자는 곧 눈을 뜰 것이다. 바이털은 정상이다. 과거 교통사고로 인한 얼굴 외상과 두부 손상 부위는 봉합이 잘되어 있다. 찰과상도 흉터 없이 잘 아물었다. 심전도와 산소 포화도도 정상이다. 깨어나면 시야 검사와 청력 검사를 할 것이다. 자기가 누구인지, 지금이 언제이며 여기가 어디인지, 간단한 지남력 테스트도 할 것이다. 그런 다음 뇌파 검사를 해서 신경 시냅스가 잘 연결되었는지, 체내 투입된 나노로봇이 암세포를 사멸시

켰는지를 확인할 것이다. 그리고 나서 약 4주 동안 재활 운동을 병행하면서 굳은 근육과 관절을 풀어주고 주기적으로 채혈해 순환계와 대사기능이 적절한지를 관찰할 것이다.

지호는 인체의 각 기관이 가리키는 데이터 수치가 정상 범주 안에 있음을 확인하고 예외적 상황이 발생할 가능성에 주의를 기울였다.

작게 신음하며 남자가 눈을 떴다. 남자는 미간을 찡그리며 눈을 가늘게 떴다.

"정신이 드십니까?"

지호가 물었다. 적당히 친절하면서도 사무적인 목소리다.

남자가 천천히 고개를 돌려 목소리가 난 쪽을 바라보았다. 지호의 가무잡잡한 피부와 짙은 눈매를 본 남자는 놀란 듯한 표정을 지었다.

지호는 그런 표정이 익숙한 듯 아무렇지 않게 펜라이트로 남자의 동공을 비추어 보고는 양쪽 귀에다 손가락으로 딱딱 소리를 냈다. 남자는 살짝 찡그리면서 소리에 반응했다. 호흡이 얕고 맥박은 느리다.

"여긴…, 병원인가요?"

남자는 고개를 돌려 병실 안을 둘러보았다. 해동 과정에서 발생한 마취성 산화제 때문인지 갓 태어난 새끼 양처럼 속삭였다.

"비슷합니다."

"선생님, 제가 왜 여기 있는 거죠?"

"사고가 있었습니다. 두통 있으십니까?"

"아뇨, 괜찮습니다. 저기, 얼마나 오래 누워 있었습니까?"

남자는 조심스럽게 질문을 이어갔다. 말투가 어눌하지만, 상태는 좋아 보인다.

"지금이 몇 년도인지는 아십니까?"

지호는 대답하는 대신 물었다.

"지금이라면…, 2015년?"

남자가 작게 속삭였다.

"성함과 나이, 생년월일을 말씀해주시겠습니까?"

"이름…, 이름은…, 정용준. 40세, 1976년 5월 4일생."

남자는 눈을 끔벅이며 기억을 쥐어짜듯 대답했다. 별다른 이상이 없다. 지호는 확인 사항에 '이상 없음'이라고 표기했다.

"오늘은 이만 끝내겠습니다. 쉬십시오."

지호가 짧게 인사하고 병실을 나서는데 남자가 물었다.

"저기, 선생님, …아이는요?"

지호는 남자를 물끄러미 바라보았다.

"아이는 같이 안 왔습니까?"

남자가 되묻자 지호는 잠시 행간의 의미를 유추해보았다.

"아이는 없었습니다."

"많이 다쳤을 텐데…."

남자는 쏟아지는 잠을 못 이기는 듯 눈을 감았다. 때마침 안드로이드들이 들어왔다. 얼핏 보면 하얀 방호복을 입은 간호사 같지만, 건장한 남성 신체에 이목구비가 없는 인간형 안드로이드였다. 남자는 얌전히 안드로이드들에게 몸을 맡긴 채 다시 잠들었다.

지호는 태블릿을 다시 살펴보고는 생각에 잠겼다.

2

2015년, 여름

아이는 냉장고에서 우유를 꺼내 마시다가 뱉어냈다. 역한 맛과 냄새는 참을 수 있었지만, 상한 우유를 먹고 탈이 나서 며칠 고생한 후로는 마시지 않기로 했다.

여자가 없는 집은 온기가 없었다. 아이는 학교에 가지 않는 날이 많아졌다. 더러운 옷가지와 눈에 띄는 외모는 놀림감이 되기에 충분했다. 깜깜한 집 안은 전기가 끊긴 지 오래다. 아이는 집 밖으로 산으로, 온종일 쏘다니며 개미나 곤충을 잡으며 시간을 보냈다. 매미 허물을 잔뜩 모아 태우기도 했다.

아이의 엄마, 팜 흐엉은 웃음이 많고 활발한 여자였다. 영철보다 열 살 어렸지만, 자기주장이 뚜렷하고 영리했다. 영철은 운이 좋다고 생각했다. 국제결혼 업체를 통해 만난 아가씨지만 마음에 들었다. 친정인 베트남에 돈을 보내는 것쯤은 흠이 아니었다. 돌아가신 부모님 대신 처가에 효도하는 셈 치기로 했으니까.

영철은 쉽게 의혹에 흔들리고 편견에 위축되는 남자였다. 머지않아 팜 흐엉은 편견과 루머의 희생자가 되었다. 영철은 근거 없는 낭설에 쉽게 물들어갔다. 소심하고 자신감 없는 영철은 회사 동료들에게 만만한 장난감이었다. 아무리 베트남 여자라 해도, 예쁘고 어린 아가씨가 외모, 집안, 나이, 어느 것 하나 내세울 것 없는 영철이 뭐가 좋다고 결혼했겠냐고, 분명 돈을 노렸을 거라고, 딴 남자가 있는 게 틀림없다고 조롱했다. 영철은 부정도 반박도 하지 못했다. 상처를 준 사람은 따로 있는데, 애꿎은 여자에게 화풀이했다. 그것도 술의 힘을 빌려야 가능했다.

영철은 의심도 많았다. 술에 취해 들어올 때마다 신경을 곤두세우며 '그놈'과 어디 있었냐고 팜 흐엉을 몰아세웠다. '그놈'은 날마다 바뀌었다. 결혼정보 업체 사장인가 하면, 팜 흐엉이 일하는 식당 사장이기도 했다. 물건을 깜박 잊고 두 번 들른 젊은 택배기사가 '그놈'이 되는 날도 있었다. 팜 흐엉이 서툰 한국말로 아니라고 할 때마다 영철은 더욱 난폭하게 굴었다.

술을 안 마셨을 때의 영철은 전혀 다른 사람이었다. 수줍게 웃으며 묻는 말에 겨우 대답하고 무리한 요구에도 거절을 못하는 사람이었다. 작은 회사의 프로그래머로 일하던 그는 퇴근길에 주전부리를 사오기도 하고, 아이 장난감을 사오기도 했다. 밤에는 부드러운 손길로 팜 흐엉을 어루만지기도 했다. 팜 흐엉은 행복에 젖으며 나쁜 기억을 잊으려 했지만, 그때뿐이었다.

영철이 술을 먹고 귀가하는 날에는 지옥을 겪어야 했다. 그런 날이 하루 걸러 하루가 되었다. 처음에는 빈정거리며 창피를 주는 말로 시작했다가 제 성질에 못 이겨 주먹을 날리는가 하면 손에 잡히는 대로 물건을 던져 댔다. 팜 흐엉의 머리채를 잡아 벽에 짓이기기도 했다.

아이는 구석에 웅크리고 앉아 귀를 막고 숫자를 셌다. 아이가 셀 수 있는 수가 백을 넘고, 천을 넘어갔다. 제법 자란 아이가 둘 사이에 끼어 폭력을 막아보려 했지만 역부족이었다. 어미 대신 바닥에 내동댕이쳐진 아이는 거친 발길질을 온몸으로 받아내야 했다.

팜 흐엉은 몸을 겨우 추스르고 일어났다. 폭우처럼 쏟아지는 구타와 욕설이 한차례 지나간 후였다. 머리가 헝클어진 채 멍든 눈으로 아이를 바라보았다. 힘없이 바닥에 축 늘어진 아이를 보고 서럽게 울었다. 그리고 팜 흐엉은 뒤도 돌아보지 않고 떠났다. 아이는 떠나는 여자의 뒷모습을 물끄러미 바라보기만 했다.

그 뒤로 영철은 매일 밤 술에 취해 들어왔다. 몸도 못 가눌 정도로 잔뜩 취한 날은 그나마 나았다. 어설프게 취해서 들어오면 어떻게든 트집을 잡아서 아이를 때렸다. 이유가 없을 때는 엄마와 닮았다는 구실로 때렸다.

아이는 우유를 싱크대에 버렸다. 바퀴벌레 한 마리가 눈에 들어왔다. 아이는 천천히 손을 뻗다가 잽싸게 내리쳤다. 오목하게 오므린 작은 손을 다른 손으로 감싸 들어올리니 손안에 바퀴벌레가 바동거렸다. 아이는 개미 사육장으로 다가가 조심조심 뚜껑을 열어 바퀴벌레를 떨어뜨렸다.

갑자기 문이 철컹대더니 픽 하고 부딪히는 소리가 들렸다. 아이는 재빨리 옷장 속으로 숨어 가만히 귀를 기울였다. 영철이 욕을 뱉고 쿵 하는 소리가 들렸다. 잠시 후 코 고는 소리가 들리자 아이는 살금살금 거실로 나가 보았다.

영철이 거실 바닥에 아무렇게나 누워서 자고 있었다. 아이는 영철을 내려다보았다. 휘어진 콧잔등이 까져 피가 맺혀 있었다. 방금 부딪힌 모양이었다. 각진 턱과 움푹 들어간 볼에 난 수염이 겨울 논처럼 차갑고 쓸쓸해 보였다. 영철은 그 까끌까끌한 턱수염으로 아이의 보들보들한 발바닥을 간질이곤 했다. 아주 오래 전, 맨 정신일 때 얘기지만.

아이는 베개를 가져왔다. 베개를 들고 한참 동안 영철의 얼굴을 내려다보았다. 언젠가 텔레비전에서 본 영화처럼 꾹 누르면, 이대로 10초만 힘껏 누르면 된다고 생각했다. 아이는 베개로 영철의 코와 입을 막고 눌렀다.

그건 아이의 착각이었다. 또래보다 작은 몸집과 영양 부족을 계산하지 못했다. 열두 살 아이의 악력은 너무도 약했다. 아무리 취기에 인사불성이 되었어도 성인 남자의 몸부림을 감당하기에는 턱없이 부족했다. 영철은 너무도 쉽게 베개를 뿌리치고 일어났다.

영철이 성난 짐승처럼 달려들었다. 눈앞에 보이는 어린것은 피붙이가 아니라 자기 생명을 위협한 배은망덕한 존재였고, 자기를 배신한 여자와 똑같은 외모의 이방인이었다. 모진 매질에 여린 살갗이 찢어져 피가 나왔다. 아무렇게나 휘두르는 둔기에 팔이 부러지자 아이의 입에서 날카로운 비명이 터져 나왔다. 아이는 죽을힘을 다해 아비를 밀어뜨리고 도망쳤다. 눈이 뒤집힌 아비가 그 뒤를 쫓았다.

아이는 도로로 뛰었다. 부러진 팔을 가슴께에 안고 겨우 달렸다. 맨발로 아스팔트 위를 달리다가 발바닥이 찢어지고 피가 흘렀다. 발바닥이 뜨끈하고 끈적거렸다. 다리에 힘이 빠지고 금방이라도 쓰러질 것 같았다. 고개를 겨우 돌려 뒤를 돌아보니 성난 아비가 빠른 속도로 달려오고 있었다.

그때, 반대편에서 아이를 향해 냉동 탑차가 달려왔다.

아이는 다리에 힘이 풀려 쓰러졌다. 작은 몸뚱이가 튕겨 나가 길바닥에 나동그라졌다.

3

2033년, 가을

"지금은 2033년입니다."

"네?"

인터뷰어의 말에 화면 속 용준이 놀란 듯 자기 손을 살펴본다. 57세 나이치고는 탄력 있는 피부다. 냉동보존으로 2015년에 노화가 멈춘 덕분이다.

어느새 화면이 바뀌고 하얀 가운을 입은 노년의 의사가 나타났다.

"2015년 당시, 우리 용준이는 교통사고로 외상이 심했습니다. 뇌출혈도 일어나 가망이 없는 상태였지요. 심정지로 이어지기 전에 무슨 수든 써야 했습니다. 냉동보존만이 유일한 방법이었죠. 정말로 그땐…, 선택의 여지가 없었습니다."

의사의 얼굴 밑으로 '정영수, 아나스타시스 대표'라는 굵은 글씨가 스쳐 지나갔다. 정영수는 차분하게 설명을 이어간다.

"심정지가 발생하기 전에 중요 장기가 충분히 냉각되면 혈액 순환 부족으로 인한 세포 사멸이 지연됩니다. 거기다가 냉동보존까지 하면, 그 시간은 더욱 길어집니다. 불멸의 인간을 플랜A라고 한다면, 냉동인간은 플랜A가 가능할 때까지 시간을 벌어주는 플랜B인 셈이죠."

꾸 꾸 꾸

카메라가 '아나스타시스 냉동보존센터'를 비추었다. 빽빽이 늘어선 흰색의 타원형 체임버 사이로 유성재가 걸어가며 설명한다.

"미국과 러시아 등에서 사용했던 기존의 유리화 동결법은 고농도의 동결 억제제를 이용해 세포 내 수분을 상당 부분 제거하고, 이를 액체질소에 바로 넣어 동결시키는 초급속 냉동법이었습니다. 세포 내 수분이 얼음 결정을 형성하지 않아 세포가 손상되지 않는 장점이 있지만, 해동할 때 세포독성과 같은 부작용이 있었지요. 특히 뇌 신경세포는 동결 과정에서 발생하는 손상에 취약해서 동결 보존제 개발이 필수였습니다. 우리 아나스타시스는 DNA 나노기술을 활용해 동결과 해동을 동시에 해결하는 방법을 연구했습니다."

유성재가 말을 멈추더니 체임버를 훑어보며 의기양양한 미소를 짓는다.

"결과는 성공이었습니다."

***

화면은 용준의 인체 해동 당시 자료 화면으로 바뀌었다. 화면 속 지호는 모니터에 집중하고 있다.

개미처럼 생긴 나노로봇들이 바지런히 움직이면서 제 몸집보다 몇 배나 큰 뉴런을 에워싼다. 나노로봇의 바지런한 몸놀림이 지나가는 곳마다 뉴런의 축삭돌기와 가지돌기들이 이어진다. 뉴런 세포는 하나둘 활기를 띠기 시작한다.

이어지는 아나운서의 내레이션.

"이제 불멸의 꿈은 현실이 되었습니다. 혈류로 주입된 나노로봇들이 냉동되었던 세포에 일일이 달라붙어 안전하게 장기를 깨울 수 있게 되었습니다. 덕분에 냉동보존되었던 인체는 언제든 원하는 시간에 깨어나 다시 삶을 이어갈 수 있게 된 것입니다. 오랜 시간 갈망했던 불멸의 꿈을, 새로운 인류, 호모 젤리두스가 이룬 것이지요. 정용준 씨는 인류 최초의 젤리두스입니다."

카메라가 정 회장의 뒷모습을 따라갔다. 병실 문이 열리고 정 회장이 들어간다. 누군가를 바라보는 주름진 눈이 여러 번 깜박거린다. 목을 가다듬고 나서 이름을 부르는 정 회장.

"용준아."

용준이 고개를 돌린다. 정 회장을 본 순간 용준의 눈이 휘둥그레진다. 시간의 무게를 고스란히 견딘 노인의 모습과 기억 속 아버지의 모습이 겹쳐 보인다. 느릿한 걸음으로 다가오는 정 회장의 눈가가 촉촉하다. 용준은 자기도 모르게 눈물을 흘린다.

"아버지!"

느릿한 걸음으로 다가오는 노인을 향해 용준이 달려들어 와락 안긴다.

"보고 싶었다."

늙은 아비를 부둥켜안고 흐느끼는 용준. 감격에 취한 내레이션이 흐른다.

"18년 만에 이루어진 부자의 상봉이었습니다. 가슴에 묻은 자식을 다시 만날 날만 손꼽아 기다렸던 아버지는 드디어 소원을 이루었습니다."

클로즈업되는 정영수 회장의 얼굴.

"나는 이제 죽어도 여한이 없습니다."

***

방송을 지켜보던 유성재가 실소를 터뜨렸다. 지호는 옆에서 묵묵히 지켜보기만 했다.

"참나, 너구리같은 장인 덕분에 팔자에 없던 처남이 둘이나 생겨버렸네."

유성재가 껄껄거리며 웃었지만, 지호는 웃지 않았다.

"방송에서 저리 띄워줬으니, 회사 주식도 꽤 오르겠어. 안 그래, 처남?"

지호의 묵묵부답에도 아랑곳하지 않고 유성재는 질문을 이어갔다.

"유명 인플루언서든 정치인이든, 누군가가 지지 선언하면서 냉동보존에 들어가면 곧 너도나도 냉동보존하겠다고 줄을 서겠지. 해동이 가능해졌으니 겔리두스들은 점점 늘어날 거야. 참, 호스피스 병동 신축은 어떻게 진행되고 있지?"

"올해 안으로 시안이 마무리되면 내년 3월에 공사를 시작할 것 같습니다."

사업 관련 질문에 지호가 입을 열었다. 지호에게는 의미를 알 수 없는 농담보다 분명한 사실과 인과가 드러나는 질문이 더 편했다.

"공사 시작하면, 곧바로 냉동보존 시설도 증축하자."

"네, 알겠습니다."

유성재는 자리에서 일어나 창가로 갔다. 창밖에는 누런 모래가 쌓인 공터가 황량하게 펼쳐져 있었다. 신축 병동 부지였다. 그 황량함이 유성재의 눈에는 황금밭처럼 보였다.

"이봐, 처남, 죽을 날만 기다리는 사람들이 냉동보존 시설을 보면 무슨 생각을 할 것 같나?"

유성재의 입꼬리가 올라갔다.

"바로 부활이야! 아나스타시스[1]!"

신이 난 듯 유성재가 공중을 향해 두 팔을 뻗었다. 이번에도 지호는 가만히 듣기만 했다.

유성재는 의사이면서도 수완이 좋은 사업가였다. 무엇이든 자본으로 창출했다. 정영수 회장이 국내 인체 냉동보존의 선구자로 '아나스타시스 생명연장재단'을 설립하고 인체 냉동 연구에 몰두했다면, 유성재는 실질

---

1 ānástāsis: '부활'이라는 뜻의 라틴어.

적이고 구체적인 사업으로 확장했다.

동결 보존제를 개발해 특허를 출원하고 삼류생명연장재단을 상장 기업으로 키워나갔다. 배아 세포나 이식 장기만을 냉동 보관하는 단순 냉동 보존 사업을 확장해 냉동보존의 대중화를 이루기도 하고, 세포 이식수술을 위한 나노로봇 개발에도 투자를 아끼지 않았다. 무슨 사업이든 지호와 함께했고, 지호도 유성재를 믿고 따랐다.

유성재는 정치계 인맥과 언론도 잘 이용했다. 응급외상센터와 호스피스 병원 운영권을 따내고 언론을 이용해 냉동보존의 대중적인 인지도와 호감도를 높여갔다. 욕망을 자극하는 광고와 정부 기관에 대한 로비도 서슴지 않았다. 유성재의 탁월한 사업 수완 덕분에 영세했던 삼류생명연장재단은 거대 바이오 기업으로 몸집을 키우게 되었다.

유성재는 웃음을 멈추고 지호를 빤히 바라보았다. 유성재의 입에서 다정하고 나지막한 목소리가 흘러나왔다.

"지호야, 누구보다 큰 역할을 해낸 사람은 바로 너야. 그건 내가 제일 잘 알아. 장인의 친아들이 나타났다고 너무 섭섭하게 생각하지 마. 나한테는 네가 진짜 처남이야."

유성재가 어린아이 어르듯 말하자 지호는 고개만 끄덕였다.

"그런데, 정용준 씨한테 아이가 있었습니까?"

"응? 무슨 소리야, 장가도 안 간 녀석한테 애는 무슨. 하긴, 어디서 애를 만들고 다녔는지도 모르지. 워낙 자유분방한 딴따라였으니까."

"딴따라?"

"기타에 빠지더니 음악 하겠다고 집을 나갔어. 의외였지. 나랑 같이 본과 1학년 앞둔 시점이었으니까. 샌님 같은 녀석이 엉뚱한 데서 박력 있더라니까. 술과 도박은 안 했으니 여자는 밝혔겠지? 안 그래, 처남?"

유성재가 느물대며 웃었다.

어느새 화면에는 제작진 소개 자막과 함께 오래된 한국 록밴드의 노래가 흘러나왔다.

그리워하면 언젠간 만나게 되는

어느 영화와 같은 일들이 이뤄져 가기를

힘겨워한 날에 너를 지킬 수 없었던

아름다운 시절 속에 머문 그대이기에

4

2015년, 여름

공연은 성공적이었다. 용준은 드디어 자신이 작곡한 6분짜리 연주곡을 완주했다. 베이시스트가 밴드를 나가는 바람에 연주하지 못한 곡이었다. 용준은 이 곡을 연주하기 위해 베이스로 전향할지 고민했을 정도로 곡에 대한 애착과 열망이 몹시 컸다.

용준이 처음 기타와 사랑에 빠진 것은 스무 살 때였다. 소나기에 흠뻑 젖듯 순식간에 사랑에 빠졌고, 개미지옥에 빠진 개미처럼 헤어 나오질 못했다. 집안의 반대는 극심했다. 아버지는 아들이 자기처럼 의사가 되어 가업을 이루어주길 바랐지만, 자식은 부모 뜻대로 되지 않았다. 마침내 용준은 기타 하나만 들고 집을 나가 빌딩 청소와 밴드 활동을 병행했다. 가난을 모르고 곱게 자랐기에 저지를 수 있는 무모함이었다.

그런 무모함을 음악적 재능이 상쇄해주지는 못했다. 잉베이 맘스틴이나 폴 길버트처럼 화려한 속주 타입의 기타리스트도 아니었고, 커크 해밋이나 다임백 대럴처럼 묵직한 연주를 선보이는 타입도 아니었다. 신의 경지에 오른 지미 핸드릭스와 비교되는 일은 감히 꿈도 꾸지 못했다. 하지만 노력하는 데는 누구보다도 자신 있었다. 훌륭하진 못해도 형편없는 기타리스트는 되지 않겠다고 생각하며 틈틈이 연습하고 또 연습했다. 꾸준함은 인디밴드 리더로서 팀을 지키는 힘이 되어주었다. 한때 인기를 끌기도 했지만, 영원하진 못했다. 생활고에 시달리던 멤버들이 하나둘 떠나갔다. 용준은 떠나는 멤버의 뒷모습을 지켜볼 수밖에 없었다.

용준의 열정이 식어갈 무렵, 필리피노 베이시스트가 새로 합류하게 되었다. 같은 청소 용역에서 만난 친구였다. 다시 가슴이 설레었다. 남은 멤버들과 연주곡을 연습하고 마지막 불꽃을 태우듯 공연 연습에 몰입했다.

공연을 마치고 용준은 서럽게 울었다. 힘들게 버텨온 자신이 안쓰러우면서도 대견했다. 뒤풀이 자리에서 용준과 멤버들은 밤새도록 부둥켜안고 울었다. 불꽃처럼 태워버린 공연이 아쉬워서, 다시는 오지 않을 마지막이 될까 두려워서, 감동의 여운을 놓치기 싫어서 밤새도록 이야기하고 술을 마시고 다시 연주를 맞추었다.

동이 트기 전, 새벽은 몹시 컴컴했다. 용준은 피로와 취기에 널브러진 멤버들을 뒤로하고 용역 사무실로 서둘러 출근했다. 여기서 주저앉지 않겠다고, 반드시 다음 공연을 준비하겠다고 생각했다. 그러기 위해서는 돈이 필요했다.

한여름인데도 새벽은 싸늘했다. 열기가 식은 거리는 휑뎅그렁했다. 용준이 자기 뺨을 탁탁 치고 기지개를 켜는데, 멀리서 시커먼 짐승이 달려오고 있었다.

처음에는 도살장에 끌려갔다 도망친 개인 줄 알았다. 좋은 육질을 위해 개를 나무에 매달아 몽둥이로 내리쳐서 도살한다는, 그런 무자비하고 폭력적인 곳이 여전히 존재한다는 말을 들은 적이 있었다.

용준은 술이 덜 깼나 싶어 눈을 비볐다. 개가 아니었다. 머리가 헝클어지고 시커멓고 더러운 아이였다. 옆에 있지 않아도 퀴퀴한 냄새가 나는 것 같아 용준은 눈살을 찌푸리며 뒷걸음쳤다. 뭔가를 훔진 듯 가슴께에 팔을 껴안고 뛰던 아이는 다리에 힘이 풀린 듯 기우뚱거리며 쓰러졌다.

그때 아이를 향해 냉동 탑차가 달려오고 있었다. 그 모습을 본 용준은 냅다 몸을 날렸다. 아이를 밀쳐내고 대신 탑차에 받힌 용준의 몸이 붕 떠오르더니 둔탁한 소리를 내며 아스팔트 위로 떨어졌다.

101

5

2033년, 겨울

국회에서 냉동보존 중인 인체를 살아 있는 자연인으로 간주한다는 민법 개정안이 통과되었다. 다만, 냉동보존된 기간만큼의 권리유보 기간을 준다는 단서 조항이 따라붙었다. 이제 한국의 민법상 권리의 주체는 자연인(사람)과 법인, 냉동인간이 되었다.

정 회장은 지호와 유성재를 자기 방으로 불렀다.

"여론은 어떤가?"

"방송 덕분인지 냉동보존에 대한 여론이 긍정적입니다. 반대하던 인권단체들도 잠잠해진 분위기고요. 상속과 자산 보존에 관심 있는 재벌들의 연락이 늘고 있습니다. 회장님과 용준이가 방송에 출연한 덕분입니다."

"그렇군. 용준이는 좀 어때?"

"많이 회복되었습니다."

정 회장의 물음에 기다렸다는 듯이 유성재가 대답했다.

"입실론 매각 건은 어떻게 되었지?"

"나노 동결 보존제에 관심을 보이는 기업들이 많아서 조건을 따져보는 중입니다. 항륭제약과 바이오첸카이거 중에서 정해질 것 같습니다."

"그렇군."

정 회장은 눈을 감고 잠시 생각에 잠겼다. 지호와 유성재는 정 회장의 말을 기다렸다.

"경영 승계를 준비해야겠네."

지호는 말없이 정 회장을 바라보았다.

"용준이도 돌아왔으니, 이젠 죽어도 여한이 없어. 이게 다 유 서방, 자네와 정 박사 덕분이야. 두 사람 모두 정말 고맙네."

"과찬이십니다."

유성재가 히죽 웃었다. 정 회장은 유성재를 흐뭇한 표정으로 바라보았다.

"내 지분은 전부 다희에게 증여해두었네. 혜연이 몫의 지분까지 모으면 용준이가 경영권을 승계하는 데 크게 걸리적거릴 일은 없을 걸세."

순간 유성재는 눈썹을 씰룩이며 한쪽 입꼬리를 올렸다. 예상했던 대로 핏줄이 먼저였다. 유성재는 대수롭지 않다는 듯 피식 웃고는 고개를 끄덕였다.

"우선 용준이한테 자리 하나 내주게. 나중에 가업상속 공제를 준비해야 하니까. 지금부터 회사에 출근하면 승계 시점까지 얼추 맞겠지."

"그렇게 하겠습니다, 회장님."

"회장님은 냉동보존 생각이 없으십니까?"

지금까지 잠자코 있던 지호가 물었다.

"늙은 몸으로 다시 깨어나면 뭐 하겠나? 젊은 몸이면 몰라도."

정 회장이 유성재를 보며 웃자 유성재도 따라 웃었다.

"맞습니다, 회장님. 기왕이면 새것이 좋지요. 이미 한계가 있는 인체를 냉동했다가 해동시킬 필요가 있겠나 싶습니다. 건강한 보디만 있으면 전두엽 일부와 해마만 이식해도 부활은 가능한데 말이지요. 오히려 뇌신경 조직과 세포만 보존해두는 편이 경제적이기도 하고요."

지호가 눈을 반짝였다. 그런 지호의 낌새를 알아챘는지, 유성재의 눈은 지호를 향했다.

"신이 아닌 이상 새로운 인체를 만들기는 힘들겠지요. 우리의 플랜 B는 뇌세포 이식이지 않겠습니까."

"그렇군."

정 회장은 잠시 눈을 감고 생각에 잠겼다.

"필요하다면 해두게."

유성재는 지호를 보며 싱긋 웃었다.

＊＊＊

얼마 후, 정 회장은 숨을 거두었다. 고요하고 평화로운 죽음이었다. 유성재는 정 회장의 인체를 냉동보존했다. 상속이 아닌 증여로 기업 자산의 세액을 줄이려는 유성재의 셈법 때문이었다. 정 회장은 생을 마감했지만, 누구도 끝이라고 생각하지 않았다.

6

2015년, 여름

아이는 어디로 향하는지도 모른 채 앞만 보고 무작정 달렸다. 살아야겠다는 생각뿐이었다. 부러진 팔이 너덜너덜 흔들려 가슴께에 안았다. 숨이 차서 심장이 터질 것 같았다. 다리가 뻐근하고 힘이 풀려 걷느니보다도 못한 뜀박질이었다. 그래도 멈추면 안 되었다. 뒤를 돌아보니 영철이 빠른 속도로 쫓아오고 있었다.

발바닥이 따끔거렸다. 따끔했던 자리에서 뜨끈하고 끈적한 액체가 흘러나와 미끄러질 것 같았다. 아스팔트 위에 떨어진 유리 조각에 베인 모양이었다.

아이를 향해 은빛 냉동 탑차가 달려왔다. 아이는 다리에 힘이 풀렸다. 도저히 견딜 수 없어 쓰러지는 순간, 뭔가에 부딪혀 몸이 붕 뜨는 느낌이 들었다.

달려오던 영철이 멈춰 섰다. 차체가 종잇장처럼 구겨지고, 기계인지 사람인지 모를 조각난 잔해가 눈앞에서 흩날렸다. 영철은 순간 얼어붙고 말았다. 처참함에 자기도 모르게 아이의 이름을 부르며 뛰어갔다.

아이와 조금 떨어진 곳에 젊은 남자가 축 늘어져 있었다. 남자 상태가 더 심각했지만, 영철의 발길은 아이에게 향했다. 죽은 짐승처럼 고꾸라진 아이를 본 영철은 처음으로 아이가 팜 흐엉이 아닌 자기를 닮았다는 생각이 들었다. 아이의 얼굴을 어루만졌다. 솜털이 보드랍고 자그마한 얼굴이 사무치게 애처로웠다. 손끝이 떨리고 온몸이 아렸다. 충격과 공포 때문인지, 걱정과 회한 때문인지 알 수 없었다.

멀리서 경찰차 사이렌이 울렸다. 경찰차는 사고 현장이 아닌 영철의 집으로 향했다. 매일 밤 들리는 아이 울음소리에 벼르고 벼르던 이웃이 신고한 것이었다. 영철은 본능적으로 알 수 있었다. 죗값을 치러야 한다는 경종 소리임을. 영철은 벌떡 일어나 아이를 두고 도망쳤다.

영철은 달렸다. 얼마나 달렸는지 알 수 없었다. 거리는 조용하고 거친 숨소리만 귓가에 맴돌았다. 영철이 멈춰 서서 잠시 숨을 돌리는데, 달려오던 트럭이 영철을 치고 그대로 나아갔다.

구급차와 경찰차 사이렌이 거리를 가득 채웠다. 다행히도, 영철은 신속하게 심폐소생술을 받고 근처 병원으로 옮겨졌다.

* * *

유성재는 잠든 다희의 얼굴을 바라보다가 흘러내린 머리칼을 넘겨주었다. 선천적으로 약한 심장 때문에 학교도 못 다니고 입원과 퇴원을 반복하는 딸이 측은했다. 불량한 유전자를 물려준 아비 탓인 것만 같아 미안했다. 하루빨리 건강한 심장을 이식받으면 좋으련만. 유성재는 복잡한 마음을 다스리며 숨을 크게 내쉬었다. 휴대폰 진동이 울렸다. 유성재는 다희가 깰까 봐 살그머니 병실 밖으로 나갔다.

내용은 간단했다. 선택과 결정만 하면 될 일이었다.

유성재는 곧바로 정 회장의 방으로 향했다.

"용준이가 돌아왔습니다."

유성재는 거침없이 본론으로 들어갔다. 정 회장은 크게 숨을 내쉬었다.

"코마 상태입니다. 교통사고를 당해서 몸이 엉망입니다. 다발성 골절에다 내출혈도 심해 오늘을 넘기기 힘들 것 같습니다."

유성재는 정 회장의 얼굴을 바라보았다. 정 회장은 묵묵히 듣고만 있었다. 깊게 팬 주름이 그늘져 보였다. 생사의 갈림길에 선 자식을 둔 아비의 심정이 주변 공기를 무겁게 했다.

"같은 사고 현장에 아이가 하나 있었습니다. 그 아이를 구하려다가 사고를 당한 것 같습니다. 아이도 우리 병원 응급실로 실려 왔다가 조금 전에 입원실로 옮겨졌습니다. 사고로 인한 부상은 경미하지만, 한쪽 팔 골절과 자상에다 영양실조가 심합니다."

"저런…."

정 회장은 혀를 찼다. 대충 그림이 그려지는 이야기였다.

"그리고…."

유성재가 이번에는 뜸을 들였다.

"응급실에 교통사고로 들어온 환자가 하나 더 있습니다. 왼쪽 얼굴뼈와 턱뼈가 완전히 으스러지고 다른 외상도 심해서 얼굴 재건 수술을 해야 합니다. 문제는 암 환자라는 점입니다. 본인도 몰랐는지 치료를 전혀 안 했습니다. 병원 기록도 없고요."

유성재는 잠시 말을 멈추었다가 나지막이 속삭였다.

"곧 뇌사 상태가 될 것 같습니다."

"보디…인가?"

정 회장이 무겁게 입을 열었다.

그리고 난 뒤에 둘은 한참 말이 없었다.

"…해볼 텐가?"

긴 침묵을 깬 쪽은 정 회장이었다. 유성재는 말없이 고개를 끄덕였다.

∗ ∗ ∗

여름 한낮의 경찰서는 무덥고 언짢은 기운이 맴돌았다. 신경질적으로 키보드를 두드리는 소리가 요란하게 울리는데 순경 하나가 들어왔다. 순경은 곧바로 직속상관인 경장에게 다가갔다.

"어떻게 됐어?"

"좀 전에 뇌사 판정 났답니다."

"거참, 그렇게 얌전히 집에 있지 왜들 쏘다니고 난리야. 신원은 확인했어?"

"네. 신영철, 1974년 9월 5일생, 아동학대 신고로 출동한 집의 아이 아빠가 맞습니다."

"그래? 됐어, 그럼."

경장은 서류를 마무리 지었다. 흔한 사고였고, 뻔한 이야기였다. 늘 하던 대로 법과 절차에 맞게 처리하면 될 일이었다.

7

2015년, 가을

툭, 하고 사마귀 한 마리가 떨어졌다. 나가는 길을 찾으려는 듯, 사마귀는 사육장 안을 이리저리 헤맸다. 어느새 이방인의 기척을 느낀 개미가 모여들기 시작했다. 아이는 그 모습에 눈을 떼지 않은 채, 손에 묻은 흙을 바지에 훔쳤다.

개미가 사마귀의 다리에 달라붙었다. 사마귀는 앞다리를 휘두르며 작고 성가신 존재를 떼어내려 안간힘을 썼지만, 녀석들이 사정없이 쏘아대는 개미산에 버틸 재간이 없었다. 시큼한 냄새가 훅 풍겼다. 개미는 작고

야무진 턱으로 사마귀의 관절을 끊었다. 기름한 사마귀 다리가 하나둘 맥없이 떨어져 나갔다.

동료의 냄새를 맡고 몰려든 녀석들의 수가 점점 불어났다. 절뚝거리며 도망치던 사마귀의 연두색 몸뚱이가 쓰러지더니 곧 검붉은색으로 물들어갔다. 아이는 얼굴을 찡그리지도, 웃지도 않고 가만히 숨죽여 지켜보았다.

현관문이 삐걱거리며 열렸다. 검은 양복에 검은 넥타이를 맨 유성재가 집 안으로 들어왔다. 한 손에는 빵이 가득 든 비닐봉지를 들고 있었다. 유성재는 양복에 묻은 빗방울을 털어내고는 문간에 서서 아이를 불렀다.

"지호야, 안녕? 다희 아빠야. 잘 지냈니?"

느닷없이 나타난 성인 남자의 목소리에도 지호는 놀라지 않았다.

"다희가 널 보고 싶어 하길래 아저씨가 대신 와봤어. 퇴원하고 나서 어땠어? 잘 지냈니?"

아이는 말없이 개미들만 바라보았다.

"밥은 먹었어?"

유성재가 다가가 물었다.

아이는 여전히 대답이 없었다. 그런 무뚝뚝함이 익숙한 듯 유성재는 아이의 머리를 쓰다듬고 나서 주위를 둘러보았다.

"불개미구나!"

유성재는 아이 곁으로 바짝 다가가 키를 맞추어 무릎을 구부리고 서서 사마귀가 개미에게 먹히는 모습을 지켜보았다. 사마귀의 세모난 머리가 뚝 떨어졌다. 아이는 웃는 둥 마는 둥 입꼬리를 올렸다. 아이의 눈이 반짝였다. 고대하던 장면을 드디어 보고야 만 것이다. 아이가 옅은 숨을 몰아쉬고는 입을 열었다.

"이건 흑개미예요. 몸길이가 약 2.5밀리미터이고 붉은빛이 돌지만, 불개미는 5에서 8밀리미터로 좀 더 크고 다홍빛이 돌아요. 불개미는 문 옆에 있어요."

변성기가 오지 않은 미성이었다. 아이는 또래보다 왜소했지만, 단단하고 영특했다.

"그래? 우리 지호가 많이 아는구나!"

그런 아이가 기특하다는 듯 유성재가 말했다. 유성재는 몸을 돌려 현관 쪽을 바라보았다. 사방 1미터 정도 크기의 투명 아크릴 상자가 눈에 들어왔다. 유성재는 슬그머니 다가가 상자를 살펴보았다.

어디서 주워 왔는지 여기저기 깨지고 흠집이 난 상자 속에는 모래와 나뭇가지들과 자갈이 그득했다. 얼핏 시궁창 토양 같은 검은 흙더미 밑으로 군데군데 검은 공동이 자리 잡고 있었다. 유성재는 흥미로운 표정을 지으며 안을 자세히 들여다보았다. 하얀 개미 알이 가득 차 있는 방도 있고, 죽은 벌레와 작은 개미들이 모여 있는 방도 보였다. 구불거리는 길 끝으로 이어진 방들은 거대한 개미집을 이루었다. 유성재는 감탄한 듯 입을 오므리며 나지막이 탄성을 내뱉었다.

하지만 아크릴 상자 너머로 보이는 광경은 유성재의 분통과 탄식을 자아냈다. 텔레비전과 가구 위에는 희뿌연 먼지가 쌓여 있었다. 아무렇게나 벗어 던진 옷가지가 널브러져 있고, 구석진 바닥에는 깨진 술병이 나뒹굴었다. 싱크대에는 음식 찌꺼기가 말라붙은 그릇과 썩은 냄새를 맡고 꼬여든 파리 떼로 가득했다. 알록달록한 플라스틱 장난감도, 그 흔한 동화책도 하나 없었다. 어린아이를 키우는 집이라고는 도저히 상상도 할 수 없었다. 아이에게는 개미 사육장이 유일한 벗이자 장난감이었다.

유성재는 다시 아이 옆으로 다가갔다. 어느새 사마귀는 다 뜯겨나가 형체를 알아볼 수 없었다.

"재미있니?"

아이는 대답하지 않았다.

"죽이는 것보다 살리는 게 더 재밌단다."

아이는 잠자코 듣기만 했다.

"하긴, 뭐든 뜻대로 되는 게 제일 재미있지."

아이가 고개를 돌려 유성재를 바라보았다.

초점 없는 까만 눈동자와 마주치자, 유성재는 오싹한 기분이 들었다. 깊고 공허한 눈에는 생명에 대한 호기심도, 삶에 대한 애착도, 죽음에 대한 경외심도 없었다. 눈두덩이 여기저기에 크고 작은 상처와 멍 자국이 있었다. 여린 살갗은 땟국물과 붉은 포비돈 얼룩으로 어지럽게 물들어 있었다.

유성재의 시선이 아래로 향했다. 하얀 석고붕대가 눈에 들어왔다. 석고 붕대 끝으로 가뭇가뭇한 손가락이 삐져나와 있었다. 가녀린 팔을 두툼하게 감은 붕대는 어린 팔이 감당하기에 무거워 보였다. 몸에 맞지 않는 짧은 바지와 꾀죄죄한 맨발까지 훑고 나자 유성재는 입술을 깨물고 침을 삼켰다. 아이는 무심하게 고개를 돌려 다시 개미집을 바라보았다.

"곧 겨울이 올 텐데, 개미들도 겨울잠을 자겠구나."

유성재는 말을 돌렸다. 아니, 그래도 전할 말은 해야 했다.

"지호야, 너희 아빠는⋯."

유성재는 말을 하다 멈추었다. 잠시 할 말을 고르고 골라 필요한 말만 내뱉었다.

"아빠는 못 와."

아이는 가만히 듣기만 했다.

"지호야, 아저씨랑 같이 갈래?"

아이는 천천히 고개를 끄덕였다.

8

2034년, 봄

지호는 용준의 상태를 확인하며 태블릿에 기록을 남겼다.

경과가 좋다. 장기의 기능 회복도 순조롭다. 인지 반응도 적절하다. 근육량이 늘고 체지방이 줄었다. 불면증과 기억의 혼돈이 다소 있지만, 일상생활과 복잡한 업무 활동에는 지장을 주지 않을 정도다.

"회장님 유지대로 다음 주부터 마케팅 부서에서 업무를 시작할 계획입니다."

"제가 일을…, 제대로 할 수 있을까요?"

용준이 겁먹은 듯 말했다.

"우선은 적응하면서 적당히 자리보전만 하시면 됩니다."

"…네."

용준은 딴 데 정신이 팔린 사람처럼 멍하니 앉아 있었다.

"요즘도 꿈을 꾸십니까?"

지호가 물었다.

"네?"

"아이가 나오는 꿈 말입니다."

"아…."

용준은 말끝을 흐렸다. 지호는 용준을 바라보았다. 용준은 안절부절못했다. 귓불이 빨개지고 동공이 흔들렸다.

"어디 불편하십니까?"

"저기…."

용준은 갑자기 주먹으로 자기 허벅지를 내리쳤다. 참았던 당혹감과 울분을 토해내듯 욕설을 내뱉었다. 지호는 짐짓 놀라 뒤로 물러났다.

"아, 이런! 선생님, 정말이지…, 너무 부끄럽습니다."

"왜 그러십니끼?"

용준은 주저앉아 눈물을 쏟아냈다. 마치 신부 앞에서 고해성사하듯 지호를 붙들고 품고 있던 말을 토해내기 시작했다.

"선생님, 잠을 잘 수 없습니다. 꿈에서 전 짐승만도 못한 놈입니다. 그 어린것을 무자비하게 때리고, 밟고, 차마 입에 담지도 못할 저주를 퍼붓습니다. 매일 밤 술에 취해 들어온 나를 피해 숨어 있던 그 아이를 찾아내어 모진 고문을 하고, 뼈를 부러뜨리고, 비열하게 웃으며 즐기던 악마 같은 놈입니다."

지호는 미간을 찡그렸다.

"그러면 안 된다고, 꿈이라 해도 이럴 수는 없다고, 이런 저한테서 아이를 구해야겠다고 다짐하는데도, 매일 밤 저는 더한 괴물이 됩니다. 꿈속의 아이는, 고통 속에 울부짖던 아이는 점점 공허하고 텅 빈 눈으로 저를 바라보고, 저는 또 더러운 짓을 합니다. 너무 괴롭습니다. 수치스럽고 역겨운 기억인지, 몹쓸 꿈인지 밤마다 너무 괴롭습니다."

"꿈은 그게 전부입니까?"

"아닙니다. 여자가, 여자가 하나 또 나옵니다. 베트남 여자인데, 본 적도 없는 여자인데도 아이에게 한 것처럼 똑같은 짓을…. 선생님, 정말이지 너무 추하고 부끄러워서 괴롭습니다."

지호는 온몸에 벌레가 기어가는 느낌이 들었다. 등골이 오싹하면서도 불쾌하게 조여드는 긴장감. 아마도 그런 종류의 느낌이었다.

재미있었습니까?

누군가에게 묻고 싶은 말이었지만, 지호는 묻지 않았다.

용준의 붉게 상기된 얼굴은 눈물과 콧물과 침으로 범벅이 되어 있었다. 지호가 보기에 위선과 무지가 뒤섞인 더럽고 추잡한 얼굴이었다. 지호는 옅은 한숨을 내쉬고는 입을 열었다.

"꿈일 뿐입니다. 영화나 소설 속 이야기와 헷갈릴 수도 있습니다."

적당히 친절한 태도로 지호는 용준의 손을 잡아 일으켜 세웠다. 순간, 어떤 생각이 뇌리를 스쳤다. 지호는 용준의 손을 잡아당겨 손끝을 살폈다.

매끄럽고 부드러운 손이었다.

"선생님, 왜 그러십니까?"

당황한 용준이 어색하게 미소를 지었다. 지호는 용준의 눈을 빤히 바라보았다.

* * *

봄이 왔어도 밤은 겨울처럼 춥고 쓸쓸했다. 용준의 병실 문이 열렸다. 지호가 천천히 안으로 들어왔다. 야간 회진이 익숙했는지, 용준은 인기척에도 깨지 않고 곤히 잠들어 있었다.

지호는 용준을 내려다보았다.

이 남자는 실패작이다. 아니, 실패작이어야 한다.

지호는 가만히 베개를 들었다. 남자의 얼굴을 덮고도 남을 만한 크기였다.

완력은 충분했다. 베개 밑의 남자는 몸을 떨며 팔을 허우적댔지만, 그럴수록 지호는 베개에 체중을 실었다. 그렇게 힘을 주는 동안 지호는 수를 세었다. 열을 세자 남자가 더욱 버둥거렸다. 백을 다 세어갈 때쯤, 남자는 축 늘어져 있었다. 지호는 그러고도 천을 더 세었다.

언제 왔는지, 병실 문 앞에 유성재가 서 있었다.

"재미있었어, 처남?"

지호는 대답하지 않았다.

"뭐, 뜻대로 되는 게 제일 재미있지."

유성재는 벙싯 웃으며 병실 밖으로 나갔다.

지호는 베개를 치우고 남자를 내려다보았다. 아무 느낌도 없었다. 숨이 넋은 남자가 용준인지 영철인지는 알 수 없었다. 그건 중요하지 않았다. 그저 흘러내린 머리를 뒤로 넘길 뿐이었다.

* 참고: 《죽음의 죽음》, 호세 코르데이로·데이비드 우드 지음, 박영숙 옮김, 교보문고, 2023.

여실지 2022년 《계간 미스터리》 여름호에 〈호모 젤리두스〉로 신인상을 받으며 등단했다. SF, 미스터리, 스릴러, 호러 장르를 넘나들며 재미와 의미를 담는 작품을 쓰고자 한다. 발표한 작품으로는 〈로드킬〉, 〈40일〉, 〈꽃은 알고 있다〉가 있다.

낭패불감(狼狽不堪), 이러지도 저러지도 못하고

무경

1

"그렇게 생각하지 않습니다."

나는 악마에게 말했다.

"분명 사람은 종종 어리석은 잘못을 합니다. 하지만 나중에라도 제 잘못을 깨닫는다면 분명 후회하며 남은 삶을 삽니다."

"그런가요? 그런 거 같지 않던데요."

악마의 대답은 시큰둥했다. 인간의 어리석음을 비웃는 자로서는 당연한 반응이었다. 노란 안경알 너머로 지루한 기색이 엿보여 다시 내 생각을 설명하려 했다.

그때 내 앞에 잔이 놓였다. 역삼각형 글라스에 담긴 짙고 새카만 액체와 위를 상식하는 악마의 손가락처럼 보이는 검은 이파리들. 칵테일이 노란색 핀 조명을 받아 어둡게 빛났다. 나는 바텐더를 보았다. 하지만 칵테일의 이름을 말한 건 옆자리의 악마였다.

"블랙 마티니입니다. 평소 마시던 것과 다른 술을 맛보고 싶다고 해서 내가 추천했잖아요. 어떻습니까?"

악마가 얼굴을 찌푸린 날 보며 킥, 웃었다.

그럴듯한 이름의 칵테일은 내게는 특이한 향이 거슬리는 쓴 액체일 뿐이었다.

악마는 자기 잔에 든 검은 액체를 홀짝였다. 기포가 부글부글 솟아오르는 모양새까지 지옥을 그럴듯하게 흉내 낸 악마의 칵테일은 모양 빠지게도 잭콕이었다. 코카콜라의 달콤함에 잭다니엘의 향기만 슬쩍 얹은 가벼운 액체. 악마는 흔해빠진 둘을 섞은 것을 맛있게 들이켜고는 입맛을 다셨다.

"인간은 모순으로 가득한 존재입니다. 새로운 걸 좋아하면서도 싫어하거든요. 지금의 당신처럼요."

장광설이 시작될 조짐이었다. 나는 퉁명스레 대꾸했다.

"무슨 말인지 모르겠습니다만."

"인간은 매해 연말 연초에 소원을 빌고 로또 복권을 삽니다. 대박이 나서 새로운 삶을 살길 꿈꾸기 때문이죠. 하지만 정작 인간은 자기가 겪을 일이 새롭지 않았으면 해요. 예상치 못한 일과 맞닥뜨리면 두려워하거든요. 음식과 술에서 아는 맛과 향이 나길 기대하다 보니 특이한 풍미의 술맛에 정색하고 맙니다."

악마의 비웃음이 내 잔을 향했다. 칵테일을 다시 입에 대보았다. 시커먼 액체가 입안을 씁쓸히 감돌며 기묘한 향기를 어지러이 퍼트렸다.

이름이 뭐라고 했지? 블랙 마티니? 블랙 맨해튼?

기억나지 않는다. 술의 이름도. 악마와 언제 어떻게 만났는지, 왜 여기로 온 건지도.

잔을 쥔 손이 떨린다. 난 무척 취했다. 무뎌진 입에도 독한 칵테일이다. 더 마시면 안 된다.

악마가 입꼬리를 올렸다.

"그런데도 인간은 새로운 걸 좋다고만 생각합니다. 왕이나 황제들이 새롭다는 말을 붙여 여러 일을 꾀했던 걸 떠올려봐요. 정작 그건 통치자가 자기 권력을 영원히 지키려는 헛되고 추한 발버둥이었을 뿐이잖아요? 비단 오래된 이야기는 아니지요. 당신도 잘 알 겁니다. 이 나라에도 10월 유신이라는 게 있었잖습니까."

그때였다. 악마가 과장된 소리를 입 밖으로 낸 것은.

"그러고 보니 그즈음에도 재미있는 일을 더러 했었어요. 그때 인간들은 선과 악의 이분법에 눈멀어 있었거든요. 여기 인간들은 남한은 선, 북한은 악이라고 했고, 반대편 인간들은 반대로 외쳤습니다. 다들 이념에 취해서 폭주했어요. 나로서는 맹목적인 질주에 휩쓸린 영혼이 순식간에 타락하는 걸 재미있게 지켜보며 즐기던 시절이었고요."

"이거 보세요. 어떻게 사람이 타락하는 걸 보며 재미있다고 하는 겁니까?"

"재미있고말고요. 옆에서 한두 마디 던질 뿐인데 그걸 들은 인간은 스스로 남을 파멸시키고 자신을 타락시키더란 말입니다. 누가 총에 맞아 죽었을 때 그건 총의 잘못입니까, 그걸 쏜 인간의 잘못입니까?"

궤변이다. 하지만 나는 반박하지 못했다. 취기가 말문을 막고 말았다.

악마가 중얼거렸다.

"그때가 1973년 여름이었지요. 대통령은 유신이라는 이름으로 웅덩이 속 자신의 권력을 무한히 움켜쥐려 들었고, 그가 거느린 자들은 수면 아래 도사린 불온함을 뜰채로 건져내려 애쓰던 그때, 나는 혼탁한 물 아래서 마주친 피라미와 송사리를 목격했습니다. 난 그들을 구경하며 어떤 선택을 할지 고민하다가 자칫 낭패를 볼 뻔했었지요."

"낭패? 선택?"

혀 꼬인 내 말을 들은 악마가 키득거렸다.

"이걸 '악마의 딜레마'라고 이름 지어볼까요? 그게 좀 더 그럴듯하게 들릴 테니."

2

그때를 떠올리면 생각나는 게 있습니다. 컴컴하고 습한 방과 그 안을 가득 채운 미친 더위.

여름에 창 하나 없는 실내에서 일하는 건 고역입니다. 거기가 늘 물기 흥건한 곳이라면 더더욱 그렇죠. 시멘트가 물에 찌든 냄새를 알고 있습니까? 창고의 오래 묵은 먼지 내음이나 고인 물의 비린내와는 다른 아주 기괴한 악취입니다. 쿰쿰한, 아니, 꿉꿉하다는 게 맞을까요? 냄새를 맡는 것만으로도 오장육부가 뒤틀리고 피부가 썩는 기분을 느낄 수 있거든요. 거기에 인간의 오물 냄새까지 주기적으로 섞인다? 악마가 말하기엔 이상한 표현이지만, 지옥이 따로 없지요.

"와, 진짜 김일성 입 냄새도 이렇게는 안 날 거다."

조 경사가 얼굴을 찌푸리며 툭 뱉었습니다. 취조실 문틈으로 스멀스멀 새어나오는 냄새만으로도 투덜거리긴 충분했어요. 왜 하필 김일성 입 냄새냐? 그곳 인간들에게 박힌 생각대로라면 나쁜 건 죄다 공산당 빨갱이 것이었거든요. '공산당'과 '빨갱이'는 당시 '지옥'과 '악마' 대신 쓰이던 용어였어요.

내가 있던 곳은 서울의 한 경찰서였습니다. 정확히는 경찰서 가장 깊은 곳에 자리 잡은 취조실 밖 복도였지요. 벌레나 쥐 따위를 제외한다면 그곳에 모이는 건 가장 은밀하고 더럽고 잔인한 일을 가하거나 당하는 자들 뿐이었어요.

"아, 죽겠네."

신 경장이 주먹을 몇 번이나 꽉 쥐며 중얼거리던 게 기억납니다. 커다란 체격과 상대를 위압하는 거친 인상에 어울리지 않는 모습이었거든요. 와이셔츠와 바지 차림이 장소와 맞지 않게 단정했던 탓도 있었을 겁니다.

당시 서른 살인 신 경장은 불과 몇 개월 전에 경장 계급장을 달았습니다. 신 경장은 출세에 목을 매고 있었습니다. 그가 이 일에 자원했던 건 어쩔 수 없는 사정이 있었어요. 야망을 갖고 갓 송사리가 된 애송이에게 용의자를 취조해 정보를 캐내라는 명령이 떨어진 상황이었지요.

네? 초보자를 어떻게 그런 일에 투입할 수 있냐고요? 지적하신 대로입니다. 애송이가 바깥세상에서 치열하게 구른 자를 상대했다간 정보를 캐내기는커녕 오히려 탈탈 털릴 게 분명하지요.

경찰들은 바보가 아니었습니다. 송사리를 힘센 가물치로 키워내려면 훈련을 시켜야 한다는 걸 잘 알았어요. 애송이 신 경장에게는 어리바리한 레미콘 공장의 공원이 던져졌습니다. 송사리의 첫 상대는 피라미였던 겁니다.

그래서 송사리… 아니, 신 경장은 인생 첫 취조를 하게 되었습니다.

순경이었을 때 유치장에서 취조실까지 혹은 그 반대로 용의자를 끌고 가기만 했던 그는 용의자들의 눈과 몸에 점점 힘이 빠져나가는 걸 봤었지요. 왜 그렇게 되는지는 잘 알고 있었고 당연히 그런 일을 제 손으로 하지 않으려 했습니다. 그가 이 일에 자원하며 억지로 짜낸 용기는 취조실 앞에 다다른 순간 맥없이 꺾이고 말았지요.

경찰도 바보가 아니었기에 당연히 신 경장 혼자 취조하게 놔두진 않았어요. 취조실 밖에서 나 경위가 지시를 내리면 하 경사가 현장과 나 경위 사이를 오가며 구체적으로 상황을 조율했지요. 현장에는 베테랑 조 경사가 있었고 그저 힘쓰기를 거들 목적으로 신 경장보다 어린 새파란 경장도 하나 더 투입되어 있었습니다. 하지만 신 경장의 주도로 취조를 이끌어간다는 건 변함없었어요.

용의자 홀로 취조실에 남겨두고 하 경사가 설명했습니다.

"민영수. 나이는 스물일곱. 레미콘 공장에서 일하며 공부하겠답시고 야학에 다니다가 거기서 선생인 양 홍내 내던 대학생 년과 밀접하게 접촉했다. 그년은 북한 빨갱이 놈들 지령을 받는 불온 단체에 소속되어서, 다른 공장에서도 북한 체제가 우월하다느니 자유대한이 독재국가니 하면서 노동자들에게 흑색선전을 일삼았던 전과가 있다. 민영수는 그년과 밀접하게 접촉해 불온서적을 건네받고 공장 사람들을 선동하려 했다."

"개새끼구먼, 아주!"

조 경사가 버럭 소리치며 철문을 발로 걷어찼습니다. 이 또한 계산된 행동이었습니다. 취조실에 홀로 남겨진 용의자는 두려움에 떨며 밖의 웅성거림에 귀를 기울일 겁니다. 제대로 들리지 않는 말소리에 뒤섞여 또렷이 들려오는 자신을 향한 욕설. 그러다 갑자기 터지는 굉음. 그렇게 용의자의 불안을 키우고 저항할 힘을 빼앗았죠. 경찰들은 합리적인 전략을 구사하고 있었던 겁니다.

"민영수에게 그년이 어디 숨었는지 알아내도록. 잘해봐, 신 경장."

하 경사가 신 경장의 어깨를 툭툭 두드렸습니다.

"알겠습니다."

신 경장이 딱딱하게 대답했습니다. 신 경장은 주먹을 쥐었다 펴길 반복했습니다. 그의 별명은 '렌치'였어요. 어마어마한 악력 때문에 어떤 흉악범도 오른손에 잡히면 빠져나가지 못한다는 뜻이었지만, 초조할 때마다 주먹을 계속 쥐었다 펴는 버릇 탓도 있었을 겁니다. 그 손놀림이 신경 쓰여서 나는 말했습니다.

"너무 긴장하지 마십시오."

"긴장하는 거 아냐. 마 경장, 너나 똑바로 해."

나는 신 경장의 말과 행동이 맞지 않음을 지적하려다 그만두었습니다. 송사리가 피라미를 만나지도 않았는데 벌써 자극할 필요는 없었거든요.

경찰은 바보가 아니었습니다. 하지만 그들이 바보가 아니었기에 알아채지 못한 게 있었지요. 그들 사이에 바로 나, 악마가 끼어들어 있었다는 것을요. 나는 '마 경장'이라는 이름표를 단 채 열심히 궁리했습니다.

자, 앞으로 어떻게 해야 할까?

3

　용의자 민영수의 첫인상은 그야말로 피라미였습니다. 팬티만 남기고 죄다 벗겨진 채 와들와들 떨고 있는 비쩍 마른 몸이 백열전구의 노란 불빛을 받으니 겨울바람에 흔들리는 앙상한 나무처럼 더욱 볼품없어 보였지요. 등 뒤로 돌려진 손에 수갑 채워진 채 새카만 피부 위로 크고 작은 상처들이 있는 지저분한 몸에서 유독 팬티만 새하앴지요. 팬티도 얼마 뒤 더러워졌지만요.

　취조가 시작되자 그는 더욱 심하게 몸을 떨었습니다.

　제가 계속 '취조'라는 단어를 쓴 점에 유의해주십시오. 말로 윽박지르는 것조차 폭력이라고 호들갑 떠는 요즘 인간들 기준으로 보면 그때의 '취조'는 엄연한 '고문'입니다. 원하는 진술을 받아내려고 용의자의 신체에 직접적인 폭력을 가했으니까요. 아무리 좋게 보려 해도 그저 다른 인간에게 더욱 잔인한 고통을 주려는 목적만 가득했어요. 정작 폭력의 가해자들은 굳은 믿음을 가지고 있었습니다. 나는 자유대한을 지키려고 이런 힘든 일을 하고 있다. 나의 행동은 정당하다. 그들은 그런 생각으로 '취조'에 임했던 겁니다. 물론 가끔 거기에 자신의 사적인 울분을 슬쩍 섞어서 풀기도 했지만요.

　아, 그 향기로운 악의라니! 인간은 악마보다 더욱 위대하게 잔인해요. 지옥 가장 깊은 곳의 그분도 인간에게 경의를 표할 겁니다.

　이거 이야기가 엉뚱한 곳으로 흘렀군요.

　조 경사가 기술적 지도를 했지만 민영수를 주도적으로 취조한 건 신 경장이었습니다. 처음 신상과 대학생의 행방을 묻는 형식적인 대화가 끝난 뒤 신 경장은 얼굴을 찡그린 채 진짜 취조에 임했습니다. 취조실에 아무렇게나 널려 있던 목봉을 쥐고 열심히 했어요. 서툴러서 과하게 힘을 쓰기도 했지만 민영수가 고통에 찬 비명을 질러댔으니 오히려 좋은 효과를 낸 것 같아요.

민영수가 기절한 뒤 자연스레 잠깐의 휴식 시간이 주어졌습니다. 팔을 걷어붙인 신 경장의 와이셔츠가 땀에 흠뻑 젖어 있더군요. 나는 담배를 내밀었습니다. 아무리 맡아도 무뎌지지 않는 지독한 냄새는 진한 담배 냄새로 잠깐이나마 덮어야 했거든요.

"할 만하십니까?"

"내가 지원한 거니 잘해야지. 마 경장은 어때? 괜찮아?"

"겨우겨우 하고 있습니다. 둘째 생기셨다면서요? 축하드립니다."

"애가 사내인지 아닌지부터 알아야 축하하든지 말든지 하지."

퉁명스레 말하면서도 신 경장이 웃었습니다. 담배를 한 모금 빨아들인 그의 손 떨림이 줄어든 게 보였어요.

"첫째는 아들 아니었습니까? 둘째는 딸 낳아도…."

"아버지 어머니는 무조건 사내를 낳아야 한다고 성화셔. 아들이 여럿 있어야 한다고."

"아이고, 아직도 아들 타령하십니까? '딸 아들 구별 말고 둘만 낳아 잘 기르자'고 나라에서도 말하는데."

"속에 맺힌 것 때문에 그러시는 거지. 매번 둘째가 있었으면 지금 스물일곱인데, 지금쯤 번듯한 직장 다닐 텐데, 그렇게 중얼거리시니까."

"거참."

"뭐, 둘째가 딸이라도 어쩌겠어. 나라에서도 애 덜 낳으라 하고 마누라 몸 생각하면 지금 애 지우기도 어려울 거 같으니, 내가 아버지 어머니를 설득해야지."

"힘내십시오."

"그래."

신 경장이 웃었습니다. 한 집안의 가장이 지을 만한 평범한 미소였지요. 하지만 백열전구 빛을 받은 표정 너머에 어떤 진실이 도사리고 있는지 나는 잘 알고 있었어요.

"야, 신정용. 힘 좀 빼고 해. 언제까지 기력 붙어 있을 줄 아냐? 나이 금방

먹는다."

맞은편 의자에 앉아 신 경장을 지켜보던 조 경사가 어깨를 주무르며 툭 말을 던지더군요. 조 경사는 머리에 쓴 초록색 '새마을' 모자와 목에 두른 꾀죄죄한 수건, 새카만 낡은 장화 때문에 농부처럼 보였어요. 그러고 보니 그들의 모습은 논일 도중 쉬는 시간을 한가로이 즐기는 시골 농군처럼 보였을 거 같군요. 그곳이 지독한 냄새를 풍기는 취조실이고 온몸의 상처를 드러낸 채 오물 범벅이 되어 기절한 민영수가 없었다면요.

취조실 문이 열리고 하 경사가 들어왔습니다. 우리가 형식적인 경례를 붙이자 신 경장에게 물었습니다.

"어때? 할 만해?"

"네."

"나 경위님이 그러시더라. 빨리 대학생년 정보를 얻으라고. 그년, 몇 번이나 쥐새끼처럼 도망쳤잖냐. 승진에 목마른 전국 경찰이 그년 엉덩이 노리는 걸 너희도 잘 알 거다."

조 경사가 흘끗 하 경사를 보더군요. 하 경사가 기절한 민영수를 보며 툭 내뱉었습니다.

"이 새끼는 적당히 조져. 그년이 이 새끼에게 제대로 말한 건 없을 거다. 뭐 볼 만한 게 있는 놈도 아니잖냐. 다른 멀쩡한 놈 잡다다 족치는 게 낫겠지. 어차피 신 경장이 앞으로 일 잘하라고 연습하는 거니까 이 새끼 가지고 적당히 해봐. 알았어?"

하 경사가 민영수를 보며 턱짓했습니다. 이제 쉴 만큼 쉬었으니 다시 취조를 재개하자는 지시였지요. 하 경사가 나가고 철문이 닫히자 신 경장은 민영수의 어깨를 힘껏 그러쥐었습니다. 무시무시한 비명을 토해내며 민영수가 깨어났습니다.

"개새끼야, 언제까지 거짓말할 거야?"

"거거거, 거짓말 아닙니다. 전 아무것도 몰라요!"

눈물을 줄줄 흘리며 민영수가 외쳤습니다. 그의 따귀를 때리며 신 경장이 소리쳤지요.

"아무것도 모른다는 새끼가, 웅? 그런 책을 갖고 다녀?"

그런 책. 어디 보자, 그때는 불온서적이라고 불린 책이었는데, 그게 뭐였더라…. 거참, 기억이 나질 않네요. 지금은 대중에게 아무렇지 않게 읽히고 있거나 완전히 잊히고 만 책일 겁니다. 아무튼 그녀는 책 속 진리가 인간을 밝은 미래로 인도할 거라며 민영수에게 책을 건네주었고, 민영수는 그걸 소중히 품고 내용을 이해하지 못하면서도 더듬더듬 읽었습니다. 그리고 책은 민영수를 밝음이 아니라 어둠으로 던져버렸지요.

"잘못했습니다. 잘못했어요!"

"잘못했으면 그년이 지금 어디 있는지 말해."

"전 아무것도 몰라요!"

"이 새끼가?"

다시 신 경장의 취조가 시작되었습니다. 몸부림치는 민영수를 목봉으로 구타하는 신 경장의 손에 불거진 핏줄이 보였습니다. 어느새 손 떨림이 멎어 있었지요.

나는 신 경장과 조 경사를 돕는 척하며 그들의 영혼이 조금씩 썩어가는 향기로운 내음을 흠뻑 맡았습니다. 일은 계획한 대로 잘 흘러가고 있었지요.

하지만 머릿속은 여전히 복잡했습니다. 나는 누구 편에 서야 할까?

* * *

"누구 편?"

혀 꼬부라진 발음에 내가 놀라고 말았다. 악마가 비웃음을 흘렸다.

"오해하진 마세요. 내가 고문하는 자의 편에 서지 못해 안달복달하던 건 아닙니다. 나는 악마로서 자부심이 있고 자신의 좋은 영혼을 스스로 타락시키는 자의 편일 뿐이거든요."

노란 안경알 너머 악마의 눈이 나를 응시했다.

"그런데 뜻밖입니다. 이 이야기에 그리 놀라지 않네요. 혹시 아는 이야기였나요?"

나는 고개를 저었다.

하지만 악마의 물음이 맞았다. 난 이 이야기가 낯설지 않았다.

당연하다. 실제로 당시 이와 비슷한 일이 꽤 있었지 않았나. 흔한 이야기를 악마가 제가 겪은 듯 입에 담는 것뿐이다.

나는 애써 그렇게 생각했다.

거북스럽게 긁어대는 이야기를 무시하려고 무심코 칵테일을 마셨다가 기침을 내뱉고 말았다. 독한 알코올이 목구멍을 태우는 것 같았다. 바텐더가 물 한 잔을 내려놓았다. 그의 과묵한 배려가 부담스러웠다.

"그때 그곳에는 그럴듯한 선택지가 둘 놓여 있었어요. 나는 그걸 놓고 고민했습니다."

"대체 뭘 두고 고민한 겁니까?"

"이야기를 마저 들어보시길."

악마는 쉽게 답을 주지 않았다.

나는 물잔을 집으려다가 그만두었다. 취기에 손 떨림이 심해져 있었다. 나는 주먹을 꽉 쥐었다가 펴보았다. 떨리는 손을 들키지 않으려고 한 행동이었다.

***

취조는 지지부진했습니다. 신 경장이 어설펐던 탓도 있었어요. 하지만 민영수가 계속 모른다고만 하는 게 더욱 큰 문제였습니다. 결국 참지 못하고 조 경사가 소리쳤습니다.

"안 되겠다. 이 새끼, 담그자!"

취조실 한편 욕조에 한가득 받은 물에 민영수의 머리를 집어넣자는 말이었지요.

취조에 익숙한 자였다면 조 경사의 지시에 이의를 제기했을 겁니다. 욕조에 머리를 담그는 건 이미 구식이었어요. 고문에 능했던 일본 순사들이나 그들의 기술을 이어받은 이어받은 자들은 물수건을 용의자 얼굴에 덮고 그 위에 물을 부었습니다. 그래야 흔적이 남지 않거든요. 욕조 물에다 냅다 머리를 집어넣으면 자칫 폐에 물이 들어갑니다. 일이 크게 잘못되면 폐 속의 물은 취조한 사람을 궁지에 몰 수 있는 증거가 되고 말지요.

신 경장은 이 일을 처음 하는 자였습니다. 나는 지금은 괜한 말은 하지 않는 편이 좋겠다고 판단했고요. 신 경장은 버둥거리는 민영수를 욕조로 끌고 갔습니다.

"살려주세요. 잘못했습니다, 제발…."

민영수의 간절한 외침은 입이 물에 잠기기 전까지 계속되었습니다. 버둥거리는 민영수의 몸을 꽉 누르며 나는 신 경장의 억센 손에 돋아난 푸른 핏줄과 민영수의 머리카락 아래 드러난 뒤통수 오른편의 커다란 흉터, 수면 위로 부글거리며 격렬히 올라오는 공기 방울 따위를 지켜보며 계속 고민했습니다.

그때였습니다.

신 경장의 입에서 억누른 비명이 터져 나온 것은, 손이 다시 떨리기 시작한 것은.

4

그날 취조실에는 조급한 인간이 한 명 더 있었습니다. 조 경사였지요. 시골 아저씨처럼 보였지만 실제론 실적에 굶주린 난폭한 곰이었습니다.

그의 앞에 피라미 민영수가 나타났는데 그 뒤에는 모두가 탐내는 커다란 연어인 대학생이 있을지도 몰랐어요. 그래서 조 경사는 민영수를 욕조에서 급히 꺼낸 신 경장이 갑작스레 신상부터 다시 캐묻는 걸 이상하게 여겼던 겁니다.

"너, 고향이 어디야?"

"모, 모, 모릅니다."

"왜 그걸 몰라? 엉?"

"저는 고아라서요···. 네 살 때 가족과 떨어져서 쭉 고아원에서 자랐습니다···."

"가족과 떨어져? 네 살에?"

"네, 네···. 육이오 때 피난 가던 도중 떨어졌다고 하는데···."

"어디서 그랬는데?"

"모릅니다. 그게, 그, 서울 근처라고만 들었는데···. 모르겠습니다."

"왜 모른다는 말만 하냐? 야!"

신 경장의 윽박지름에 민영수가 점점 위축되는 게 보였지요. 상황을 지켜보던 나는 슬쩍, 조 경사에게만 들리게 중얼거렸습니다.

"이상하지 않습니까?"

"뭐가?"

"신 경장님은 이미 들은 신상을 왜 저렇게 구체적으로 캐묻는 걸까요?"

조 경사가 얼굴을 찌푸리더군요. 그도 같은 생각을 하고 있다는 신호였습니다. 나는 지나가듯 한 마디를 덧붙였습니다.

"민영수의 대답이 마치 거짓으로 꾸민 거 같지 않습니까? 북한 간첩 놈들처럼요. 모른다, 기억나지 않는다, 그러기만 하는 게 꼭···."

아, 그 순간 조 경사의 표정이 변하는 모습이라니! 순식간에 풀썩 피어오른 의심의 향기에 현기증이 일 지경이었습니다. 취조실의 지독한 냄새조차 잠시 잊을 수 있었어요.

"야, 비켜봐!"

조 경사가 신 경장을 힘껏 밀쳤습니다. 하지만 신 경장은 덩치가 컸고 힘도 좋았기 때문에 꿈쩍도 하지 않았습니다. 조 경사의 언성이 더 높아졌지요.

"뭐 하는 거야? 그따위로 해서 이 새끼가 불겠어?"

"아직 이 사람에게 물어볼 게 있습니다."

"뭘 물어? 이 새끼, 단단히 교육받은 놈이야. 죽기 직전까지 조져놔야 분다고!"

"단단히 교육받다니요? 대체 무슨…."

"이 새끼, 간첩이야!"

조 경사가 외쳤습니다.

그렇습니다. 조 경사의 눈에 민영수가 더는 피라미로 보이지 않았던 겁니다. 커다랗고 탐스러운 '간첩'이라는 이름의 연어가 된 거지요. 당장 자기 손에 꽉 움켜쥐어야 할!

"네?"

"아, 아, 아닙니다!"

신 경장과 민영수가 동시에 소리쳤지요.

조 경사의 행동은 빨랐습니다. 조 경사는 곧바로 민영수의 멱살을 그러쥐고 억지로 일으켜 세운 뒤 버둥거리는 그를 욕조로 끌고 갔습니다.

"조 경사, 뭐 하는 거야!"

갑작스러운 소란에 상황을 살피러 들어온 하 경사가 급히 외쳤지요. 조 경사가 맞받아 소리쳤습니다.

"이 새끼, 간첩이야! 분명히 뭔가 숨기고 있어. 자기 어릴 적 일도 제대로 말 못한다고! 공산당 놈들이 남파시킬 때 가짜 신원 교육받으면서 미처 거기까지는 듣지 못해서겠지. 신 경장, 너도 그게 이상해서 이 새끼에게 계속 물어본 거잖아!"

"아, 아니, 그게…."

신 경장이 더듬거렸습니다. 하 경사도 눈을 크게 뜬 채 아무 말도 하지 못했고요.

"아닙니다! 전 간첩 아닙니다!"

욕조 수면에 코가 닿을락 말락 한 채 민영수가 크게 외쳤습니다.

* * *

취조실 밖 복도에서 회의가 열렸습니다. 나 경위는 아직 상황을 모르고 있고, 상황을 전하는 역할인 하 경사는 상황 파악이 덜 된 채였지요. 조 경사와 신 경장은 저마다 속에 품고 있던 확신이 달랐고요.

닫힌 철문 너머에서 소리가 났습니다. 애국가였어요. 딴에는 민영수가 애국심을 보이려 한 행동이었겠지만 목이 터져라 부르는 노래가 귀에 거슬리기만 하더군요. 철문을 흘끗 보며 하 경사가 물었습니다.

"확실해? 저 새끼, 간첩 맞아?"

"확실해. 그게 아니면 저 새끼가 왜 어릴 적 일을 똑바로 말 못하는 건데?"

조 경사가 초조하게 대꾸했어요. 하 경사와 조 경사는 같은 기수라서 서로 말을 놓았습니다. 하지만 하 경사가 경위가 되면 동기에게 존댓말을 붙여야 할 처지였습니다. 유능함을 인정받아 곧 승진할 거라는 하마평이 자자했던 하 경사와 달리 조 경사는 뚜렷한 실적이 없어서 경사로 퇴직할 가능성이 컸거든요.

신 경장이 끼어들었습니다.

"하지만 정말로 어릴 적 일을 기억하지 못해 저러는 걸지도 모릅니다."

신 경장은 덩치와 악력 때문에 힘쓰는 자로만 보였지만 머리도 곧잘 썼습니다. 촉망받는 인재였기에 하 경사도 조 경사보다는 그의 말에 귀 기울이는 눈치였고요.

"섣부르게 판단하지 맙시다. 일단 저 사람의 호적부터 조회해본 뒤에도 늦진….”

“그러기엔 시간이 없지 않습니까?”

좋지 않은 흐름이라 나는 얼른 신 경장의 말을 끊었습니다. 모두 나를 쳐다보더군요. 조 경사가 뭔가 말하려 했지만 하 경사가 빨랐어요.

“마 경장 말대로야. 나 경위님이 오늘 중으로 이 새끼 건 끝내고 다른 용의자를 조사하라고 지시하셨어. 자칫 시간 오래 끌었다간 그년이 도망칠지도 몰라.”

조 경사가 대뜸 언성을 높였습니다.

“지금 그깟 년이 중요해? 저 새끼가 간첩이라고, 간첩!”

“간첩이 아니면 나중에 큰 탈이 날 수도 있습니다.”

신 경장의 대꾸에 잠시 침묵이 이어졌습니다. 결국 하 경사가 말했습니다.

“슬슬 마무리하자. 마지막으로 살살 구슬려봐. 그러다 혹시 뭐가 나올지 모르니까. 이제 함부로 더 손대지 말고.”

“야! 하 경사!”

조 경사가 소리쳤지만 하 경사는 복도 저편으로 빠르게 걸어가버렸습니다. 철문 너머로 들리던 애국가와 조 경사의 씩씩거리는 숨소리가 뒤섞였지요.

당시 경찰이 마구잡이로 수사한 건 사실입니다. 하지만 그들은 엄연히 공무원이었고 공무원은 소위 ‘보신주의’를 뼛속 깊이 새긴 자들이지요. 만에 하나 일이 틀어지면 무사안일한 미래가 날아가는 거였습니다. 하 경사는 그래서 증거가 빈약한 조 경사의 주장을 흘려보냈던 거지요. 그 덕에 내 계획 또한 틀어지지 않았고요.

철문을 열고 신 경장이 먼저 취조실로 들어갔습니다. 조 경사가 마지못해 그 뒤를 따라가려는데 나는 급히 속삭였습니다.

“아무래도 이상합니다. 조금 전에 못 들으셨습니까?”

의아해하는 조 경사를 보며 나는 일부러 한 박자 늦게 말을 이었습니다.

"신 경장님이 조금 전부터 민영수를 '저 사람'이라고 칭했습니다."

"뭐? 진짜야?"

그랬습니다. 민영수를 왜 그렇게 공손히 불렀을까요? 어쩌면 신 경장님이 민영수와 뭔가 우리가 모르는 관계가 있어서…."

"씨발!"

조 경사의 얼굴이 험악해졌습니다.

철문을 박차고 들어간 조 경사가 의자에 앉아 있던 신 경장을 냅다 걷어찼어요. 이번에는 기세가 거셌기에 덩치 큰 신 경장조차 컥, 소리를 내며 나동그라지고 말았지요. 밝게 빛나는 백열전구 아래, 더러운 바닥에 쓰러진 신 경장과 그걸 지켜보던 민영수의 얼굴에 놀람과 의아함이 뒤섞인 표정이 동시에 떠오르더군요. 조 경사가 소리쳤습니다.

"개새끼야. 너, 빨갱이야? 왜 간첩 새끼를 감싸고돌아?"

"네?"

당혹한 표정을 짓던 신 경장의 얼굴은 이어진 조 경사의 외침에 새카맣게 흐려졌습니다.

"너, 아까 '저 사람'이라고 했잖아! 빨갱이가 사람이야? 사람이냐고!"

빨갱이는 사람이 아닌 짐승이고 자유대한의 적이다.

자유대한의 적을 감싸는 자는 똑같은 적이다.

나는 빨갱이가 보낸 간첩이라 의심받는 자를 옹호하는 말을 뱉었다.

거기까지 생각에 미친 순간 신 경장은 직감했을 겁니다. 자신이 진퇴양난의 상황에 빠지고 말았다는 것을요.

나는 겉으로 놀란 표정을 드러내며 속으로 웃었습니다. 지금까지는 계획한 대로 일이 순조롭게 흘러가고 있었거든요. 아직도 내가 어느 쪽을 택할지를 두고 갈등하고 있었지만, 선택은 마지막의 마지막에 하면 될 일이었지요.

5

당장 여기서 일어서야 한다. 이 바에서 나가야 한다.

내 머릿속은 그렇게 외치고 있었다. 언제 어쩌다 이곳에 왔는지 떠올리지 못할 만큼 취한 채였다. 내 옆에 앉은 악마라는 자는 비웃음을 흘리며 악랄한 이야기를 꺼내 속을 마구 휘저어댔다. 손이 떨렸다. 이야기를 더 들으면 안 된다고 몸이 보내는 경고였다.

하지만 움직일 수 없었다. 탁한 수면 위로 어른거리는 그림자를 보고서도 계속 그 자리만 맴돌아야 하는 물고기의 기분이 이럴까? 대체 난 어떻게 해야 하는 걸까?

"진퇴양난. 이걸 요즘 말로는 딜레마라고 하지요?"

내가 쥔 주먹을 보며 악마가 비웃듯 말했다. 악마를 비추는 노란 핀 조명이 밝게 빛났다.

***

신 경장 앞에 놓인 딜레마는 묵직했습니다. 그는 땀을 뻘뻘 흘리며 입을 벙긋거렸지만 정작 아무 말도 하지 못했어요. 그 모습에 조 경사는 더욱 확신했지요.

"야, 신 경장! 너, 간첩 편이야? 빨갱이 앞잡이야?"

"아닙니다!"

신 경장이 반사적으로 외쳤습니다.

"그런데 왜 저 새끼를 사람 취급해?"

민영수에게 손가락질하며 조 경사가 소리쳤습니다. 이 공간에서 주도권을 쥔 것은, 물론 악마인 나를 제외한다면, 조 경사였습니다. 그가 눈을 희번덕거리며 다시 외쳤지요.

"너, 공안 업무에 자원한 것도 다른 꿍꿍이가 있어서지? 예전부터 민간인 신원조회를 자주 요청하더라? 용의자도 아닌 사람을 왜 계속 조회한 건데?"

신 경장의 얼굴에 땀이 마구 흐르는 게 보였습니다.

아, 이야기하는 걸 깜박했군요. 신 경장이 '취조'하는 업무에 지원한 건 사실 타의가 더 컸습니다. 신 경장은 업무와 관계없는 민간인의 신원을 조회하는 일이 잦았습니다. 한두 번이면 모를까, 그런 일이 계속되자 경찰서 안에서 그런 행동에 의문을 가진 사람이 점점 늘어났지요. 주위의 껄끄러운 시선을 신 경장이라고 모를 리 없었습니다. 결국 자신의 애국심을 증명해야 했던 그는 빠르게 출세할 수 있는 길이라고 스스로 합리화하면서 남들이 꺼리는 '취조'에 뛰어들어야 했습니다. 조 경사는 그 껄끄러운 점을 찌르며 추궁한 겁니다.

"너 이 새끼, 간첩과 한패지? 북한 빨갱이 놈들이 남한 정보 넘기라고 지령 내린 거지?"

"아닙니다, 그런 게 아닙니다!"

신 경장의 외침은 필사적이었습니다. 하지만 그걸로 조 경사의 확신에 가까운 의심이 풀릴 리 없었습니다.

"그러면 새끼야, 빨갱이 끄나풀이 아니라 대한민국에 충성하는 놈이면 저 새끼는 네가 조져. 네 손으로 물에 처넣어서 저 새끼가 간첩이라고 불게 하란 말이야. 알았어?"

그때였습니다.

"다, 다 말하겠습니다. 다 말할게요!"

얼굴을 일그러뜨린 채 민영수가 외쳤습니다.

"그, 그년이 어디에 숨어 있는지 다 말할게요. 그러니 물에 집어넣지 마세요. 전 간첩이 아니에요!"

딜레마에 처한 이가 하나 더 있었다고 말하는 걸 잊었군요.

민영수는 레미콘 공장의 평범한 공원이었습니다. 고아가 되어 제대로 된 교육도 사랑도 받지 못하고 홀로 고독하게 살아온 불쌍한 이였지요. 늘 누군가의 품을 그리워하던 그에게 대학생이 나타났습니다. 야학의 학생과 교사로 만난 둘은 곧 사랑에 빠졌습니다. 대학생은 민영수에게 늘 말했어요.

영수 씨, 배워야 해요. 노동자 대중의 배움이 있어야 이 나라가 독재를 타도하고 민주주의를 되찾아 통일을 이룰 수 있어요. 그러면 영수 씨가 잃어버린 가족도 찾을 수 있어요.

어떻습니까? 달콤한 속삭임 아닙니까?

달콤함에 잔뜩 취해 있던 민영수가 갑자기 경찰에게 연행된 뒤 대학생의 행방을 털어놓으라며 구타당하고 욕조에 억지로 집어넣어진 겁니다. 민영수의 영혼은 반나절 만에 그의 몸뚱이처럼 상처투성이가 되었습니다. 그는 계속 아무것도 모른다고 외쳤습니다. 사랑하는 이를 지키려는 마음이 그 정도로는 강했으니까요.

그런데 돌연 간첩으로 몰리고 만 겁니다.

간첩. 북한 공산당이 보낸 인간의 탈을 쓴 괴물. 그런 취급을 받는 순간 지금 겪는 봉변과는 차원이 다른, 삶이 산산조각 나는 미래가 다가올 게 분명했습니다. 대학생을 보호해야겠다는 생각이 순식간에 벗겨질 만했지요.

"뭐 해? 야, 신 경장!"

민영수의 말은 들은 체도 하지 않고 조 경사가 소리쳤습니다. 신 경장은 조 경사와 민영수를 번갈아 보며 어찌할 바 모르더군요.

나 역시 더는 망설일 수 없었습니다. 내게도 드디어 선택의 순간이 다가온 겁니다.

나는 신 경장에게 속삭였습니다.

"신 경장님, 가족을 생각하십시오."

효과는 확실했습니다. 나를 멀거니 쳐다보며 눈을 껌벅이던 신 경장이 곧바로 민영수의 머리끄덩이를 쥐었습니다. 민영수가 비명을 질렀습니다. '렌치'의 악력이 아니었더라도 그럴 수밖에 없었겠지요.

"다 불게요! 전부 다 말할게요!"

덜덜 떠는 팔로 신 경장의 다리를 붙든 민영수가 필사적으로 소리쳤어요.

"그년은 지금 우리 공장에서 서, 서무계원으로 위장해 있어요. 제발 살려주세요! 전 간첩 아니에요! 살려주세요, 형사님, 아니, 형님!"

신 경장의 커다란 몸이 흔들리더군요. 민영수가 덜덜 떨어서인지 그도 몸을 떨어서였는지는 잘 모르겠어요. 민영수의 간절한 외침이 이어졌습니다.

"살려주세요, 형님, 형님!"

젠장! 내가 틀렸나?

나는 욕설을 내뱉을 뻔한 걸 간신히 참았습니다. 민영수의 돌발 행동은 자칫하면 지금까지 순조롭게 완성되어가던 계획을 송두리째 망치는, 그야말로 낭패힐 흐름을 만들 것 같았어요.

다행히 신 경장은 멈추지 않았습니다. 민영수를 질질 끌고 간 신 경장은 그의 머리를 움켜쥐고 욕조로 들이밀었습니다. 민영수의 코가 물에 닿으려던 때였어요. 신 경장이 속삭였지요.

"신의용이 누군지 알아?"

아주 작은, 민영수만 들을 수 있는 속삭임이었습니다.

민영수가 버둥거림을 멈췄습니다. 나도 초조히 귀를 기울였습니다. 영겁 같은 찰나의 시간이 흐르고 민영수가 말했지요.

"그, 그거, 제 어릴 적 이름인데…."

머리를 잡힌 채 민영수가 고개를 돌리려 애쓰는 게 보였습니다. 나는 침을 꿀꺽 삼켰고요. 민영수가 눈을 크게 뜬 채 작게 내뱉었습니다.

"혀, 형님…?"

순간 민영수의 머리가 욕조에 잠겼습니다. 마구 몸부림치는 민영수의 몸뚱이를 신 경장이 힘주어 눌렀지요. 신 경장을 돕는 척하며 옆에 서 있던 나는 그의 입에서 새어나온 중얼거림을 들을 수 있었습니다.

"개새끼가, 이 개새끼가…."

민영수의 머리를 누르는 신 경장의 손이 떨렸습니다. 욕조 아래에서 공기 거품이 거세게 솟아올랐지요. 민영수의 버둥거림이 더욱 격렬해졌지만 신 경장은 힘을 빼지 않았습니다. 거품이 서서히 줄어들어 더는 솟아오르지 않을 때까지. 신 경장은 계속해서 욕설을 쏟아냈습니다.

얼마나 시간이 흘렀을까요?

신 경장이 민영수를 끄집어내어 바닥에 팽개쳤습니다. 민영수는 더는 떨지 않았습니다. 그저 죽은 생선처럼 입에서 물을 줄줄 흘릴 뿐이었지요. 나는 백열전구의 노란 빛을 받으며 민영수를 내려다보는 신 경장의 굳어진 얼굴을, 악문 입술을, 더는 떨지 않는 손을 보았습니다.

그렇게 신 경장은 자신이 마주한 딜레마에서 한쪽을 선택했습니다.

나는 웃음을 터트리지 않으려 애썼습니다.

그럴 수밖에 없지 않습니까? 내가 잘못 선택하지 않았다는 걸, 내 한마디가 나조차도 예상하지 못한 최고의 결과를 끌어냈다는 걸 알았으니까요.

6

아차, 아직 신 경장의 이야기를 하지 않았군요.

1950년, 그의 가족은 북한군의 침공을 피해 서울에서 남쪽으로 급히 피난을 떠났습니다. 갓 열 살이었던 그는 동생의 손을 꼭 잡고 가족을 따라갔습니다. 멀고 낯선 길을 걸으며 처음 보는 사람들의 두려움을 마주하면서 아무것도 모르고 칭얼거리는 동생의 손을 더욱 꼭 쥐어야 했습니다. 형으로서 동생을 지키는 게 그의 일이었습니다.

피난민 무리가 염곡리를 벗어날 즈음이었습니다. 쾅! 갑자기 뒤쪽에서 커다란 폭음이 터졌습니다. 혼비백산한 피난민들이 마구 달렸고 그의 가족도 비명을 지르며 뛰어갔지요. 가족을 쫓아가려 애쓰며 그 역시 엉엉 울며 달리고 또 달렸습니다. 그러다 어느 순간 잡았던 손을 놓쳐버렸단 걸 뒤늦게 알았어요. 그렇게 네 살이던 동생을 잃었습니다.

피난지 부산에서도, 전쟁이 끝나 서울로 돌아온 뒤에도 그와 그의 가족은 잃어버린 아이를 찾으려 애썼습니다. 그들은 어릴 적 돌에 머리를 찧어서 뒤통수 오른편에 길게 난 상처가 있다는 미약한 특징 하나만으로 아이를 찾으려 했지요. 하지만 도저히 찾을 수 없었어요. 〈이산가족을 찾습니다〉방송은 그로부터 10년 뒤에 시작되었고 그전까지 민간인이 어디에 누가 있는지를 알 방법은 거의 없었거든요.

그래서 신 경장은 경찰이 되었습니다. 그가 자주 신원조회를 요청한 건 잃어버린 동생을 찾기 위해서였지요.

그의 마음속에는 아물지 않은 상처가 생생했습니다.

그때 동생의 손을 놓지 않았다면, 좀 더 힘주어 손을 쥐고 있었더라면.

상처는 마음의 동요가 일 때마다 버릇처럼 손을 쥐었다 펴길 반복하는 버릇이 되었습니다.

그런 그의 눈앞에 민영수의 머리카락 아래 숨겨져 있던 오른편 뒤통수 상처가 드러났던 겁니다. 하필이면 자기 손으로 민영수의 머리를 물속에 집어넣은 그때 말이지요.

신 경장은 급히 취조를 중단하고 민영수의 신상을 꼬치꼬치 캐물어 네 살 때 서울 근교에서 가족을 잃었다는 걸 확인합니다. 하지만 정작 가족을 전혀 기억하지 못하는 눈치였으니 신 경장은 당연히 초조해졌지요. 그때 조 경사가 말한 겁니다.

이 새끼, 간첩이야!

반공이라는 이름의 폭주 열차에 올라탄 조 경사의 출세욕 때문에 일은 순식간에 걷잡을 수 없이 흘렀습니다. 간첩 편이라는 의심을 받아 어쩔 줄 몰라 하던 신 경장에게 내가 말했죠.

가족을 생각하십시오.

신 경장의 눈앞에는 잃어버린 동생으로 의심되는 자가 있었습니다. 집에는 부모와 아내, 그리고 자식들이 기다리고 있었고요.

어느 쪽을 선택해야 할까? 오래전에 잃어버린 동생? 지금 내 곁에 있는 가족들?

신 경장은 마지막까지 희망의 끈을 놓지 않았습니다. 최후의 순간 잃어버린 동생의 이름을 직접 입에 올려 물었습니다. 그리고 민영수는 그게 자기 이름이었다고 답했지요.

신 경장은 민영수를 버렸습니다. 민영수가 거짓말을 하고 있다고, 잃어버린 동생과 비슷한 상처를 가진 괘씸한 가짜라고 여기기로 한 겁니다.

'낭패불감狼狽不堪'이라는 사자성어를 아십니까? 낭은 앞다리가 긴 동물이고 패는 앞다리가 짧은 동물이라고 해요. 둘은 서로 같이 있어야 설 수 있고 떨어져 있으면 한 발짝도 움직이지 못한다지요. 마치 한 몸이나 다름없어야 할 둘이 서로 떨어져버린 처지를 가리키는 이 단어는 '낭패'라는 말의 어원이고 '진퇴양난'과 같은 의미로 쓰입니다.

이상하지 않습니까? 몸 한쪽이 떨어져나간 것처럼 간절히 찾던 동생을 만나자마자 제 손으로 죽여버린 형이라니. 이건 낭패라고 할 수조차 없는 꼬락서니잖아요?

아, 잠깐만요. 조금만 진정할 시간을 주겠습니까? 그때의 난장판, 그렇게 순식간에 여러 인간의 영혼이 타락하던 꼴을 생각하면 지금도 웃음이 나온단 말입니다.

***

손이 덜덜 떨려왔다. 나는 다시 주먹을 쥐어야 했다. 악마의 불쾌한 이야기를 견디는 게, 옆에서 키득거리는 악마를 지켜보는 게 괴로웠다. 취기를 죄다 토해버리고 싶었다.

악마는 그럴 틈을 주지 않았다.

"신 경장이 욕조에서 끄집어냈을 때 이미 민영수는 생사의 기로를 달리했습니다. 조 경사가 바닥에 쓰러진 민영수를 걷어차며 욕하다가 사태를 뒤늦게 알아차렸지만 때는 늦었어요. 고아 민영수는 대학생이 자신에게 빛을 보여준 걸 감사하며 그녀를 평생의 은인으로 생각했었습니다. 하지만 죽기 전 은인이자 연인이 숨은 곳을 불면서 배신자로 타락했고 자기 죄를 반성할 말미조차 주어지지 않았지요. 피라미는 죽고 나는 질 좋은 영혼을 수거했습니다."

속이 울렁거렸다.

"신 경장의 타락은 내 의도대로였습니다. 하지만 민영수의 타락은 뜻밖의 수확이었지요."

"…그게 무슨 소리입니까?"

"나는 신 경장을 트롤리 딜레마로 이끌었던 겁니다. 트롤리 딜레마. 제동장치가 망가진 반공호 기차가 질주하는 상황에서 두 갈래 선로 중 한쪽에는 한 명이, 다른 쪽에는 다섯 명이 있었지요. 선로 전환기 레버를 잡은 신 경장은 폭주하는 기차로부터 어느 쪽을 구할지 선택해야 했습니다. 그리고 결국 민영수를 버리고 가족을 구하기로 한 거지요."

악마는 의기양양하게 계속 말했다.

"공교롭게도 그때 나 역시 트롤리 딜레마에 처해 있었어요. 물론 신 경장과 달리 나는 어느 쪽에 기차에 치여 타락할 영혼이 많을지를 재며 갈등한 거였지만요. 민영수 쪽? 아니면 신 경장 쪽? 고민 끝에 나는 민영수를 버렸습니다. 민영수가 대학생을 배신하게 유도하는 것보다는 신 경장이 동생을 죽음으로 몰고 가게 하는 편이 더 타락할 사가 낳다고 계산한 거지요. 그런데 내 선택 직후 민영수가 스스로 비밀을 뱉었던 겁니다. 계산이 어긋났나 싶어 아찔했어요. 하지만 신 경장은 결국 제 손으로 동생을 죽이는 선택을 했습니다. 내가 포기한 피라미까지 손아귀에 들어왔으니, '악마의 트롤리 딜레마'에서 최고의 결과를 얻은 겁니다. 얼마나 즐거운 일입니까?"

더는 참을 수 없었다. 나는 자리를 박차고 화장실로 달려갔다.

화장실 변기 앞에 무릎 꿇고 머리를 처박은 뒤 마구 토했다. 변기에 고인 물이 순식간에 오물 범벅이 되었다. 토사물과 눈물이 쏟아져내렸다.

겨우 토악질이 멈췄다. 목이 타는 듯 아팠다. 나는 숨을 몰아쉬며 진정하려 애썼다. 변기를 붙든 손이 덜덜 떨리고 몸도 따라 요동쳤다.

발소리가 들리는가 싶더니 등 뒤에 누군가 섰다. 곧 오물이 시끄러운 소리를 내며 내려갔고 깨끗한 물이 흰 변기에 다시 가득 고였다. 노란 조명을 받은 변기가 내 그림자와 섞여 탁한 노란색으로 빛났다. 나는 오물을 집어삼킨 새카만 구멍을 노려보며 숨을 골랐다.

뒤에 선 자가 내 등에 손을 올렸다. 나는 얼른 일어나려 했다. 하지만 꼼짝할 수 없었다.

"그때 배운 기술입니다. 큰 힘을 들이지 않고도 인간을 꼼짝 못하게 하는 방법이지요."

악마의 목소리였다. 등줄기가 오싹해졌다.

지금 나는 이야기 속 민영수처럼 찰랑이는 물과 마주하고 있다. 만약 악마가 내 머리를 붙들고 힘을 준다면?

숨소리가 거칠어졌다. 몸이 덜덜 떨렸다. 물 위로 뚝, 액체가 떨어졌다. 침인가, 땀인가, 눈물인가?

악마의 손이 내 등을 쓸어내리듯 움직였다. 뱀이 기어가는 듯한 소름 끼치는 손길이 떨어졌다. 뒤이어 악마가 내 등을 토닥였다.

"벌써 이렇게 취하면 곤란합니다. 아직 이야기가 남아 있거든요. 그것도 마저 들어야죠."

악마의 목소리는 가벼웠다.

"인간을 죽인 자는 처벌받아야 했습니다. 조 경사가 대가를 치르게 되었지요. 물론 민영수를 죽인 건 조 경사가 아니었지만 조급함 때문에 충동적으로 지시했다가 사달이 난 거였으니까요. 결국 그는 출세와 영영 멀어지고 말았지요. 몇 년 뒤 나는 경찰 옷을 벗고 어느 술집에서 대장인 양 행세하다가 조폭의 칼에 찔려 죽은 그의 영혼을 수거했습니다."

악마의 목소리가 화장실 타일 벽을 타고 울렸다.

"조 경사가 받은 징계엔 나 경위와 하 경사의 뜻이 들어가 있었습니다. 조 경사는 조직에 필요 없는 인간이었지만 신 경장은 그렇지 않다는 판단이었죠. 나 경위와 하 경사는 조 경사에게 모든 짐을 떠넘기고 책임을 회피했습니다. 그들은 나중에 경찰 고위직으로 승진하거나 지방 경찰서의 실세가 되었지요. 물론 그들의 영혼 역시 훗날 수거했습니다. 애국심에 절여져 질도 좋았던 데다 자기가 져야 할 책임을 몇 번이나 남에게 떠넘기며 훌륭히 타락했거든요."

"…"

"대학생의 영혼도 역시 나중에 거둬갔어요. 어느 순간 그녀는 자신이 외치던 민주주의와 통일의 구호 아래 의견을 달리하는 자를 모조리 적으로 증오하며 타락했거든요. 체포되고 취조당하며 몸과 마음을 크게 다친 탓이 클 겁니다."

침 섞인 액체를 뱉고 나는 겨우 말을 짜냈다.

"신 경장은 그 뒤, 어떻게…"

"그도 민영수의 일로 징계를 받았습니다. 하지만 조 경사에 비하면 그리 무거운 게 아니었어요. 게다가 레미콘 공장에 숨어 있던 대학생을 자기 손으로 체포하고 취조하는 과정에서 배운 기술을 활용해 불온한 자를 여럿 색출한 덕에 그의 앞길은 다시 활짝 열렸습니다. 송사리는 더 이상 송사리가 아니게 된 거지요. 이후 그는 다시는 사사로운 목적의 신원조회를 요청하지 않았습니다. 주먹을 쥐었다 펴는 버릇 또한 사라졌고요."

변기를 잡은 손이 마구 떨렸다.

신 경장이라는 자의 일, 어째서인지 나는 그 일을 무척 잘 알고 있다. 마치 내가 직접 본 것처럼.

악마가 웃음을 터트렸다. 벽을 긁어대는 날카로운 키득거림이 화장실

안을 시끄럽게 울렸다. 섬뜩한 조소가 멎은 뒤 악마가 나긋이, 한 번도 웃은 적 없었던 것처럼 말을 이었다.

"이왕 선택에 관한 이야기를 했으니 문제를 하나 내지요. 나중에 신 경장이 어떻게 되었는지 알아맞혀보겠습니까? 두 가지 가능성을 말할 테니 어느 쪽이 진짜 있었던 일인지 맞히면 되는 겁니다. 양자택일이에요. 쉽지요?"

"그게 무슨…."

"우선 하나를 제시하겠습니다. 그날 이후 신 경장은 술에 절어버리고 말았습니다. 취조실에서는 부인하고 욕했지만 자기 손으로 동생을 죽였다는 죄책감, 욕조에 밀어넣은 동생의 머리 감촉이 손에 남아서였지요. 그걸 잊으려 술을 마실수록 그의 손은 더욱 떨렸어요. 결국 그는 제 몸 하나 제대로 가누지 못하게 되어 경찰을 떠나야 했고 남은 생애 내내 손과 온몸을 덜덜 떨며 살아가야 했습니다."

악마의 목소리는 더할 수 없이 나긋했다.

"아니면 이건 어떻습니까? 신 경장은 그날 이후 열심히 일했고 몇 가지 행운이 따라주어 나 경위와 하 경사보다 더욱 승승장구했습니다. 훗날 여당의 국회의원 후보 공천까지 받을 정도였으니까요. 그때 고문 경찰이었다는 이력이 드러났지만 오히려 자신은 우국충정으로 그랬다고 당당히 외쳤고, 아무런 타격도 받지 않은 채 여생을 안락하게 보냈습니다. 자, 과연 어느 쪽이 정답일까요?"

"모르겠습니다. 어느 쪽이 답일지, 도무지…."

"모르겠다고요?"

악마가 빈정거렸다.

"당신은 이미 둘 중 뭐가 진실인지 알고 있어요. 아까도 당신 입으로 말했잖아요? 나중에라도 자기 잘못을 깨닫는다면 인간은 분명 그걸 후회할 거라고. 그러니 대답해보세요. 어느 쪽이 진실입니까? 신정용 씨."

그 순간 모든 게 생각났다.

분명히 나는 노환으로 병원 침대에 누운 채 힘겹게 숨을 내뱉고 있었다. 죽음을 앞두고 있던 내가 어째서 이 이상한 바에 온 걸까?

나는 몸을 움직이려 했다. 하지만 악마의 손은 내 등을 누른 채 억눌렀다. 악마의 손이 움직이는 게 느껴졌다. 손은 서서히 내 머리로 향했다.

"동생을 제 손으로 죽인 신정용 씨, 아니, 신 경장님. 들려주세요. 당신의 답은?"

내 헐떡이는 소리가 화장실에 시끄럽게 울렸다. 떨리는 손이 멈추지 않았다. 변기 속 짙은 어둠이 점점 커졌다.

무경 부산에서 태어나 부산에서 살고 있다. 고려대학교 국어교육과를 졸업 했다. 좋은 이야기는 세상을 좋은 방향으로 움직이고, 이야기 한 줄에 무한한 가능성이 담겨있다고 믿는다. 다른 이에게 재미있는 이야기를 전하고 싶어하며, '작가'라는 호칭 못지않게 '이야기꾼'이라는 말을 듣고 싶어 한다. 《1929년 은일당 사건 기록》 시리즈를 썼다.

누운 사람

신성치

2023.11.29.01:38

아는 곳을 걷고 있다. 눈에 익은 골목, 기억에 남아 있는 간판들. 분명히 아는 동네다.

'나는 지금 아는 길을 걸어간다. 아는 동네에 있다.'

술꾼은 희미해진 정신이 꺼지지 않도록 생각이란 작용을 하려고 한다. 터벅터벅 느리고 흔들리는 걸음이 반자동으로 이어지고 있다. 군데군데 가로등이 내려앉은 어둠을 걷어내지만 술꾼의 눈에 들어온 거의 모든 창은 불이 꺼져 있다. 점점 사그라지는 그의 정신처럼 눈앞은 흐릿하다.

불빛들은 술꾼의 시야 한쪽 귀퉁이에서만 살아 있다. 행운상회, 스마일 세탁, 홍익문구…, 빛을 받은 간판들을 읽으며 기억을 찾으려 하지만 익숙하다는 느낌밖에는 얻지 못한다.

'어디였더라, 어디였더라.' 자신에게 물으면서도 목적지를 묻는 건지 현 위치를 묻는 건지 스스로 분간하지 못한다.

'아까, 아까, 얼마쯤 전에 회식, 2차 호프집, 내가 얘기하고, 웃음이 터지고.'

불명확한 기억들이 올라온다. 좌중을 웃기고 기분 좋게 건배하고 술이 넘어가면서 폭죽처럼 머릿속에 빛이 가득 차고. 그다음부터는 블랙이다. 이 술꾼의 음주 행동에는 루틴이 있다. 흥겹게 분위기를 띄우고, 많은 술을 빨리 마시고, 취흥이 올라 과장되게 웃고 떠들다가 한순간 잠이 들고, 잠들기 전 얼마간의 기억을 잃어버린다. 기억을 잃는 구간은 점점 길어지고 있다. 조심해야 한다고 긴장하지만 술을 마시면 그 긴장은, 풀린다.

이날도 그는 필름이 끊어졌고, 술자리에서 나온 후 의식이 반쯤 꺼진 채 걷는 중이다. 한 걸음 또 한 걸음, 반복적인 운동은 그를 깨우지 못한다. 침대에 누워서 양의 마릿수를 세는 것과 마찬가지 행위일 뿐이다. 이어지는 반수면 상태…, 편한 위치에서 자세만 고정되면 술꾼의 의식은 사라질 것이다.

"딸그락." 술꾼의 발이 페트병을 밟으면서 몸이 휘청한다. 걸으면서도 감고 있던 눈이 뜨이고 곧바로 생각이 솟는다. 제 것이면서도 제 맘대로 못하는, 생각대로 안 되는 생각.

'유 이사, 양 부장, 쌍놈의 새끼들….'

술꾼은 회사 술자리에서 곤란한 상황을 무마하고 싶어 과음을 했다. 자주 있는 회피와 과음이다. 그는 마음에 안 드는 생각을 지우고 싶다. 불쾌함이 정신에 힘을 좀 보태주자 다른 것이 떠오른다.

'여기… 여기는… 집에 가는 길이었어…. 그래, 나는 집에 가는 중이야.'

눈을 크게 뜨고 주위를 확인해본다. 어둡고 인적이 없는 거리. 어두운 만큼 기억도 판단력도 흐릿하다. 자기가 사는 곳인지, 살던 곳인지는 잘 모르겠다. 하지만 이 동네는 분명히 술꾼과 연관이 있다. 그런데… 그런데… 그는 점점 더 귀찮아진다. 생각도 걸음도 피로하기만 하다. 하얀 연기가 피어나오며 팬이 돌고 있는 단층집이 보인다. 다가가서 집 벽에 등을 기대니 온기가 느껴진다. 벽돌 반대편은 심야 영업을 하는 식당의 화덕들이다. 배는 벌써 불렀고 등이 따스하니 눈꺼풀이 내려온다. 술꾼은 눈을 감으면서, 너무도 자연스럽게 구두를 벗는다. 벽에 기대 주저앉은 몸이 조금씩 조금씩 내려앉다가 결국 드러눕는다. 건물이 주는 온기가 술꾼을 방심하게 만든다.

술꾼은 여행사 과장이다. 회사 술자리에서 담당 지역을 바꾸라는 지시를 들었다. 일종의 좌천이었다. 그의 팀이, 정확히는 그의 팀원인 한 대리가 실적이 너무 없었기 때문이다. 그는 호기롭게 자기가 책임지겠다고 했으나, 결국 둘 다 좌천당했다.

한 대리는 입사 동기다. 경력자로 입사한 그와 나이 차가 있지만 스스럼없이 지내다 보니 개인 사정을 알았다. 한 대리가 신혼일 때 친정 식구들이 전부 이민을 갔다. 허전한 마음에 남편에게 집착하자, 부담을 꺼리는 남편과 외려 갈등이 생겼다. 혼자가 될 것 같은 두려움에 그녀는 예민해졌고, 젊은 부부 사이는 점점 불안해졌다. 그래서 한 대리는 실적이 줄었고, 술꾼은 그녀의 책임을 덜어주고 싶었다.

"너도 강 이사 줄이야?"

게다가 한 대리는 횡령 혐의로 쫓겨난 창업자 조카의 라인이었다. 회사를 바로잡겠다는 새 실세들은 한 대리를 봐달라는 술꾼의 부탁을 일축했다.

"왜 도와주려는 거야? 같은 팀이라서? 입사 동기라서? 썸씽 엘스?"

강경한 어투 끝의 영어 표현이 술꾼에게 콱 박혔다. 아주 짧게 분노 같은 게 빛을 내다 사그라졌다. '젠장, 겁이 나면 화가 안 나는 법이지.' 단호한 새 이사에 대한 두려움과 파가 갈린 술자리의 불편함이 그를 실없게 만들었다.

"썸씽은 옛날 위스킨데요. 이건 원저고."

꼬리를 내리면서 술꾼은 재롱을 떨기로 했다. 꽃집 주인은 시드니를 싫어하고 인도는 네 시고, 카트만두는 마트에서 식품 사재기하는 것이고….

"괜찮아. 웃어도 돼. 동료들끼리 자존심 챙길 필요 없어."

웃을 때까지, 끝까지, 아재 개그를 퍼붓겠다는 끈질기고 뻔뻔한 자기희
생 선언이었다. 실없는 놈이라도 대개 속까지 실없지는 않다. 실없는 데
다가 주정뱅이까지 겸했다면, 십중팔구 갈등을 견디지 못하거나 상대방
의 욕심을 이겨내지 못하는 사람이다. 실없는 짓거리도 상황과 능력에 따
른 그 나름의 생존전략인 셈이다.

"죄송해요. 이사님. 제가 잉글리시랑 굿바이한 지가 롱 타임 어고우라
썸씽을 잘 몰라요."

술꾼이 학교 때 제일 열심히 공부했던 게 외국어다. 학생 때부터 그는
자꾸 이 나라를 떠나고 싶었다. 하지만 여행사 업무 외에는 거의 외국 땅
을 밟지 못했다. 생활고 탓만은 아니었다.

"썸씽 스페셜하게 한 잔 드릴게요. 자자자, 레쓰 기릿!"

그는 대범한 척 술잔을 주고받고, 넘치는 친근감으로 술자리를 주도했
다. 그리고 또 술에 잡아 먹혀서 길거리에서 잠이 들고 있다. 이런 일은 드
물지 않았다. 버스나 전철 종점에서 욕을 먹고 깨어나기도 하고, 공원 벤
치에서 비를 맞고 눈을 뜨기도 하고, 파출소 소파에 누워서 울상인 아내
를 올려다보기도 했다. 그나마 다행인 것은 병원에 갈 만큼 다친 적도, 경
찰을 찾을 만큼 뭘 잃어버린 적도 없다는 것이다. 술꾼은 착하게 살아온
덕에 하늘이 돕는다는 둥, 조상의 음덕이 있다는 둥, 반성 없이 너스레를
떨어왔다. 한데 지금은 좀 만만찮다. 유난히 인적이 드문 거리, 차가운 밤
이다.

그래도, 역시 술꾼은 의식을 잃는다.

2023.11.29.02:40

"딩동."

문자가 왔다는 휴대폰 신호음이 울린다. 담배를 피우던 사내는 콜라 캔

에 꽁초를 집어넣고 화면을 본다. "니이미….." 발신자를 확인하고 미간을 찌푸리는 사내는 얼마 전 감옥에서 출소한 전과자다. 발신자는 같은 감방에 있던 조직폭력배로, 방장 노릇을 하며 적잖이 그를 무시했던 놈이다.

'어이, 도둑놈. 나 어제 용학이 만났다. 너 기억하던데 같이 한잔할래?'

문자는 출소자를 더욱 불쾌하게 만든다. 용학이는 출소자의 중학교 동창생이다. 감방에서 방장인 조폭이 도둑놈이 된 썰을 풀어보라고 했을 때 출소자가 언급했던 놈이다.

출소자는 중학생 때 시장에서 신발을 훔쳤다. 도둑질은 처음이었다. 메이커 운동화가 갖고 싶기도 했지만, 스릴 있는 모험을 한다는 생각이 더 컸다. 딱 한 번만 용기를 내서 일탈을 해보고 싶었다. 호기심 반 장난 반으로 저지른 일이 어떻게 번져나갈지 당시엔 몰랐다. 한 친구에게만 털어놓았던 모험담이 학교 양아치들에게 퍼졌다. 절도 사실을 이유로 그를 괴롭히고 이용해먹은 양아치의 대표가 용학이다. 놈은 그를 때리면서 학교와 경찰에 이르겠다고 협박했고, 계속 도둑질을 해서 상납하라고 강요했다.

그를 놀려먹는 것을 가학적으로 즐긴 용학이는 아랫도리를 벗으라고 명령하기도 했다. 그가 고개를 젓자 연달아 뺨을 때리고 못 박힌 각목으로 겁을 줬다. 항거불능 상태의 그가 눈물만 흘리자 용학이 놈이 그의 바지 지퍼를 내리고 팬티를 쿡쿡 찌르며 희롱했다. 용학이 새끼. 그놈만 아니었으면 어쩌다 한 번 했던 도둑질이 어린 시절 장난이었던 추억으로 남을 수 있었다고 생각했다. 그놈 때문에 도둑놈이 됐고, 양아치 똘마니의 길로 접어들었다.

감방 안의 도둑놈들은 그의 얘기를 재미있게 들었다. 그런데 문제가 꼬여버렸다. 용학이 놈의 이름과 살던 동네를 말하자, 조폭이 아는 놈이라며 탄성을 질렀다.

"맞아. 용학이! 눈썹에 점 난 새끼! 고만고만한 또라이 몇이랑 문신 새기고 건달 흉내 내던 찌질한 새끼 있어. 우리 애들한테 장난치다가 뒈지게 처맞았지. 맞아. 그 새끼가 나보다 두 살 많다고 그랬는데, 너랑 동갑이

겠구나."

개새끼, 나보다 어린 새끼가. 물론 속으로만 한 얘기였다. 조폭 놈은 그 새끼한테 복수하고 싶은 생각이 없냐고 물었다.

"아니, 아니지. 복수할 자신 있냐고 물어봐야 정확하겠구나. 어때?"

그는 대답을 못하고 우물쭈물했다. 스무 살이 넘어서 용학이 놈을 다시 만난 적이 있었다. 일찍 자란 그놈은 중학교 때 덩치가 큰 편이었는데, 성인이 된 후의 체구는 어릴 때와 별반 차이가 없었다. 조폭이 했던 말처럼, 놈은 별로 세 보이지 않았다. 하지만 중학교 때부터 용학이는 그의 기억에 흉폭하고 잔인한 강자로 굳어져 있었다. 그래서 쉽사리 보복 같은 건 못할 것 같았다. 그가 대답이 없으니 조폭 옆자리에 있던 늙은 건달이 끼어들었다.

"젊어서 어떤 개새끼한테 개쪽을 당했다. 그걸 어떻게 처리하느냐? 세 부류의 인간이 있어. 제일 훌륭한 인간은 복수를 하는 게 아니라 자기 세계에서 성공해서 나쁜 놈보다 잘 사는 사람이고, 중간짜리는 괴롭혔던 새끼한테 복수하는 놈, 괜히 지 괴롭혔던 놈한텐 쪽도 못 쓰면서 엉뚱한 약한 사람 해치는 새끼가 젤 하찔이여."

"근데 그런 병신들이 여기 징역엔 좆나 바글거리지."

조폭이 추임새를 넣었다. 맞는 말이었다. 그는 고개를 끄덕였다. 하지만 속으로 한 가지는 다르다고 항변하고 있었다. 자존심을 찾기 위한 혼자 생각일 수도 있지만, 근거 없는 자기 위로와는 달랐다. 그는 자기 속에 또는 자기 곁에, 악마 같은 놈이 있다고 믿어왔다. 중학교 때 성추행을 당하고 얻어터진 다음 날 학교에 가기가 두려웠다. 용학이와 친구 놈들이 무시무시하게 느껴졌다. 아프다는 핑계를 대고 방바닥에 누워서 잠을 청하는 중이었다. 갑자기 가슴이 덜컥하면서 무서운 영상이 보였다. 자기가 맞았던 것보다 훨씬 잔혹한 폭력 장면들이 떠올랐다. 머릿속에 그려지거나 눈앞에 보이는 게 아니었다. 자신의 상하좌우를 끔찍한 폭행의 모습들이 둘러싸고 있었다. 거대한 영화관의 스크린 속에 들어가 있는 것 같았다. 자기가 가해자인지 피해자인지 몰랐다. 피칠갑이 돼서 무지막지한 폭력을 휘두르는 사람의 형상이 엄청난 크기와 고막을 터뜨릴 것 같은 고성으로 압도해오는 것을 느꼈다. 자신이 느끼고 있는 게 공포인지 분노인지 구분하기가 어려웠다. 겁을 내고 있는 것인지 분노해서 폭력을 휘두르고 싶은 것인지 알 수가 없었다. 그 후 그는 정체와 방향을 알 수는 없지만 악마의 모습이 자신과 연결돼 있다고 믿었다.

"너네는 그걸 아직 못 본 거야."

감방에서 중학생 때를 떠올리면서 그는 자기 귀에도 잘 안 들릴 정도로 작게 중얼거렸다. 조폭이 '저 병신 뭐라는 거야?'라며 콧방귀를 뀌었고, 쫄아서 헛소리하는 거라면서 방 안의 도둑놈들이 함께 비웃었다. 진짜로 무서운 정신이 뭔지 몰라서 하는 소리라고 그는 생각했다. 그리고 옆방에 있던 살인범을 떠올렸다.

'나도 옆방 사형수 새끼랑 공통점이 있어. 진짜야. 그건 사실이야.'

옆방에 있던 사형수는 줄창 자기 마누라를 패대다, 가정폭력을 피해 도망치자 쫓아가서 마누라에다가 장모까지 죽인 놈이었다. 놈은 마른 체구에 싸움 실력이 있는 것도 아니었지만, 조폭도 함부로 대하지 못했다. 그놈 곁에 있으면 솜털이 일어나는 섬뜩한 기분이 들었다. 불길한 기운이 그놈을 감싸고 있는 것만 같았다.

'나는 그놈이 뭐랑 연결돼 있는지 알아. 그걸 봤어. 감방 돌대가리 새끼들은 날 보고도 알아차리지 못한 거야.'

제 방에 있는 출소자는 가슴이 답답하다. 나가서 동네 산책이라도 하기로 작정한다. 점퍼를 입고 허리에 벨트백을 찬다. 백에 담긴 물건이 묵직하게 느껴진다.

2023. 11. 29. 02 : 20

여자는 잔뜩 화가 나 있다. 휴대폰을 집어던지고 싶은 것을 겨우겨우 참는 중이다.

"그래서 그 액수가 없다는 거야? 나한텐 못 꿔주겠다는 거야?"

"그냥 니 통장에 안 넣으면 그런가 보다 하는 거지. 내 재정 상태까지 밝혀야 돼? 내가 빚쟁이야?"

"자기 요새 너무하는 거 아냐? 맨날 나만 일방적으로 연락하고. 내가 힘들다고 해도 귓등으로도 안 듣고."

"일방적으로 연락하기 싫으면 하지 마. 안 해도 돼."

씨발, 여자는 결국 휴대폰을 던져버린다. 잠시 머릿속이 멍해진 여자는 허공을 보면서 가만히 서 있다가 핸드백에서 담배를 꺼내 문다. 긴 한숨처럼 연기를 뿜어내니 마음이 조금 풀리는 것 같다. 하지만 안 좋은 예감 하나가 떠나지 않는다. 이제는 막막하다. 나이가 드는 기분이다.

여자는 방금 통화한 남자를 남들에게 소개할 때 애인이라고 말하지만, 주변 사람들은 남자를 여자의 스폰서라고 생각한다. 여자는 방금 자기 인터넷 쇼핑몰 운영 자금을 융통하려고 남자에게 전화를 걸었다가 실연을 당했다. 아니, 스폰서를 잃었다. 고3 때 가출한 이후 여러 가지 일을 하며 살아온 여자에게도 나름의 지켜야 할 선이 있었다. 아가씨들이 2차를 나가는 유흥업소에서 일을 한 적은 없었다. 하지만 여자에게는 특별한 기술이나 지식이 없었고, 지루한 일을 꾹 참고 버틸 만큼 끈기도 없었다. 있는 것이라곤 남자들이 뒤돌아볼 만큼 괜찮은 외모와 상황을 판단할 줄 아는 눈치였다. 그래서 주로 돈 많은 남자를 사귀면서 경제적으로 의지하고 살아왔다. 그런데 이제는 그런 삶이 힘들어질 것 같다는 생각이 든다.

담배 한 대를 다 피웠을 때, 바닥에 떨어진 휴대폰이 울린다. 여자는 스폰서가 마음을 고쳐먹은 줄 알고 급하게 전화기를 집어든다. 그런데 발신자가 다른 사람이다.

아버지.

여자는 자신이 어릴 때 이 남자에게 제대로 의지할 수 있었다면 후에 다른 남자들에게 의지하고 살진 않았을 거라고 생각해왔다. 사업을 한답시고 노름으로 가산을 탕진하고, 밖에서는 사람 좋다는 소리를 듣지만 집에서는 부부싸움만 해대는 아버지가 여자의 가출 원인 중 하나였다. 그런 아버지가 나이 육십이 되더니, 괜찮은 일거리를 찾고 살 만해졌다면서 여자에게 다시 집에 들어오지 않겠냐고 연락을 해댔다.

"아, 진짜 짜증나게…."

여자는 전화를 꺼버린다. 가슴속에서 불이 나는 것 같아서 외투를 입는다. 찬바람을 쐬면 좀 나아질까 해서 행선지도 없이 여자는 집을 나선다.

2023.11.29.02:36

라디오 방송국 사무실. 심야프로를 10년 넘게 진행해온 디제이가 짐을 싸고 있다. 세월의 흐름에 따라 나이 든 디제이도 밀려나는 것이다. 새벽 3시부터는 마지막 생방송을 해야 한다. 청취자들에게는 11월 30일이 마지막 방송이라고 알렸지만, 방송국을 떠나는 순간까지 마이크를 잡는다는 게 두려웠다. 방송하다가 울컥한 심정에 부끄러운 소리를 할 것만 같았다. 그래서 마지막 날인 내일은 녹음방송을 하기로 했고, 이미 녹음을 마친 상태다. 10년 넘게 장수한 프로그램을 진행하면서 굳이 심오한 자기 음악 세계를 과시하고 싶지는 않았다. 그래도 밝은 시간대의 방송과 심야의 방송은 뭔가 달라야 한다는 신념은 있었다. 그런데 10여 년의 세월 동안 라디오 방송은, 비록 심야일지라도 덜 차분해졌고, 덜 깊이 있어졌다. 디제이는 누가 내몰지 않아도 나갈 때가 됐음을 얼마 전부터 직감하고 있었다.

디제이는 책상 서랍을 비우다가 밑바닥에 깔려 있던 엽서 한 장을 발견한다. 오래되고 평범한 관제엽서다. 2014년 2월 15일 소인이 찍혀 있다. 거의 10년 동안 책상 서랍에 있던 엽서다.

"아…."

디제이는 엽서를 기억해내고 탄성을 흘린다. 눈사람 세 개를 만든 할머니, 사람들이 다 이웃 같다는 할머니, 손주를 걱정하는 할머니가 보낸 신청곡 엽서다. 10년 전이라도 노래를 신청할 때는 대부분 문자 메시지나 홈페이지를 이용했었다. 엽서 사연은 특이한 일이어서 노래를 틀어주려고 했던 기억이 난다. 아마 엽서 도착 며칠 전에 신청곡의 가수가 초대 손님으로 왔었고, 그 가수의 OST가 실린 드라마가 인기를 끌어서 비슷한 노래를 많이 틀었기 때문에 할머니의 신청곡은 채택되지 못했던 것 같다. 며칠 후에라도 소개해야지, 하다가 잊어버린 것이다.

디제이에게는 마지막 날 이런 엽서를 발견한 것이 의미 있는 일로 여겨진다. 그는 차분히 엽서를 들여다본다. 조금 길고 얄팍한 글씨들이 좁은 지면을 빼곡히 메우고 있다. 아주 살짝 멋을 부렸지만 단정하고 분명한 필체로 꼭꼭 눌러 쓴 엽서는, 쓴 이의 정성이 전해지는 것만 같다.

2023. 11. 29. 03 : 22

'난 쪼다가 아냐. 난 좀도둑이 아냐. 난 너네보다 훨씬 무서운 놈이야.'

출소자의 전과기록에는 절도죄와 주거침입 같은 '찌질한' 범죄만이 적혀 있다. 하지만 기록되지 않은 두 가지 악행이 머릿속에 떠오른다.

하나는 중학생 때 용학이 패거리한테 무참하게 당한 직후의 일이었다. 돈을 빼앗기고 뺨을 맞고 얼굴에 침까지 맞은 그는 하굣길의 공원에서 가방을 내팽개쳤다. 도저히 참을 수가 없었다. 얼굴이 뜨거워졌고, 핏줄이 꿈틀거렸다. 가만히 서 있지 못하고 펄쩍펄쩍 뛰고 땅바닥을 뒹굴 것만 같았다. 뭔가, 자신이 변화하는 순간임을 느꼈다. 변화가 무섭고 또 무서웠다. 공포가 커다란 힘이 돼서 파도처럼 그를 몰고 가는 것 같았다. 그게 비둘기를 향해, 출구를 찾았다. 운이 나쁜 비둘기를 그는 걷어차고, 짓밟

왔다. 회색 새는 흉측하게 납작해지고 내장이 튀어나왔다. 그 순간 그는 무지무지하게 큰 '파워'를 느꼈다. 악의 힘이 자신에게도 있다고 생각했다.

그리고 지난주에 좀도둑과는 다른 수준의 죄악을 저질렀다. 별 이유도 없이 거동이 불편한 노인을 언덕에서 굴려버렸다. 출소하고 사흘 뒤에 들른 고향 집 동네에서였다. 집에서 빈둥거리다 지쳐서 어릴 때 놀던 공원에서 담배를 피우고 있었다. 청정 공원, 전체 금연 구역, 팻말이 머리 위에 있었다. 지팡이에 의지해 힘들게 걸음을 옮기던 노인이 그를 쳐다봤다. 담배 연기가 거슬리는 눈치였다. 그는 한번 시험해보고 싶었다. '내가 얼마나 무서운 놈이 될 수 있나? 저 영감이 얼마나 겁을 먹을까?' 불량배답게 바닥에 침부터 뱉었다. 그리고 말했다.

"재떨이 줘."

"뭐?"

노인의 가느다란 음성이 떨렸다.

"아님 니 면상에 비벼."

불붙은 담배를 튕겨서 날려 보냈다. 얼굴을 가리는 노인의 팔에 맞고 불똥이 튀었다. 달려가서 주먹을 날렸다. 어깨에 너무 힘이 들어간 탓인지 펀치는 머리 위로 날아갔다. 지팡이를 놓치고 휘청거리는 노인에게 어깨를 부딪치면서 손으로 밀어버렸다. 노인은 주저앉았고 그는 있는 힘껏 얼굴을 걷어찼다. 헉, 비명도 제대로 못 지르는 노인을 밟고, 또 밟았다. 노인이 살려달라는 듯 부르르 떨리는 손을 들어 뭔가 말하려고 입을 벌렸다. 그는 노인을 일으키는 것처럼 두 손으로 멱살을 잡고 끌어올리다가 언덕 아래로 굴려버렸다. 늙은 몸뚱이가 풀밭 언덕 아래로 뒹굴며 떨어졌고, 그가 따라 내려가려 할 때 언덕 아래에서 인기척이 들렸다. 얇은 타이어가 도로에 급하게 밀리는 소리. 나무 뒤에 숨어서 보니, 두 남자가 자전거를 팽개치고 노인에게 달려가고 있었다. 그들을 지켜보며 숨어 있다가 구급차 소리를 들었다.

'저 영감은 뭐질까? 며칠 더 살까?'

악한 생각과 함께 탁한 가스 같은 게 뱃속, 목구멍, 머릿속을 어지럽히는 것 같았다. 더러운 약물에 취한 것 같으면서도 어느 한곳으로 뚜렷하게 정신이 집중되고 있었다. 그는 자기가 '악마에게 집중하고 있다'고 생각했다. 나쁘지 않았다. 힘이 세지는 것 같았다.

인터넷을 샅샅이 검색해봤지만 노인과 관련된 기사는 없었다. 아마 죽지 않은 모양이었다. '좋아.' 그는 더 무서워지고 싶었고, 그럴 수 있다는 믿음이 생겼다. 그날 이후에 출소자는 외출할 때면 벨트백에 칼을 넣고 다녔다.

그런 그가 심야 영업을 하는 식당 옆을 지나다가, 정면에서는 승합차에 가려 안 보였던 존재를 발견한다. 식당 뒤쪽 벽 옆에 주정뱅이 하나가 누워 잠들어 있다.

'저 인간은 지금 못 움직인다. 반항 불능 상태.'

거의 자동으로, 소리를 내지 않는 출소자의 발걸음이 잠든 술꾼에게로 향한다.

2013. 12. 02. 23 : 08(10년 전)

화가는 화실을 환기하려고 창문을 연다. 겨울밤이지만 들어오는 밤공기가 그리 차갑지는 않다. 도무지 캔버스를 메울 소재를 찾지 못해서 고민하던 화가는 밤거리 풍경이 뭔가 도움을 주지 않을까 생각하며 창밖을 내려다본다. 그리고 두 시간 전, 동네 헬스클럽에서 운동을 하고 돌아올 때와 달라져 있는 풍경 하나를 발견한다.

아침까지 10센티미터 가까이 눈이 내린 날이었다. 이날까지 이 동네에는 진눈깨비가 희끗희끗 날렸을 뿐이었는데, 첫눈과 다름없는 눈이 제법 많이 내렸었다. 그리고 온화한 날씨 덕에 저녁에는 눈이 거의 녹아 있었다. 하지만 공터 가운데 커다란 눈사람 하나만은 주변의 녹은 눈들과 달리 하얗게 빛나고 있었다. 초등학생 키만 한 눈사람이었다.

한데 눈사람이 사라지고 없다. 눈사람이 있던 쪽을 살펴보니 쪼그리고 앉은 할머니의 뒷모습이 보인다. 할머니는 산산이 부서져서 눈덩이로 흩어진 눈사람의 잔해를 모아 작은 눈사람들을 만들고 있다. 하나, 둘, 세 개째 눈사람을 만든 할머니가 힘들어하며 허리를 편다. 할머니는 조랑떡처럼 귀여운 조그만 눈사람 세 개를 한참 내려다본다.

화가의 시선은 할머니에게 멈춰 움직이지 않는다. 한밤에 할머니가 눈사람을 만든다는 건 특이한 일이다. 그런데 이 장면에는 그 이상의 무언가가 있는 것 같다. 화가의 뇌리에 이 장면은 벌써 한 폭의 그림으로 고정되고 있다.

2023. 11. 29. 03 : 33

출소자는 누워 있는 술꾼 앞에 쪼그리고 앉는다. 그리고 얼굴을 툭 건드려본다. 잠에 취한 술꾼은 아무 반응이 없다. 출소자는 주변을 둘러본다. 아무도 없다. 식당의 팬 돌아가는 소리, 술꾼이 가볍게 코 고는 소리만 들릴 뿐이다. 식당 입구 쪽 길에서는 주차된 차에 가려 그들의 모습이 보이지 않는다. 게다가 철거가 시작돼서 사는 사람이 몇 안 되는 동네다. 출소자는 자기가 걸어왔던 방향의 시선만 신경 쓰면 된다는 것을 파악한다.

주정뱅이의 입을 막고, 칼을 찔러넣으면 쉽게 해낼 수 있다고 생각한다. 심장이 방망이질하기 시작하고 숨이 가빠온다. 출소자는 길고 깊게 숨을 쉬어본다.

'오늘이 시작, 이놈이 첫 번째가 되는 거야.'

그는 뜨거운 흥분과 폭발 직전의 긴장을 느낀다. 활활 타오르는 불 속에서 자신만 불붙지 않고 있는 것 같다. 사지와 머리카락 전부를 누군가가 팽팽하게 잡아당기는 것만 같다. 처음 느껴보는 열기에 자신이 다른 단계에 들어와 있다고 생각한다. 입에 가득 침이 고이고, 벌써부터 피 맛을 느낀다. 출소자는 벨트백의 지퍼를 열고 손을 집어넣어 칼날을 확인한다. 그는 자기 입에서 침이 흘러내리는 것을 모른다. 서걱, 예리함을 느끼며 베이기 직전에 손가락을 뗀다. 칼날은 면도칼처럼 날카롭다.

2023.11.29.03:35

세상모르고 잠든 술꾼의 꿈속이다.

30대 여인이 네 살 아이의 손을 잡고 어디론가 가고 있다. 여덟 살인 어린 시절의 술꾼이 멀어져가는 여인을 바라보고 있다. 여덟 살 아이는 소리 질러 여인을 부르려고 하지만 목소리가 나오지 않는다. 답답해서 뒤를 돌아보면 할머니의 모습이 나타난다. 할머니는 아이를 돌아보지 않고 텔레비전만 보면서 폭폭 한숨을 쉰다.

술꾼의 엄마가 집을 나갈 때 큰애는 외할머니에게 맡기고 작은애만 데리고 갔다. 큰애였던 술꾼은 동생이 너무 어려서 엄마 곁에서 떨어지기 어렵기 때문이라고 자주 생각했다. 합리적으로. 하지만 술꾼은 여태 그 사실이 제일 서럽다. 그래서인지 사람들과 어울리기를 즐기고 친구를 잘 사귀지만, 깊게 믿지 못한다. 시끌벅적 어울리는 것을 좋아하지만, 익숙한 것은 혼자 있는 일이다. 총각 시절에는 연애를 시작하기를 잘했고, 오래 안 가 헤어지기도 잘했다. 술꾼의 아내는 그가 곁을 주지 않는 사람이라면서 종종 불평한다.

그런 그가 꿈속에서 아이가 돼서, 멀어지면서 점점 작아지는 엄마의 영상에서 눈을 떼지 못하고 있다.

방송 부스 밖에서 작가가 노트에 큰 글씨를 써서 보여준다.

'지금 밖에 눈 와요.'

디제이는 고개를 끄덕인다. 마지막 생방송에 어울리는 분위기다. 이제 근 10년을 책상 속에서 기다려온 엽서를 소개할 때가 됐다고 판단한다.

"조금 특이한 신청곡 사연을 소개하겠습니다. 제가 이 프로그램 초창기 때, 거의 10년 전이죠. 2014년 2월 17일에 한 할머님에게 받은 엽서입니다. 그때 신청을 틀어드리지 못했는데, 짐을 정리하다가 오늘 10년 전 엽서를 발견했습니다. 재미있는 얘기죠? 방송국을 떠나는 디제이 처지에서는 의미 있게 다가온 사연입니다. 할머님이 건강하게 계시면서 이 방송을 들으신다면 정말, 정말, 좋을 것 같습니다."

그리고 엽서의 사연을 읽는다. 그는 이 방송이 텔레비전이어서 할머니 글씨를 직접 보여줄 수 있으면 더 좋았겠다고 생각한다.

"지난번 첫눈 왔을 때 어떤 사람이 눈사람을 부수는 것을 봤어요. 마음이 안 좋아서 작은 눈사람 세 개를 제가 만들어놨거든요. 그런데 두 달이 지나고 누가 그 길에 눈사람 만드는 제 모습을 벽화로 그려놓은 거예요. 마음이 너무 좋으면서도 짠하고 그래서 엽서를 보냅니다. 사람들은 다들 스치고 지나가지만 다 내 이웃이고 식구 같아요. 찬찬히 돌아보면 다 닮았어요. 불뚝거리는 마음이 닮았고, 샐쭉한 마음이 닮았고, 겁이 많으면서도 허풍 떠느라 술 먹고 정신 못 차리는 놈들이 한 무더기이고요. 이 엽서랑 제가 부탁하는 노래를 주정뱅이 제 손자 녀석이 들었으면 좋겠습니다. 디제이 선생님, 건강하시고 많이 웃으세요."

볼펜을 든 할머니는 하얀 엽서를 내려다보면서 지나간 시간을 떠올린다. 저 손바닥만 한 종이에 어디서부터 어디까지의 얘기를 적어야 할까? 생각해보면 늘 그랬다. 사연은 많았지만 말할 곳이 마땅치 않았다.

저녁에 연탄불이 꺼지는 바람에 번개탄을 사러 슈퍼에 다녀오던 할머니는 공터 옆 담에 그림이 그려져 있는 것을 봤다. 가난한 동네의 환경을 개선한다고 여기저기 벽화를 그린다는 뉴스를 할머니도 본 적이 있었다. '살기 힘든 동네에 그림 그린다고 마음들이 좋아질까?' 무심히 지나치다가 할머니는 벽화 앞에 멈춰 섰다. 그냥 지나칠 수 없는 그림이었다. 눈이 내린 공터에 조그마한 할머니가 쪼그리고 앉아서 눈사람을 만드는 뒷모습이 그려져 있었다. 조랑떡처럼 귀엽게 생긴 작은 눈사람 세 개를 정성 들여 빚어내는 그림 속 노인은 바로 할머니 본인이었다.

두 달이 조금 넘은 일이었다. 예전에 일하던 밤에 영업하는 식당에서 친했던 사람들을 만나고, 혹시나 할 일이 있을까 물어보러 들렀었다. 식당 사람들은 반가워했지만 역시 할머니에게 줄 일자리는 없었다. 정다웠던 기억만 생각하면서 집으로 돌아오는 길에 공터에 서 있는 커다란 눈사람을 봤다. 오전에 10센티미터 가까이 내렸던 눈이 오후의 푹한 날씨에 대부분 녹아 있었지만, 단단하게 뭉쳐 만든 눈사람은 여전히 우뚝 서 있었다. 아이들이 아니면 아이와 어른이 함께 눈사람을 만들었을 장면을 떠올리며 할머니가 미소 지을 때였다. 우산을 들고 걸어가던 젊은 여자 한 명이 성큼성큼 눈사람에게 다가갔다. 그러고는 우산을 두 손으로 움켜쥐더니 있는 힘껏 눈사람의 목덜미에 찔러 넣었다. 두 번, 세 번, 네 번 연거푸, 눈사람의 목이 떨어질 때까지 여자는 우산을 휘둘러댔다. 다음은 발길질이었다. 입을 앙다물고 몸이 휘청거리도록 발길질을 퍼부었다. 눈이 묻고 바지가 젖는 것쯤은 개의치 않았다. 할머니가 보기에 눈사람을 파괴하는 여자의 모습은 처절할 지경이었다. 눈사람에게 불공대천의 원한이라도 맺힌 사람 같았다. 여자는 눈사람을 완전히 박살내고 나서 할머니 쪽으로 돌아섰고 눈사람을 향할 때처럼 성큼성큼 걸어왔다. 그리고 마치 할머니가 보이지도 않는 것처럼 눈길도 주지 않고 쌩하니 지나쳐 갔다.

할머니는 충격을 받고 잠시 꼼짝 못하고 서 있었다. 무슨 사연 때문에 저럴까 싶어 여자 걱정을 하다가, 걱정되는 사람이 두 명 더 떠올랐다. 하나는 눈사람을 만든 아이였고, 또 하나는 외손자였다. 눈사람을 만들었던 아이가 산산이 부서진 눈덩이들을 보면 상처를 받을까 봐 걱정됐고, 지금은 주정뱅이 어른이 된 손자가 초등학생 시절에 교회의 크리스마스트리에 돌을 던졌던 일이 생각났다. 그래서 할머니는 그 자리에 쪼그려 앉아 작은 눈사람 세 개를 만들었다. 원래대로 큰 눈사람을 만들기에는 힘이 부쳤고, 세 사람(한이 서린 것 같은 젊은 여자와 큰 눈사람을 만들었던 아이와 자기 외손자)의 마음에 어떻게든 보탬이 되고 싶었다.

그리고 이날 자기 모습이 벽화가 돼 있는 것을 발견했다. 할머니는 그림을 들여다보면서 한참을 서 있었다. 뿌듯한 보람에 기분이 좋으면서도, 마음 한구석이 짠했다. 집에 돌아와서도 눈사람을 만드는 그림과, 조랑떡눈사람처럼 가슴에 새겨진 외손자 생각에 새벽녘까지 뒤척였다.

잠자는 것을 포기한 할머니는 라디오를 튼다. 심야 영업을 하는 식당에서 일할 때부터 자주 듣던 프로그램에 주파수를 맞춘다. 그리고 서랍을 뒤져 관제엽서 한 장을 찾아낸다. 팔십 평생 처음으로 라디오에 엽서를 보내기로 결심한 할머니는 정성 들여 한 글자 한 글자 정갈한 글씨를 적어 내려간다. 누군가 눈사람을 부수는 것을 보고 작은 눈사람 셋을 만든 적이 있다고, 그런데 그 모습을 어떤 이가 그려서 벽화로 만들어줬다고. 사람들의 생각은 대개 비슷하게 닮은 것 같다고, 그리고 마음과 마음들은 서로 연결된 것 같다고. 신청곡으로는 손수 키운 외손자가 부모에게 버려져서 처음 당신에게 온 날 텔레비전에서 들었던 노래를 적는다.

스물세 해 전 할머니 집에 처음 온 날, 저를 데려다주고 엄마가 떠날 때도 외손자는 내다보지 않았다. 말없이 아랫목에 누워서 잠을 잤다. 아니,

잠자는 시늉을 하고 있었다. 그래서 더 안쓰러웠지만 할머니가 어떻게 해줄 것이 없었다. 할머니도 말없이 텔레비전만 보고 있었다. 지금도 기억나는 것은 그때 본 재방송 드라마와 거기 나온 노래다. 별 볼 일 없는 사내셋이 산골 지인의 결혼식에 갔다가 술 먹고 잠드는 별 볼 일 없는 이야기. 드라마 끝에는 맥 빠진 염소 같은 목소리의 가수와 어린애들이 함께 부른 노래가 나왔다. 그 노래를 분명히 손자도 들었을 것이고, 아마 지금도 기억할지 모른다고 할머니는 생각한다.

그리고 동네 교회 앞마당에 행복해 보이는 가족이 크리스마스 장식을 달고 있는 것을 멍하니 바라보던 손자의 모습과, 그 가족이 사라진 다음 크리스마스트리에 돌을 던지던 손자의 표정을 회상한다. 그것은 할머니 자신의 어떤 모습을 닮아 있었다. 열다섯 계집아이가 애보개 겸 식모로 먼 친척 집으로 팔려가듯 고향 집을 떠날 때, 데려가던 친척 아저씨는 동네 입구 절 앞에서 소피를 보러 간다고 잠깐 자리를 떴다. 계집아이는 절 앞에 사람들이 쌓아놓은 돌탑에 작은 돌을 올려놓으려다가 도로 내려놓았다. 원망스러웠기 때문이다. 부처님이 왜 우리 집을 가난하게 만들었는지. 형제 중에 왜 자기가 식모로 팔려가야 하는지. 소원을 들어주지도 않는 돌탑 따위 다 없애버리고 싶어졌다. 하나, 둘, 아이의 손이 돌탑을 넘어뜨렸다. 마침 친척 아저씨가 돌아오지 않았다면 아마도 계집아이는 돌탑들을 전부 무너뜨렸을 것이다.

할머니는 엽서 가득 글씨들을 채워 놓고는 길게 한숨을 쉰다. 동이 틀때까지도 잠을 이루지 못할 것 같다.

2017. 05. 26. 15 : 33

할머니 별세. 노화로 인한 자연사.

맑은 하늘에 갑자기 핏빛 노을이 깔리는 것처럼, 술꾼의 꿈이 불길해진다. 이제는 다 자라서 지금의 모습이 된 술꾼이 할머니에게 화를 낸다.

"가, 가버려. 꺼지란 말이야."

말도 안 되게 억울한 대접을 받는 꿈속의 할머니는 차분하게 손자의 막말을 듣고만 있다. 술꾼은 소리를 지를 만큼 질렸는지 이제는 할머니에게서 돌아선다. 동생을 데리고 떠나던 모습 그대로 엄마가 술꾼 앞에 서 있다. 검은 그림자를 배경으로 혼자 서 있는 엄마는 연극 무대에 홀로 선 주연배우 같다. 술꾼은 엄마를 보면서 또 소리를 지른다. 내용은 딴판이다.

"미안해요. 정말 미안합니다. 죄송하고요. 고맙습니다."

엄마는 술꾼의 말을 들으면서 빙그레 웃는데, 그 웃음은 마주 선 사람을 존중하지 않는 조소嘲笑로 보인다. 어떤 이는 모든 걸 희생하고도 무시당하고, 어떤 이는 멋대로 살면서도 사랑을 받는다. 꿈속이 아닌 현실 세상에도 그런 일이 적지 않다.

갑자기 할머니는 사라지고 엄마 뒤에 있던 검은 그림자가 뭉게뭉게 자라난다. 그림자는 이제 점점 사람을 닮은 시커먼 형상이 된다. 꺼멓고 번들거리는 폐유 덩어리 같고, 뭉친 개구리 알들이 모여 인간의 모습을 만든 것 같다. 그 흉한 놈이 피 섞인 침을 질질 흘리면서 술꾼에게 다가온다.

"끼익 끽끽끽끽…."

고장 난 기계의 톱니바퀴들이 부딪치는 소리, 빗나간 분필이 칠판을 긁는 섬뜩한 소리를 내며 시커먼 괴물은 갈고리를 닮은 두 팔을 들어올린다. 그리고 술꾼의 목을 조른다. 술꾼은 눈이 튀어나오려고 하지만 아무 소리도 내지 못한다.

스폰서에게 버림받고 화가 난 여자는 택시를 잡는다. 택시 기사는 과거에 화가였고, 경제적 이유로 다른 직업을 갖고 있지만 여전히 화가가 되고 싶어 하는 화가 지망생이다. 기사는 한밤중에 택시를 잡는 여자에게 살짝 호기심을 느낀다. 그리고 여자 승객의 첫마디는 기사의 호기심을 더욱 자극한다.

"아무 데로나 가요."

기사는 브레이크에서 액셀로 오른발을 옮기지 못한다. 목적지가 없으니까. 무슨 사연인가 물어볼까 하다가, 일단 기사의 본분이 우선이라는 생각을 한다.

"외곽으로 나가서, 인천쯤 가볼까요? 바다 구경도 하시고."

"그러시든지."

여자의 말이 짧지만 기사는 그저 미소를 짓고 액셀을 밟는다.

"담배 한 대 필게요."

여자는 대답을 듣기도 전에 차창을 내리고 담배를 문다. 라디오에서 디제이가 특이한 사연을 소개하겠다는 멘트가 흘러나온다. 그리고 부서진 큰 눈사람 대신 작은 눈사람 세 개를 만들었다는 할머니의 사연을 읽기 시작한다. 기사는 온몸에 소름이 돋는 것을 느낀다. 엽서 사연 속의 할머니는 눈사람 세 개를 만드는 당신의 모습이 벽화가 됐다고 얘기를 한다.

"그 벽화! 내가 그린 거야!"

기사는 운전하면서 괴성을 지른다. 담배를 피우던 여자는 깜짝 놀란다.

"손님, 들으셨죠? 이거 내 얘기예요. 내가 옛날에 그림 그렸었거든요. 그때 할머니 그림을 그렸어요. 누가 부수고 간 눈사람 대신 조그만 눈사람 세 개를 만든 할머니! 그 벽화를 보고 10년 전에 할머니가 방송국에 엽서를 보냈다는 거 아니에요! 와아, 정말…!"

"눈사람 세 개요?"

여자도 라디오 방송 사연과 화가였다는 기사의 말에 호기심을 느낀다.

"할머니 손주가 셋이었나? 하여간 세 개를 올망졸망 예쁘게 만드셨더라고요. 날도 추운데 한밤중에. 이거 진짜예요. 야~! 나도 안 믿어지네."

어느 동네에서 언제쯤 그 그림을 그렸는지 화가였던 기사는 신이 나서 설명을 해댄다. 설명을 듣고 여자의 낯빛이 바뀐다. 그 동네, 화가 시절의 기사가 살던 동네, 자기도 잘 아는 동네다.

"아저씨."

"예?"

"거기로 가요. 인천 말고."

"오케이."

그 순간 기사 역시 가보고 싶은 곳이 그 동네였다. 기사는 급하게 핸들을 돌린다.

2013. 12. 02. 22 : 50

스물네 살의 여자가 서른네 살 먹은 남자, 다른 도시에 처자식이 있는 유부남에게 매달리고 있다. 남자는 주말부부 생활을 하면서 젊은 여자와 몰래 동거하고 있었다. 그러다가 아내가 눈치를 챌 낌새를 보이자, 며칠 고민하다가 젊은 여자를 정리하기로 결심했다.

"당분간 숨어 있으라면 숨어 있을게. 죽은 듯이 살라면 그렇게 살게. 제발 끝이라는 얘기는 하지 마."

여자는 뜨겁게 흥분해 있지만, 남자는 유통기한이 지난 물건을 반품하는 것처럼 차분하고 차갑다.

"시작은 둘이 동의해야 가능하지만, 끝내는 건 한쪽만 결심하면 되는 게 남녀관계야. 거기다 우리는 공식적인 관계도 아니잖아."

여자는 자기가 사랑이라고 생각했던 남자의 노리개였음을 깨닫는다. 여자는 화가 난다. 이제 관계가 결말을 향해 간다는 것을 눈치는 채고 있었다. 하지만 이런 식은 상상도 하지 못했다. 심금을 울리는 드라마의 장면까지는 아니더라도, 안타깝고 미안해하는 제스처 정도는 바랐었다. 젊은 그녀의 자존감을 세워줄 만큼만.

"말은 안 했지만 너도 알고 있었던 거 아냐? 서로 필요한 걸 주고받았던 거야."

"그게 뭔데?"

"몰라? 정말?"

돈과 섹스, 그런 단어들을 떠올렸지만 둘 다 발설하지는 않는다.

남자 집을 나와서 여자는 아버지한테 전화를 걸었다. 고3 때 집을 나온 이후 가물에 콩 나듯 만나는 아버지이지만 딸이 어떤 남자와 동거 중인지는 알고 있었다. '혹시라도 그 인간한테 쫓아가서 모가지를 비틀거나, 그게 아니면 전화로 쌍소릴 퍼붓고 협박이라도 해주지 않을까?'

여자는 누군가가 말로만이라도 자기편을 들어주고, 좌절해서 힘이 없는 자기 대신 원망스러운 상대를 공격해줬으면 좋겠다고 생각했다. 그런데 어찌 보면 당연하게도 아버지는 무기력했고, 무관심했다. 남의 일처럼 대하는 아버지의 말투에 맥이 빠져서 여자는 뭐라 할 말이 떠오르질 않았다.

'아버지가 그 인간을 만나라고 한 것도 아닌데… 다 내 자업자득인데… 내가 미친년이지.'

전화를 끊어버리고 터덜터덜 걷던 여자의 눈에 동네 공터가 보인다. 아침에 내렸던 눈은 거의 녹았는데, 대조적으로 하얗고 큼직한 눈사람이 시야에 확 들어온다. 오랜 시간 동안 만들었을 눈사람을 보니 여자는 부아가 치민다.

'저렇게 큰 눈사람은 아빠와 아이가 같이 만들었을 거야.'

여자는 자기에게 그런 추억이 전혀 없다는 것을 다시 한번 확인한다. 그리고 자기를 버린 사내놈도 잘난 가정에 충실하겠다고 제 새끼랑 눈사람을 만들었을 거라는 생각이 들자… 폭발해버린다. 성큼성큼 다가간 여자는 눈사람의 목덜미에, 양손으로 움켜쥔 우산을 있는 힘껏 찔러 넣는다.

2023. 11. 29. 03:40

출소자는 신경을 곤두세우고 소리 없이 움직인다. 술꾼이 누워 있는 곳 근처에는 CCTV가 없다. 하지만 요즘 대도시는 거리마다 넘쳐나는 게 CCTV다. 자기가 찍혔다면 어느 곳에서 찍혔고, 피해 간다면 어느 쪽으로 가야 할지 확인하려고 한다. 가면서 계속 다짐한다. 이제는 달라지는 거라고. 무시당하는 찌질한 좀도둑이 아니라고. 앞으로 아무도 자신을 함부로 볼 수 없게 될 거라고.

'내 인생이 깜깜하다고 겁을 먹었던 건 착각이었어. 등 뒤에 뭔가 시커멓고 커다란 게 있는 것 같았거든. 그래. 있긴 있었는데, 잘못 판단한 거야. 내 등에 말이야, 발톱이 달린 큰 날개가 솟아 있어. 그래서 그늘이 졌던 거야. 병신새끼들은 아무도 몰랐어. 내 날개도, 뾰족한 발톱도.'

그리고 미래를 떠올려도 본다. 오랜 감옥생활을 하거나 긴 도피 생활을 하게 될 거라고. 앞날에 대한 불안과 악행의 유혹이 머릿속에서 충돌한다. 그 충돌이, 불안과 유혹의 압박이 출소자를 밀어내서 걷게 하고 있다. CCTV만 보고 돌아오면 완전히 달라지겠지. 강렬한 감정이 그를 떠밀고 있다. 출소자는 믿고 싶다. 이제부터는 티미한 인생이 아닐 거라고. 찐한 인생이 앞에 있을 거라고.

택시 안의 여자는 라디오에서 말한 눈사람이 자기가 기억하는 눈사람과 관계가 있을 거라는 생각을 한다. 스물네 살 때, 유부남과 동거하던 동네에 점점 가까워지자 아버지를 떠올린다. 한 번도 눈사람을 같이 만들어주지 않았던 아버지. 눈사람을 부수기 전에 통화를 했던 아버지. 집 나간 딸에게 뒤늦게 돌아오라고 말하는 아버지. 그 시절 그 동네 초입에서 여자는 아버지에게 전화를 건다.

"아빠!"

"어."

"왜 아직도 안 자?"

"그러는 넌 왜 지금 전활 하냐?"

"그냥…. 아빠 술 먹고 있었어?"

"아니. 음악 듣고 있었다."

7, 8년 전에 여자는 아버지에게 시디플레이어를 선물한 적이 있었다. 가출 이후 최초이자 최후의 선물이었다.

"그 고물 아직도 써?"

"아직 쓸 만해. 잘 들려."

"그래?"

"그래."

잠시 두 사람은 말을 잇지 못한다. 이럴 때 어떤 표현을 하는 게 좋은 건지 부녀는 둘 다 알지 못한다. 결국 다시 전화하겠다, 알았다, 별 영양가 없는 말을 마지막으로 통화는 끝난다.

여자는 다시 담배가 피우고 싶다. 핸드백 속의 담뱃갑은 이미 비어 있다. 아쉬운 여자의 눈에 편의점이 보인다.

"아저씨, 세워주세요. 저기 편의점 앞에."

"잠깐 기다릴까요?"

"아뇨. 뭐 좀 사서 걸어가려고요."

여자는 만 8천 원 요금에 2만 원을 건네고는 거스름돈은 됐다고 손짓하며 택시에서 내린다.

기사는 여자가 편의점에 들어가는 것까지 보고 출발한다. 그는 이제 손님을 위한 일이 아니라, 자기가 보고 싶은 것을 찾기 위해서 차를 몬다. 어둠에 싸인 동네는 예전과 많이 달라져 있다. 재개발이 예정되어 있어서 곳곳에 헐린 건물들과 빈 공간이 보인다.

'여기쯤인가? 아니면 저쪽인가?'

10분 정도 동네를 맴돌다가 기사는 반쯤 무너진 벽을 발견한다. 조랑떡 눈사람들은 무너져서 안 보이고 할머니의 뒷모습이 반쯤 보인다.

'그래! 여기다!'

기사는 혼자서 환호성을 지른다. 그때 택시 앞에 사람의 형상이 보인다. 급브레이크를 밟으면서 핸들을 꺾는다. 끼이이익! 택시는 아슬아슬하게 사람을 피한다. 핸들에 머리를 박을 뻔한 기사, 십년감수한 기분이다. 까딱하면 기분이 최고로 좋은 날, 큰 사고를 낼 뻔했다. 기사는 천지신명께 감사드리면서 차에서 내린다. 어쨌거나 무사하니, 그는 여전히 기분이 좋다. 행운이 자신을 돕고 있는 것 같아 고맙다.

기분이 좋은 동시에 행인에게 미안한 기사는 유난스럽게 너스레를 떤다.

"아이고, 형님! 죄송합니다. 놀라셨죠?"

상대방을 어떻게 부를지, 너, 인마, 당신 같은 단어들을 떠올리는 행인은 CCTV를 확인하러 온 출소자다.

"아니, 그렇게 차를 몰면⋯ 여보쇼, 안 되지."

급브레이크를 밟으며 택시가 출소자를 피하는 순간, 깜짝 놀란 출소자도 정신이 번쩍 깨게 하는 차가운 것 한 방을 맞은 듯한 기분이다. 그리고 시원한 바람이 가슴을 통과하는 것을 느낀다.

"참아주셔서 고맙습니다, 형님. 열 받으셨으면 뼈도 못 추렸을 텐데⋯."

택시 운전을 시작한 이래 가장 기분이 좋은 이날의 기사는 자존심 같은 건 하나도 생각하지 않는다. 굽실거리면서도 명랑하다. 그는 자기 앞의 행인이 조금 전 무서운 결심을 한 인간인 줄 전혀 모른다.

한편 출소자는 자기 앞에서 쩔쩔매는 기사를 보면서 기분이 우쭐해진다. 조금 전 마음속에서 이미 술꾼에게 난도질을 끝낸 놈이지만, 이 순간 생각이 달라지고 있다.

'택시 기사가 내 얼굴을 봤어.'

그는 무서운 일의 실행을 포기하기 위한 이유를 찾아냈다. 게다가 기사는 그를 겁내서 굽실거리고 있다. '이미 나는 무섭게 보이는 존재일 수도 있어. 굳이… 나 자신의 강함을 증명할 필요가 있을까? 지금 악의 위력을 확인해야만 하는 건가?' 회의가 일기 시작한다. 그리고 택시가 스쳐간 짧은 한순간, 자기를 둘러싼 무언가가 바뀌었다고 느낀다. 이제는 무시당할 일도 없고 쪽팔려 할 이유도 없을 것만 같다.

출소자의 볼에도 겨울바람이 차갑지 않다. 그는 담배를 하나 물고 어깨를 으쓱하고는 택시 기사를 지나쳐 걸어간다.

2023. 11. 29. 03 : 50

하늘에서 보일 듯 말 듯 작디작은 눈송이들이 날리기 시작한다. 진눈깨비 한둘이 얼굴에 닿자 술꾼은 한기를 느끼고 몸을 부르르 떤다. 뒤척거리다가 벽에 머리를 부딪치고, 마침내 술꾼은 눈을 뜬다. 잠시 상황 판단이 안 된 술꾼은 주변을 둘러본다.

"어, 이거 뭐야?"

그는 시계를 보고 자기가 몇 시간 동안 길거리에서 잠들어 있었음을 깨닫는다. 당연히 쓸쓸할 수밖에 없다. 두 번째로는 휴대폰을 꺼내 확인한다. 부재중 전화가 서른 통이나 찍혀 있다. 발신자는 '마누라'다.

"어이쿠."

그는 신발을 신은 다음 몸을 일으킨다. 딱딱한 바닥에 누웠던 탓에 등이 좀 배기지만, 다행히도 다친 데는 없는 것 같다.

술꾼은 늘어지게 하품하면서 버스 정류장 벤치에 앉는다. 잠이 깰수록 점점 몸이 차가워지는 것 같다. '추위를 잊기 위해서… 해장술 한잔 할까?' 술꾼은 벤치 뒤의 편의점을 흘깃 돌아본다. 1, 2초 정도 유혹을 느끼지만 곧 입맛을 다시고는 혼자 고개를 젓는다. 굳이 술을 들이켤 필요는 없는 기분이다.

어린 시절 빨랫줄에 걸린 채 얼어붙었던 내복과 황태 덕장의 딱딱한 생선을 떠올리면서 뻣뻣한 몸을 젖혀 기지개를 켠다.

"아자자자자자…."

만취했다가 노숙자 흉내까지 낸 것을 생각한다면 컨디션이 좋은 편이다. 두통과 구역질 같은 것도 느껴지지 않고 머릿속이 맑다. 술꾼에게는 상쾌한 아침인 셈이다. 등 뒤쪽 편의점에서는 그가 좋아하는 노래까지 들려오기 시작한다.

새벽 방송에서 들었던 옛날 노래에 꽂힌 알바 청년은 음원 사이트를 검색하고는 블루투스 스피커를 켜고 '꼬마야 꽃신 신고'로 시작하는 노래를 다시 틀었다.

맴도는 노래를 흥얼흥얼 따라 하면서 술꾼은 슬렁슬렁 주변을 훑어본다. 새빨간 립스틱이 묻은 제법 긴 꽁초가 눈에 띈다. 여자가 피운 꽁촌가 보다.

'저걸 주워 피울까? 어릴 땐 잘 그랬는데….'

피식, 웃고는 혼자 고개를 젓는다. 반복해야 할 추억은 아닌 것 같다. 편의점에 가서 담배를 한 갑 살까 생각하다가, 그것도 안 하기로 한다. 참으로 맑은 새벽이니까. 지난밤에 한 짓에 비하면.

술꾼은 지난 몇 시간 동안 누군가가 자신을 구한 것을 모른다. 어떤 윤회 같은 게 있었던 것을 모른다. 아무것도 모르면서 들려오는 노랫소리에 기분이 좋아진다. 그래서 이 바보는 싱긋 웃는다.

팬찮다. 그는 살아 있다. 집에 가는 중이다.

신성치 20세기에 영화 시나리오를 썼고, 2022년 2월까지 고교 교사로 일했다. 문피아에 역사소설《삼일》을 완결했고, 현대판타지《변신한 짐승이 당신 옆사람이다》를 연재하고 있다.

아문센의 텐트에서
In Amundsen's Tent (1928)

존 마틴 레이히 John Martin Leahy(1886~1967)

미국의 소설가이자 일러스트레이터. 그에 대해서는 존 클루트와 피터 니콜스가 엮은 《과학소설 백과사전 The Encyclopedia of Science Fiction》(1995)에도 불과 다섯 줄의 설명만 있을 정도로 알려진 바가 없다. 주로 《위어드 테일스 Weird Tales》에 1923년부터 1928년까지 작품을 기고했으며, 《드라콘다 Draconda》 (1923~1924), 《살아있는 죽음 Living Death》(1924~1925), 《드롬 Drome》(1927) 등의 장편소설과 많지 않은 수의 단편소설을 남겼다.

《위어드 테일스》 1928년 1월호를 통해 발표한 〈아문센의 텐트〉는 남극이라는 험난한 장소를 배경으로 미지의 공포를 묘사하고 있으며, 비슷한 분위기의 H. P. 러브크래프트의 〈광기의 산맥 At the Mountains of Madness〉(1931)과 존 W. 캠벨 주니어의 〈거기 누구냐? Who Goes There?〉(1938)보다 앞선 작품이다.

옮긴이 박광규

추리소설 해설가로 《계간 미스터리》 편집장, 월간 《판타스틱》과 한국어판 《엘러리 퀸 미스터리 매거진》 등의 편집위원으로 활동. 현재 한국 추리소설 역사를 조사, 정리중이다.

텐트 안의 작은 가방에 국왕 폐하께 전할 편지를 남겼는데, 우리가 완수한 임무에 대한 내용을 담았다. (…) 이 편지와 함께, 이 천막을 가장 먼저 발견할 것으로 여겨지는 스콧 대장에게 보내는 짧은 편지도 넣었다.

　　　– 아문센 대장《남극》에서

우리는 우리 일행의 캠프에서 3.2킬로미터, 따라서 극점에서 2.4킬로미터 떨어진 지점에 있는 이 텐트에 방금 도착했다. 천막 안에서 다섯 명의 노르웨이인이 여기에 머물렀다는 기록을 발견했다.

로알 아문센

올라브 비올란

헬메르 한센

스베레 H. 하셀

오스카르 비스팅

1911년 12월 16일

나는 대원들과 함께 이 텐트를 방문했음을 기록으로 남기고자 한다.

　　　– 스콧 대장: 그의 마지막 일지에서

"여행자들은 때때로 불가사의한 이야기를 들려주곤 한다. 그러나 그 불가사의한 이야기 열 개 중 아홉 개는 확실한 근거가 있다는 것은 주목할 만한 사실이다"라고 리처드 A. 프록터는 말한 바 있다.

로버트 드럼골드보다 더 불가사의한 이야기를 남긴 여행자는 틀림없이 존재하지 않을 것이다. 나는 그의 수기를 오랫동안 숨겨둔 행동에 대해, 이 불운한 탐험가의 영혼에게 겸허한 사과의 마음을 전하며 이제야 세상에 공개한다. 하지만 사실 우리 세 사람, 즉 이스트먼, 달스트롬, 그리고 나는 이 수기를 정신착란의 결과로 해석하고 있었다. 그가 겪은 끔찍한 두려움과 그에게 다가오는 운명의 공포를 생각하면 그가 미쳐버렸다고 해도 놀랄 일은 아니다.

남극에 도착한 일행 중에 유일한 생존자였던 그에게 다가온 그 생물(생물이라고 해도 좋을지 모르겠다), 텐트 안으로 들어와 드럼골드의 잘린 머리만 남기고 떠난 그 존재는 도대체 무엇이었을까?

당시, 그리고 최근까지 우리는 드럼골드가 동행했던 개에게 습격당해 잡아먹혔다고 해석했다. 그런데 왜 머리의 피부가 찢어지지 않았는지는 완전히 의문이었다. 하지만 이것도 풀리지 않는 여러 의문 중 하나일 뿐이었다.

그러나 이제 우리는, 그가 최후를 맞이한 황량한 얼음 벌판은 꽃이 만발한 열대지방이 아니었던 것처럼, 이 해석은 진실과 멀다는 것을 확신하게 되었다.

그렇다. 우리는 불쌍한 로버트 드럼골드가 제정신이 아니었다고 생각했고, 아문센의 텐트에서 있었던 공포와 드럼골드를 찾아온 모든 것이 광기의 산물에 불과하다고 생각했다. 그래서 드럼골드의 수기에서 그 부분은 우리 손으로 삭제하고 말았다. 우리는 서덜랜드 탐험대의 진정한 업적에 의혹의 그림자를 드리울 수도 있는, 이 터무니없는 기록의 출간을 염려했기 때문이다.

그러나 최근 들어 우리의 생각과 신념은 대변혁이나 다름없는 변화를 겪었다. 변화의 계기가 된 것은, 고故 스탠리 리빙스턴 대장의 남극에서의 경이적인 발견, 그리고 다윈 프론테낙의 탐험에 의해 확인된 많은 발견이었다. 리빙스턴 대장은 사회로 돌아왔을 때 그를 둘러싼 의심과 조롱에도 불구하고 다윈 프론테낙과 본드 맥퀘스천을 제외한 모든 사람에게 자신의 발견을 비밀에 부쳤음을 이제 우리는 알고 있다. 프론테낙이 돌아온 지금, 우리는 불운한 대장이 얼마나 경이로운 것들을 발견했는지 알고 있다. 그러나 프론테낙의 탐험이 성공했음에도 불구하고 남극에서의 수수께끼가 사라지기는커녕 오히려 더 많아졌다는 사실을 인정해야만 한다. 다윈 프론테낙과 그의 동료들은 많은 것을 보았지만, 그들이 보지 못한 존재들이 있음을 우리는 알고 있다. 남극, 아니 남극의 일부인 그곳은 이제 지구상에서 가장 흥미로우면서도 가장 두려운 지역이 되었다.[1]

이처럼 일개 여행자에 의해 전해진, 아니 오히려 일부만 전해진 또 다른 놀라운 이야기가 있다. 그래서 이스트먼과 나는, 낭만주의자가 상상했을 법한 섬뜩하고 무서운 이야기를 확인하기 위해 다시 남극으로 떠날 준비를 하고 있다.

그리고 그 발견자가 바로 우리, 즉 이스트먼, 달스트롬, 나 이렇게 세 사람이었음을 생각해보라! 그렇다, 텐트 안으로 들어가 로버트 드럼골드의 머리, 그가 수수께끼로 가득 찬 공포에 대한 이야기를 적은 노트를 발견한 것은 바로 우리였다. 우리가 바로 그 현장에 서서, 그 이야기가 근거 없는 어느 미치광이의 망상이라고 생각했다니!

남극의 강렬한 햇살에 눈부시게 빛나는 하얀 대지, 썰매를 끄는 개들, 관棺처럼 길고 검은 썰매 위의 상자. 이스트먼이 느닷없이 멈춰 서서 어딘가를 가리키며 물었다.

"어이, 저게 뭘까?"

왼쪽 800미터 정도 되는 곳쯤에 무엇인가가 눈부신 흰색 설원에 점을 찍고 있었다.

"누나탁nunatak(눈과 얼음으로 완전히 덮인 바위 봉우리)이겠지." 내가 대답했다.

"내가 보기엔 케언cairn(돌무덤) 아니면 텐트야." 달스트롬이 말했다.

"세상에." 나는 되물었다. "도대체 남위 87도 30분이라는 지섬에 텐트를 칠 수 있겠어? 아문센이나 스콧의 경로에서도 한참 떨어져 있는데."

"흐음." 이스트먼은 호박빛 색안경을 이마로 밀어올리며 눈을 찌푸렸

1　스탠리 리빙스턴, 다윈 프론테낙, 본드 맥퀘스천 등은 실존 인물이 아니라, 존 마틴 레이히가 이전에 발표했던 *The Living Death*(1924)에 등장했던 인물이다.

다. "맙소사, 넬스." 그는 달스트롬을 힐끗 보며 말했다. "자네 말이 맞는 것 같은데."

"틀림없어." 달스트롬은 고개를 끄덕였다. "케언 아니면 텐트라니까. 누나탁은 아닌 것 같아."

"어쨌든." 나는 말했다. "확인하는 건 어렵지 않지."

"그렇고말고, 여보게들." 이스트먼이 외쳤다. "그게 우리가 할 일이야! 저게 돌무덤인지, 텐트인지, 아니면 누나탁인지 금방 알게 될 거야."

다음 순간 우리는 눈과 얼음에 뒤덮인 끝없는 황량한 한복판에 있는 그 수수께끼의 물체를 향해 돌진했다.

"저것 봐!" 선두의 이스트먼이 갑자기 소리쳤다. "저게 보여? 저건 텐트야!"

잠시 후 나도 그것이 텐트임을 확인했다. 하지만 누가 그곳에 텐트를 쳤을까? 저 안에 무엇이 있는 것일까?

그곳으로 다가가는 우리의 생각과 감정은 말로 표현할 수 없었다. 눈은 텐트 주위에 12미터 이상 쌓여 있었다. 부서진 스키가 근처 쌓인 눈 위로 튀어나와 있었다. 그것이 전부였다.

그리고 고요함! 그 순간 공기는 조금의 움직임도 없었다. 우리의 움직임과 개들의 소리, 우리의 숨결이 죽음 같은 침묵을 깨뜨렸다.

"불쌍하게도!" 마침내 이스트먼이 입을 열었다. "최소한 텐트는 확실하게 쳐놨네."

중앙에 세워진 기둥 하나 텐트를 지탱하고 있었다. 기둥에는 세 가닥의 밧줄이 묶여 있었는데, 그중 하나는 말뚝을 방금 박기라도 한 것처럼 팽팽했다. 하지만 이게 전부는 아니었다. 텐트 측면에는 대여섯 개쯤, 아니 그보다 많은 밧줄이 연결되어 있었다. 얼마나 오래된 것인지는 알 수 없지만, 이 끔찍한 지역의 매서운 바람에도 끄떡없이 텐트는 버티고 있었다.

달스트롬과 나는 각자 삽을 들고 눈을 치우기 시작했다. 우리가 찾은 입구는 묶여 있진 않았지만 두 개의 식량 보관통(비어 있었다)과 캔버스 천 한 장으로 완전히 막혀 있었다. "도대체 어찌 된 건지." 나는 외쳤다. "이것들이 어떻게 여기까지 왔지?"

"바람이 한 짓이야." 달스트롬은 말했다. "게다가 입구가 막혀 있지 않았다면 지금쯤 텐트는 여기 없었겠지. 오래전에 바람에 찢겨서 날아가버렸을 거야."

"흠." 이스트먼은 생각에 잠겼다. "넬스, 바람이 이런 식으로 입구를 막았다는 건가? 그거 묘한데."

우리는 곧 입구 앞을 정리했다. 나는 입구에 머리를 집어넣었다. 이상하게도 눈은 아주 조금밖에 들어오지 않았다. 텐트는 짙은 녹색이어서 내부의 빛이 어쩐지 기괴하고 섬뜩하게 느껴졌는데, 아마 나의 상상력도 적지 않게 영향을 끼쳤을 것이다.

"뭐가 있나, 빌?" 이스트먼이 물었다. "안에 뭐가 있지?"

내 대답은 비명이었다. 다음 순간 나는 입구 쪽에서 뛰쳐나왔다.

"뭐야, 빌." 이스트먼이 외쳤다. "맙소사, 뭐가 있길래 그래?"

"머리!" 나는 그에게 말했다.

"머리라니?"

"사람 머리통이라니까!"

그와 달스트롬은 몸을 굽혀 안을 들여다보았다. "이게 무슨 일이야?" 이스트먼이 소리쳤다. "잘린 사람 머리야!"

달스트롬은 방한장갑을 낀 손으로 눈을 문질렀다. "꿈이라도 꾸는 걸까?" 그가 외쳤다.

"이건 꿈이 아니야, 넬스." 탐험대장이 말했다. "꿈이었으면 좋겠군. 머리라니! 사람의 머리라니!"

"다른 건 없어?" 내가 물었다.

"아무것도 없어. 몸통도 없고 뼈도 없어. 그냥 잘린 머리뿐이야. 걔들이 이랬을…."

"뭐?" 달스트롬이 말했다.

"개들이 이런 짓을 할 수 있을까?"

"개!" 달스트롬이 말했다. "이건 개가 저지른 짓이 아니야."

우리는 안으로 들어가 가공할 인체의 잔해를 내려다보았다.

"개가 아니라니까." 달스트롬이 말했다.

"개가 아니라고?" 이스트먼이 말했다. "식인 풍습이 아니라면 다른 설명이 있을까?"

식인 풍습! 전율이 내 심장을 관통했다. 그러나 그 순간 눈 속에 파묻혀 있던 썰매 위에 비스킷과 페미컨(말린 고기로 만든 비상식량)과 비스킷이 잔뜩 쌓여 있는 것을 발견하고 그 소름 끼치는 가설이 현실은 아니라는 것임을 알게 되었다. 개들! 틀림없다, 그야말로 납득이 간다. 비록 희생자 자신이 우리에게 전혀 다른 이야기를 하고 있음에도 불구하고. 그렇다, 탐험가는 개에게 공격당해 잡아먹힌 것이다. 그러나 이 가설을 반박하는 정황이 있었다. 왜 동물들은 머리만 남겨두었을까? 지금 생각해도 소름 끼치는 그 얼어붙은 눈(푸른 눈동자)을, 그리고 공포에 질린 표정의 그 얼굴을? 왜 머리는 몸통에서 물어뜯긴 것처럼 보이는데 개의 송곳니 자국은 하나도 없었을까? 그래서 달스트롬은 목이 잘려 나간 것이라고 생각했다.

그리고 이 인물의 이야기, 로버트 드럼골드의 수기에서 우리는 또 다른 수수께끼, 즉 그의 잘린 머리가 여기 남아 있는 것만큼이나(만약 그것이 진실이라면) 불가사의한 수수께끼를 발견했다. 그 이야기는 그의 일기 몇 쪽에 걸쳐 연필로 휘갈겨 쓰여 있다. 하지만 그토록 기이하고 끔찍한 기록, 그것도 그 기록의 마지막 페이지를 어떻게 받아들여야 할까?

하지만 우리가 생각했던 것, 그리고 궁금하게 여겼던 것은 이것으로 충분하다. 이제 내 앞에 놓인 일기를 통해 로버트 드럼골드의 이야기를 원문 그대로 여기에 옮겨 적으려 한다. 단 한 단어도, 쉼표 하나도 자르거나 덧붙이지 않았다.

이제 그의 일행이 남극으로부터 불과 24킬로미터(지도상으로)밖에 떨어져 있지 않았던 1월 3일의 기록부터 시작하겠다.

이하는 원문이다.

* * *

1월 3일.

우리 캠프의 위도는 89도 45분 10초. 아문센이나 스콧이 먼저 도착하지 않았다면 앞으로 24킬로미터만 더 가면 남극점은 우리의 것이 된다. 하지만 발견의 영광을 다른 사람이 차지하더라도 어쨌든 똑같은 일이다. 우리는 저기서 무엇을 발견할 수 있을까?

모두 기분이 의기양양하다. 개들조차도 이것이 어떤 위대한 업적의 성취임을 아는 것 같다. 우리가 이해할 수 없는 것은 이 녀석들이 오늘 우리 앞에 놓인 지역에 대해 보인 별난 관심이다. 우리가 멈추면 녀석들은 남쪽을 뚫어지게 바라보고, 때로는 킁킁거리며 돌아다니곤 했다. 어찌 된 영문일까?

그렇다, 우리 세 사람뿐만 아니라 개들도 기분이 좋았다. 모든 것이 길조였다. 지난 사흘 동안 날씨는 정말 좋았다. 기온이 영하 5도 이하로 내려간 적은 한 번도 없었다. 이 글을 쓰고 있는 지금 온도계는 1도보다 위를 가리킨다. 화가가 꿈꾸는 듯한 하늘의 푸른색, 그 푸른색 속에서 그림자 속에 탑처럼 솟아 보라색으로 물든 구름은 말로 표현할 수 없을 정도로 아름답다. 썰매 위의 빈약한 식량 외에 우리와 끔찍한 죽음 사이에는 아무런 장벽이 없다는 사실을 잊을 수만 있다면, 흰색과 푸른색, 보라색으로 이루어진 장엄한 동화 속 나라에 있다고 생각했을 것이다.

동화 속 나라? 왜 자꾸만 이런 생각이 들었을까? 왜 나는 이 황량하고 끔찍한 지역을 자주 동화 속 나라로 비유했을까? 두려워서? 그렇다, 인간에게 이곳은 말로 표현할 수 없을 정도로 끔찍하고 두려운 곳이다. 그러나 인간에게는 형언할 수 없을 정도로 끔찍하지만, 현실은 그렇지 않을 수도 있다. 결국 우리가 사는 지구상의 모든 것, 아니 우주까지도 인간을 위해 만들어졌는데, 이러한 존재(유인원의 육체에 깃든 신과 비슷한 정신)는 경이로움 속에서 광기와 증오에 휩싸여 노예를 부리고 끝없는 욕망의 수렁에서 허우적거리고 있지 않은가? 어쩌면 다른 존재, 인간보다 더 경이롭고 더 끔찍한 존재가 바로 이 지구에도 있지 않을까?

나는 눈과 얼음으로 뒤덮인 이 황량한 곳에서 이름 모를 존재들이 주위를 맴돌며 우리를 지켜보는 것처럼 느낀 적이 한두 번이 아니었다.

미국의 위대한 과학자 알렉산더 윈첼의 이상한 말을 여러 번 떠올린 것도 그리 놀라운 일은 아니었다.

"이성적인 존재는 그 존재를 구성하는 물질의 형태를 변화시키지 않는 온도, 혹은 따뜻한 혈액 등에 의해 제약되지 않는다. 섭취, 동화작용, 번식 등을 포함하지 않는 어떤 개념에 따라 유형화된 지적 생물이 존재할 수도 있다. 그런 생물은 주기적인 음식이나 온기 등을 필요로 하지 않을 것이다. 대양의 심연에 잠기거나 극지방의 겨울 폭풍우를 뚫고 낭떠러지의 절벽 위에 몸을 눕히거나, 아니면 화산 속에 100년 동안 갇혀 있어도 의식과 사고를 유지할 수 있을 것이다."

윈첼은 이 모든 것을 상상할 수 있다면서 덧붙였다.

"신체는 보편적인 물질과 힘의 특정한 변형에 지능을 국지적으로 결합한 것에 불과하다."

내가 때때로 그것의 존재를 느끼는 것처럼 보이는 이름 모를 존재 ― 그것들은 선량한 존재일까, 아니면 인간의 뇌가 만들 수 있는 광기보다 더 무서운 존재일까?

하지만 이쯤에서 그만두자. 만약 서덜랜드나 트래버스가 이 글을 읽는다면 내가 이성을 잃었다고 생각하거나 이미 미쳤다고 단언할 테니까. 하지만 우리 위에 천국이 있는 것처럼, 나는 이 무시무시한 장소에 우리 자신과 개들 이외의 존재 ― 즉 우리가 볼 수는 없지만, 우리를 지켜보고 있는 뭔가가 존재한다고 믿는다.

이제 그만하자.

남극까지 불과 24킬로미터 남았다. 이제 잠을 자고 내일 아침 목표 지점을 향해 나아가자. 아침이라! 여기에 아침은 없지만 낮은 끝이 없다. 태양은 한밤중에도 한낮처럼 높이 떠 있다. 물론 고도의 변화는 있지만 측정 장치 없이는 알아챌 수 없을 정도로 미미하다.

하지만 남극점! 내일은 남극점이다! 우린 거기서 무엇을 발견할 수 있을까? 끝없이 펼쳐진 하얀 백색, 아니면−.

1월 4일.

이날 일어난 수수께끼와 공포를 어떻게 잊을 수 있을까? 때때로 우리가 보낸 시간이 너무나 두려웠기 때문에, 모든 것이 꿈은 아니었을까 상상하기도 한다. 꿈! 그저 꿈이었기를 하늘에 빌고 싶다! 결국은… 그런 생각을 머릿속에서 지워버려야만 했다.

이른 시간에 출발했다. 그 어느 때보다 경이로운 날씨. 화가가 황홀경에 빠질 정도로 하늘은 푸르다. 구름의 아름다움은 형언할 수 없을 정도다. 하지만 가는 길은 꽤 힘들었다. 눈길이 닿는 데까지 단조롭게 펼쳐진 넓은 설원이 끝없이 펼쳐져 있었기 때문이다. 사람이 한 번도 발을 들여놓은 적이 없는 설원일까? 마침내 우리가 남극점에 가까워지고 있다는 것을 알았을 때, 우리는 그에 대한 해답을 얻었다. 트래버스의 예리한 눈이 눈부신 흰색 설원 위에 서 있는 물체를 발견한 것이나.

그 순간 서덜랜드는 호박색 안경을 이마 위로 올리고 쌍안경을 눈에 가져다댔다.

"케언이다!" 그가 외쳤다. 그 목소리는 묘하게 은은히 울렸다.

"케언 아니면… 텐트인가. 제군, 저들이 우리보다 먼저 극점에 도달했다."

그는 쌍안경을 트래버스에게 건네더니 갑자기 피로가 몰려온 듯 썰매 위의 보급품 상자에 몸을 기대었다.

"우리가 늦었어!" 그는 말했다. "우리가 뒤처졌다니까!"

우리의 용감한 리더가 극심하게 실망하는 순간이 무척 안타까웠지만, 도무지 무슨 말을 해야 할지 떠오르지 않았다. 그래서 아무 말도 할 수 없었다.

그 순간 구름이 태양을 가렸고 우리가 서 있는 지역에 갑자기 깊고 소름 끼치는 어둠이 깔렸다. 너무나 갑작스러우면서도 뚜렷한 변화여서 우리는 호기심과 놀라움으로 주위를 돌아보았다. 오른쪽으로, 왼쪽으로 멀리 떨어진 설원은 하얗게 빛났다. 하지만 곧 마지막 햇빛도 사라졌다. 나는 하늘을 올려다보았다. 여기저기 떠 있는 구름의 가장자리는 마치 성난 황금빛 불빛에 닿은 것처럼 보였다. 하지만 그 빛마저도 희미해지고 있었다. 잠시 후 성난 태양의 광채도 사라졌다. 시시각각 어둠이 깊어갔다. 기묘한 안개가 머리 위로 펼쳐진 푸른 하늘을 가리고 있었다. 우울하고 기묘한 대기大氣는 조금도 움직이지 않았다. 무겁고 끔찍한 정적이 흘렀다. 완전한 황량함과 죽음이 머무르는 정적이었다.

"우린 지금 어떤 상황을 맞이한 건가?" 트래버스가 말했다.

서덜랜드는 썰매에서 일어나 으스스한 어둠을 뚫어지게 바라보았다.

"이건 이상한 변동이군!" 그가 말했다. "도레[2]라면 기뻐했을 거야."

"아마 눈보라가 몰아칠 거라는 의미겠지." 나는 판단했다. "먼저 캠프를 설치하는 편이 좋지 않을까? 이런 끔찍한 곳에 어떤 눈보라가 몰아칠지 모르잖나?"

"눈보라?" 서덜랜드가 말했다. "밥, 이건 눈보라가 아니야. 그렇다고 뭔지는 모르겠어. 아마 엄청난 변화가 있겠지. 이런 이상한 어둠 속에서는

---

2 귀스타브 도레(1832~1883). 프랑스의 판화가, 삽화가.

이곳이 전혀 다르게 보여! 정말 기분 나빠. 기분 나쁘고 무섭게 보인다는 거야."

그는 트래버스에게 시선을 돌렸다. "글쎄, 빌." 그가 물었다. "자네는 이 일을 어떻게 생각해?"

그는 우리의 발걸음을 갑자기 멈추게 한 그 수수께끼의 물체 쪽으로 손을 흔들었다. '물체 방향'이라고는 했지만, 물체 자체는 더 이상 보이지 않았다.

"나는 텐트라고 생각해." 트래버스가 말했다.

"글쎄." 우리의 리더는 말했다. "우린 곧 그게 뭔지 알게 될 거야. 케언이건 텐트건, 둘 중 하나임엔 틀림없지."

다음 순간, 무겁고 소름 끼치는 침묵이 그의 날카로운 채찍 소리에 깨졌다.

"어서 가자, 가엾은 녀석들아!" 그가 외쳤다. "저기 뭐가 있는지 보러 가자. 여긴 남극이야. 누가 우리를 물리쳤는지 보자고."

그러나 개들은 가고 싶어 하지 않았다. 별로 놀라운 일은 아니었다. 그동안 개들은 설명할 수 없는, 이상할 정도로 불안한 기색을 보였기 때문이다. 도대체 저 동물들은 무슨 생각을 하고 있을까? 한동안 우리는 이에 대해 의아하게 여겼지만, 설명은 여전히 우리에게 수수께끼였다. 이 녀석들은 겁을 먹은 것이다. 겁을 먹었다고? 확실히 적절한 표현은 아니다. 이런 동물들을 주저하게 만드는 것은 공포, 불쾌함, 두려움이다. 하지만 이 설명할 수 없는 두려움은 어디서 온 것일까? 그것도 곧 밝혀졌다. 그들이 두려워하는 것은, 그것이 무엇이건, 우리가 향하는 바로 그 방향에 있었다!

케인인가, 텐드인가? 저긴 도대체 뭘까?

"이 녀석들이 왜 이러는 거지?" 트래버스가 외쳤다. "혹시….."

"그게 무슨 뜻인지 우리가 알아내야 해." 서덜랜드가 말했다.

우리는 움직이기 시작했다. 주위는 여전히 이상하고 기묘한 어둠에 휩싸여 있었다. 황량하고 죽음 같은 정적 또한 여전했다.

우리는 천천히, 하지만 꾸준히 나아갔고, 채찍을 휘두르며 겁에 질린 개들을 독려했다.

마침내 선두에 섰던 서덜랜드가 외쳤다. 그는 멈춰 서서 어둠 속을 응시했고, 우리도 그의 뒤를 따라갔다.

"틀림없이 텐트야." 그가 말했다.

우리가 발견한 텐트는 대나무 한 개를 버팀목으로 지탱하는 사방이 튼튼한 작은 텐트였다. 칙칙한 색깔의 개버딘으로 만들어졌고, 텐트 기둥 꼭대기에 또 하나의 밧줄이 묶여 있었다. 그 밧줄에는 작은 노르웨이 국기와 '프람Fram'이라는 단어가 새겨진 작은 페넌트가 미동도 없이 공중에 매달려 있었다. 아문센의 텐트였다!

안에 뭐가 있을까? 그리고 저게 뭘까? 텐트 한쪽이 묘하게 부풀어 있는 모양은 무엇을 의미하는 것일까?

입구는 끈으로 단단히 묶여 있었다. 텐트는 남극의 긴 밤을 지새우며 1년 동안 이곳에 있었던 것이 분명했다. 그런데 놀랍게도 눈은 거의 쌓이지 않았고 대부분 날아가버렸다. 기류가 극점에 도달하기 전에 거의 모든 눈이 날아가버렸으리라는 것이 이에 대한 설명이 될 것이다.

잠시 우리는 그저 그 자리에 서 있었다. 여러 가지 생각이 떠올랐다가 사라졌는데, 그중 일부는 지극히 무서운 생각이었다. 길고 긴 남극의 밤을 보냈다니! 만약 이 텐트가 말을 할 능력이 있었다면 얼마나 많은 이상한 이야기를 전해주었을까? 그럼에도 불구하고 이 텐트는 무엇인가 이상한 이야기를 우리에게 전해주는지도 모른다. 안에 무엇이 있기에 텐트가 저렇게 괴상하게 불룩 튀어나왔을까? 장갑을 낀 손으로 그것을 만져보려고 앞으로 나섰지만, 설명할 수 없는 어떤 충동 때문에 저도 모르게 뒤로 물러섰다. 그와 동시에 개 한 마리가 짖기 시작했다. 그 소리는 심히 이상하고 동물의 공포가 너무 뚜렷해서 나는 몸서리를 칠 정도로 오싹함을 느꼈다. 다른 개들 역시 이상한 신음을 내며 겁에 질린 듯 뒤로 물러났다.

"이건 또 무슨 일이야?" 트래버스가 속삭이듯 낮은 목소리로 말했다. "쟤네들을 봐, 우리더러 멀리 떨어져 있으라고 호소라도 하는 것 같은데."

"떨어져 있으라고?" 서덜랜드가 되풀이했다. 그의 시선은 개를 떠나 다시 텐트에 고정되었다.

"이 녀석들의 감각은 우리보다 훨씬 예민해." 트래버스는 말했다. "우리가 보기 전까지는 모르는 것도 이 녀석들은 이미 알고 있지."

"보라고!" 서덜랜드가 설명했다. "궁금한 일이군. 제군, 이 텐트 안을 들여다보면 뭘 보게 될까? 불쌍한 친구들! 그들은 남극점에 도달했다. 하지만 그들이 이곳을 떠났을까? 우리가 그들의 시체라도 발견하게 될까?"

"죽었다고?" 트래버스는 갑자기 말을 꺼냈다. "안에 시체만 있다면 개들이 절대 저런 행동을 하진 않았을 거야. 게다가 만약 그 가설이 사실이라면, 썰매도 여기에 있어야 하겠지. 주위를 살펴보라고. 이 근처가 전부 평평하다는 것은 썰매가 눈 속에 묻혀 있지 않다는 것을 알려주는 거야."

"그건 사실이야." 우리의 리더가 말했다. "이건 뭘 의미하는 거지? 뭐가 텐트를 저렇게 부풀게 만든 것일까? 자, 우리 앞에 수수께끼가 있는데, 입구의 끈을 풀고 안을 들여다보면 해결될 거야."

그는 입구로 다가가 끈을 풀기 시작했고 트래버스와 나는 그 뒤를 따랐다. 그 순간 얼음처럼 차가운 공기 기류가 그곳을 강타했고, 우리 머리 위에 있던 페넌트가 둔탁하면서도 불길한 소리를 내며 펄럭였다. 개 한 마리가 주둥이를 하늘로 치켜들고 낮게 짖기 시작했다. 그리고 그 음산한 소리가 울려 퍼지는 사이에 이상한 일이 벌어졌다.

음침한 구름 커튼이 갑자기 찢어지며 우리가 서 있는 곳에 태양이 번쩍이는 금빛을 내려보냈다. 그것은 길이가 몇 킬로미터는 되지만, 폭은 90~120미터에 불과한 한 줄기 빛의 통로였고, 우리는 그 한가운데 서 있었다. 음울한 어둠에 휩싸여 있던 양쪽 평원은 갑자기 눈 위로 쏟아진 황금빛 불의 칼과는 대조적으로 점점 더 어둡고 소름 끼쳤다.

"정말 기묘한 곳이야!" 트래버스가 말했다. "극장 무대를 비추는 조명

같지 않나."

트래버스의 미소는 아마도 그가 생각했던 것보다 지극히 그 자리에 어울렸다. 이곳은 무대였고, 우리를 비추는 빛은 남극의 태양이 내뿜는 분노의 불길이었으며, 우리는 모방 세계에서 그 어느 때보다 낯선 장면에 나선 배우였다.

모든 것이 너무나 생소한 탓에 우리는 한동안 경이로움, 그리고 적지 않은 경외감에 휩싸여 주위를 둘러보며 서 있었다. "정말 묘한 곳이군!" 서덜랜드가 말했다. "그렇지만…."

그는 공허하고 냉소적으로 웃었다. 머리 위에서 페넌트가 다시 펄럭이면서 공허하고 희미한 소리를 냈다. 또다시 개들의 애절한 울부짖음이 울려 퍼졌다.

"하지만 상상은 하지 말자고." 리더가 덧붙였다.

"그렇고말고." 트래버스가 말했다.

"그렇고말고." 나도 반복했다.

조그만 틈이 생기면서 입구가 열렸다. 서덜랜드는 머리와 어깨를 안으로 밀어 넣었다.

그가 얼마나 그 자세로 서 있었는지 모르겠다. 아마 몇 초쯤이었겠지만 나와 트래버스에게는 제법 길게 느껴졌다.

"뭐가 있어?" 결국 트래버스가 외쳤다. "뭐가 보여?"

그의 대답은 비명이었다. 그 끔찍한 비명을 나는 결코 잊을 수 없다. 서덜랜드는 비틀거리며 뒷걸음질 쳤고, 우리가 달려들어 붙잡지 않았다면 분명히 넘어졌을 것이다.

"무슨 일이야?" 트래버스가 고함질렀다. "맙소사, 서덜랜드, 도대체 뭘 보았나?"

서덜랜드는 손으로 관자놀이를 쳤다. 그 표정은 거칠고 끔찍했다.

"뭐야?" 나도 소리를 질렀다. "거기서 뭘 본 건가?"

"말할 수 없어, 말할 수 없어! 오오, 저런 건 보는 게 아니었어! 자네들!

미쳐버리거나 그보다 더 나빠질 생각이 없다면 텐트 안을 들여다보지 마."

"무슨 횡설수설을 하는 거야?" 트래버스는 어이없다는 듯 우리의 리더를 쳐다보았다. "이봐, 이봐! 정신 차려! 정신 차리라고. 이런 바보 같은 짓은 그만하지. 죽은 사람을 봤다고 해서 그렇게 미친 사람처럼 반응하는 건가?"

"죽은 사람?" 서덜랜드는 거칠고 광기 어린 소리로 웃었다.

"죽은 사람? 그것뿐이었더라면! 여기가 남극인가? 이곳은 지구인가? 아니면 다른 행성에서 악몽을 꾸고 있는 것일까?"

"제발." 트래버스가 소리쳤다. "거기서 나오라니까! 도대체 왜 이러는 거야? 그렇게 불안해하지 말고."

"죽은 사람?" 우리의 리더는 트래버스의 얼굴을 들여다보며 물었다. "내가 시체를 봤다고 생각하나? 차라리 그게 시체였으면 나았겠지. 자네들이 못 봐서 천만다행이야!"

순간 트래버스가 고개를 돌렸다.

"글쎄." 그는 말했다. "나는 보고 오겠어!"

서덜랜드는 비명을 지르며 그에게 달려들어 끌고 가려 했다.

"그건 공포와 광기를 의미하는 거야!" 서덜랜드는 외쳤다. "날 좀 봐. 나처럼 되고 싶나?"

"아니!" 트래버스가 대답했다. "하지만 저 안에 뭐가 있는지 보고 싶네."

그는 몸부림치며 벗어나려 했지만 서덜랜드는 광기에 사로잡힌 듯 필사적으로 매달렸다.

"도와주게, 밥!" 서덜랜드가 울부짖었다. "그를 붙잡지 않으면 모두 미쳐버릴 거라고."

하지만 나는 서덜랜드가 미쳤다고 생각했기 때문에 트래버스를 제지하는 것을 돕지 않았다. 서덜랜드도 결국 트래버스를 붙잡지 못했다. 트래버스가 갑자기 몸을 한 번 비틀면서 자유로워졌다. 그 직후 그는 머리와 어깨까지 텐트 안으로 들이밀었다.

서덜랜드는 신음하며 형언할 수 없는 공포에 가득 찬 눈빛으로 그를 바라보았다.

내가 입구로 다가가려 하자 서덜랜드가 맹렬한 기세로 덤벼들었고 나는 눈 위에 쓰러졌다. 나는 분노와 놀라움으로 벌떡 일어났다.

"무슨 짓이야?" 나는 외쳤다. "도대체 왜 이러나? 자네 미친 거 아닌가?"

그 대답은 말로 표현할 수 없는 끔찍한 신음이었지만, 그것은 서덜랜드의 입에서 나온 것이 아니었다. 나는 돌아섰다. 트래버스는 비틀거리며 입구에서 멀어지고 있었으며, 한 손으로 얼굴을 가린 채 목구멍 깊숙한 곳에서 끔찍한 신음을 흘리고 있었다. 서덜랜드는 비틀거리며 다가오는 그에게 팔을 뻗어 어깨를 가볍게 건드렸다. 그 효과는 즉각적이고 무시무시했다. 트래버스는 끔찍한 뱀이 덤벼들기라도 한 듯 옆으로 피하며 계속 비명을 질렀다.

"이봐, 이봐." 서덜랜드는 부드럽게 말했다. "내가 보지 말라고 했잖아. 자넬 이해시키려고 애썼지만, 자넨 내가 미쳤다고 생각했겠지."

"저건 이 세상의 것이 아니야!" 트래버스는 신음했다.

"그래." 서덜랜드는 말했다. "저 공포는 우리 행성에서 만들어진 게 아니야. 지구에 사는 사람들은 모르고 있는데, 그건 전능하신 하느님께 감사드려야 해."

"하지만 여기에 있잖아!" 트래버스가 외쳤다. "어떻게 이런 끔찍한 곳에 오게 됐지? 그리고 어디서 온 거야?"

"글쎄." 서덜랜드는 위로하듯 말했다. "저건 죽었어. 죽은 게 틀림없어."

"죽었다고? 죽었다는 걸 어떻게 알아? 그리고 잊지 말게. 저것은 혼자서 여기 온 게 아니라는 거야!"

서덜랜드는 깜짝 놀랐다. 그 순간 햇빛이 사라지고 모든 것은 다시 어둠에 휩싸였다. "그게 무슨 뜻이야?" 서덜랜드가 물었다. "혼자가 아니라니? 혼자가 아니란 걸 어떻게 알아?"

"왜냐고? 저건 텐트 안에 있잖아. 그런데 입구는 끈으로 묶여 있었다고, 바깥쪽에서!"

"멍청한, 이런 멍청한!" 서덜랜드는 격렬하게 외쳤다. "왜 그걸 생각 못했을까? 하나가 아니었어! 당연히 하나가 아니었겠지!"

그는 어둠 속을 응시했다. 그리고 나는 그 이름 모를 두려움과 공포가 서덜랜드와 나의 가슴속까지 차갑게 만들었음을 깨달았다.

다시 개의 구슬픈 울부짖음이 울려 퍼졌다. 우리 세 사람에게 그것은 마치 지옥의 가장 무서운 곳에서 들려오는 악귀 소리처럼 들렸다.

"입 다물어, 빌어먹을!" 트래버스가 이를 갈며 말했다. "입 다물지 않으면 머리를 날려버리겠어!"

트래버스의 위협 때문인지 아닌지는 모르겠지만, 울부짖는 소리는 거의 멈췄다. 다시 적막과 죽음의 침묵이 주위에 깔렸다. 그러나 텐트 위에서는 페넌트가 흔들리며 바스락거렸는데, 그것은 어쩐지 혐오스러운 뱀이 기어가는 소리 같았다.

"거기서 뭘 본 건가?" 나는 그들에게 물었다.

"밥, 밥." 서덜랜드는 말했다. "그것만은 묻지 말아주게."

"그게 뭐든 간에." 나는 말하며 돌아섰다. "알 수 없는 악몽 같은 상상보다야 낫겠지."

두 사람은 내 앞에 몸을 던지며 가로막았다.

"안 돼!" 서덜랜드는 단호하게 말했다. "밥, 저 텐트 안을 들여다보면 안 돼. 저걸 뭐라고 불러야 할지 모르겠지만, 하여튼 보면 안 된다고. 밥, 우리를 믿어주게. 자네를 위해 보지 말라는 걸세. 트래버스와 나는 이제 다시 예전과 같은 사람이 될 수가 없어. 우리의 머리와 영혼은 저것을 보기 전으로 돌아갈 수 없다니까!"

"좋아." 나는 그 말을 따랐다. "하지만 나한테는 이 모든 것이 미친 사람의 꿈처럼 보인다고 말할 수밖에 없어."

서덜랜드는 말했다. "그 정도는 아무렇지도 않아. 미쳤다고? 미친놈의 꿈이라고 생각하게. 우리가 미쳤다고 생각하게. 자네도 미쳤다고 생각하게. 자네 좋을 대로 생각하게나. 다만, 절대 봐서는 안 돼!"

"좋아." 나는 말했다. "보지 않겠어. 포기하지. 자네들을 보고 겁이 났어."

"겁이 났다고?" 서덜랜드가 말했다. "밥, 말도 안 되는 소리 말게. 인간이 결코 알아서는 안 되는 것이 있고, 절대로 보면 안 되는 것이 있어. 아문센의 텐트 안에 있는 저 무서운 것이 바로 그거야! 둘 다라고!"

"하지만 죽었다고 하지 않았나?"

트래버스는 신음했다. 서덜랜드는 거칠게 웃었다.

"우리를 믿어줘." 서덜랜드가 말했다. "밥, 우리를 믿어주게나. 이건 자네를 위해서이지 우리를 위해서가 아니야. 이미 너무 늦었어. 우리는 보았지만 자넨 못 봤으니까."

우리는 기묘한 어둠 속에서 잠시 텐트 옆에 서 있다가 마침내 이 저주받은 곳을 떠나기 위해 발길을 돌렸다. 나는 의심할 여지 없이 아문센이 텐트 안에 기록을 남겼을 것이고, 또 스콧이 극점에 도착해서 이 텐트를 방문했을지도 모르니 그 기록들을 확보해야 한다고 제안했다. 서덜랜드와 트래버스 모두 고개를 끄덕였지만, 두 사람 모두 오르무즈(페르시아 제국의 옛 이름)와 인도의 보물을 다 주더라도 다시는 입구에 머리를 들이밀 생각은 없다고 선언했다. 그들은 이 끔찍한 곳을 벗어나 인간 세계로 돌아가서 이 무서운 사실을 전해야 한다고 말했다.

"무엇을 보았는지 내게는 말해주지 않겠다는 거지?" 나는 말했다. "그런데 자네들은 돌아가서 세상 사람들에게 전하고 싶다는 거로군."

"우리가 뭘 봤는지 세상에 이야기할 생각은 없어." 서덜랜드가 대답했다. "우선 첫째, 우리는 그럴 생각이 없고, 둘째, 이야기해봤자 아무도 믿지 않을 거야. 그러나 사람들에게 경고할 수는 있지. 저기 있는 생물은 혼자 오지 않았으니까. 그런데 다른 놈들은 어디 있는 거야?"

"죽었겠지, 그러길 바라자고!" 나는 외쳤다.

"아멘!" 서덜랜드가 말했다. "하지만 아마 빌의 말대로 죽지는 않았을 거야. 어쩌면…."

서덜랜드는 입을 다물었다. 미칠 것 같은 표정이 그 눈에 떠올랐다. "어쩌면 저것은… 죽지 않는 존재일지도 몰라!"

"어쩌면 그럴지도." 나는 아무렇지도 않은 듯, 하지만 은근한 혐오감과 슬픔을 품으며 말했다.

무슨 소용이 있을까? 두 미치광이를 설득해봤자 어떻게 하겠다는 것인가? 그렇다, 어쨌든 여기를 벗어나야만 한다. 그러지 않으면 나까지 미쳐버릴 것이다. 그리고 우리는 어떻게 돌아갈까? 우리가 과연 돌아갈 수 있을까? 그건 그렇고 그들은 대체 뭘 본 걸까? 얄팍한 개버딘 벽 뒤에 얼마나 상상을 초월하는 무시무시한 것이 숨어 있었을까? 그게 무엇이든 그것은 현실에 존재했다. 거기에 대해서 나는 조금의 의심도 품지 않았다. 현실? 문자 그대로 건장한 두 사나이의 강인한 뇌를 순식간에 망가뜨릴 만큼 현실적인 존재. 하지만… 결국 나의 불쌍한 동료들은 정말로 미친 것일까?

서덜랜드는 말했다. "어쩌면 다른 놈들은 금성이나 화성, 시리우스나 알골, 아니면 지옥이건 어쨌든 자기가 출발한 곳에서 동족을 데리러 돌아간 건 아닐까. 그렇다면 신이시여, 가엾은 인류를 불쌍히 여기소서! 그리고 만일 그것이, 어쩌면 그것들이 아직 이 지구에 있다면 조만간, 10년이 될 수도 있고 한 세기가 될 수도 있겠지만, 세상은 그것을 알게 될 것이고, 그것이 가져올 재앙을 알고, 두려움을 일게 되겠지. 그것들이 살아 있거나 혹은 동족를 데리러 갔다면 다시 나타날 테니까."

"좀 생각해봤는데…." 트래버스가 텐트에 시선을 고정하고 말문을 열었다.

"뭘?" 서덜랜드가 말했다.

"…저것." 트래버스는 말을 이었다. "저 안에다 엽총을 잔뜩 쏘면 좋지 않을까. 저건 죽지 않았고, 어쩌면 죽을 수도 없을 거야. 그저 변화할 뿐이야. 어쩌면 겨울잠을 자는 중일 수도 있어."

"그렇다면." 나는 웃었다. "틀림없이 최후의 심판 날까지 겨울잠을 자겠지."

동료들은 아무도 웃지 않았다.

"그렇지 않으면." 트래버스는 말했다. "저건 악마나 악령이 실체화된 것일지도 몰라. 사람 모양이라고 할 수는 없지만."

"악령이 실체화되다니!" 나는 외쳤다. "글쎄, 세상 모든 남자나 여자가 그런 거 아닌가? 세상이 알다시피 많은 사람이 악마나 악령의 화신처럼 행동하기도 하잖아."

"그럴지도 몰라." 서덜랜드는 고개를 끄덕였다. "하지만 그 가설은 우리에게 아무 소용이 없어."

"이게 도움이 될지도 몰라." 트래버스는 썰매 쪽으로 걸음을 옮기며 말했다. 잠시 후 그는 엽총을 꺼냈다.

"생각해봤어." 그는 말했다. "그 무엇도 나를 저 입구로 데려갈 수 없다고. 하지만 어쩌면 그럴 수도 있다는 희망이…."

서덜랜드는 신음했다.

"저건 이 세상의 것이 아니야." 그는 쉰 목소리로 말했다. "그건 악몽이야. 이젠 돌아가는 게 나을 거야."

트래버스는 텐트를 향해 곧장 걸어갔다.

"돌아오게, 빌!" 서덜랜드가 쥐어짜는 듯한 목소리로 말했다. "돌아와! 우린 도망칠 수 있을 때 도망쳐야만 해!"

하지만 트래버스는 돌아오지 않았다. 그는 천천히 전진하면서 엽총을 들고 방아쇠에 손가락을 걸었다. 그는 텐트에 이르자 잠시 머뭇거리다가 조심스럽게 엽총을 집어넣었다. 방아쇠와 공이를 최대한 빨리 조작해 장전된 총알을 텐트 속의 무서운 존재에게 쏟아부었다.

그는 텐트가 금방이라도 지옥의 악귀들을 쏟아낼 거라는 두려움에 사로잡힌 듯 몸을 날려 달아났다.

저건 무엇이었을까? 천막 밖으로 흘러나오는 낮게 울리는 소리, 지구상에서 누구도 들어본 적 없는 소리, 다시는 듣지 않길 바라는 소리가 들리면서 내 혈관과 심장의 피가 얼어붙는 것 같았다.

공황과 광기가 사람과 개 모두를 덮쳤고, 우리는 그 저주받은 장소에서 도망쳤다.

소리는 사라졌다. 하지만 다시 들려왔다. 그 소리는 전보다 더 무섭고, 더 끔찍하고, 미치게 만들고, 마치 지옥 같았다.

"저걸 봐!" 서덜랜드가 외쳤다. "하느님 맙소사, 저것 좀 보라고!"

이제 텐트는 거의 보이지 않았다. 잠시 후면 어둠의 장막으로 들어갈 것이다. 처음에는 서덜랜드를 고함치게 만든 것이 무엇이었는지 도무지 알수가 없었다. 그러다가 어둠에 가려지기 직전의 바로 그 순간, 나는 그것을 보았다. 텐트가 움직였다! 마치 죽음의 고통을 맞이하는 형체 없는 괴물처럼, 악몽에서나 나오는 이름 모를 괴물처럼, 혹은 완전히 광기에 가득 찬 뇌처럼 흔들리며 꿈틀거리고 있었다.

그리고 그것이 바로 그곳에서 벌어진 일이고, 우리가 본 것이다. 나는 내가 처한 아주 무서운 상황에서 최선을 다해 이 글을 썼다. 이 황급하게 적어놓은 몇 장의 종이에는 가장 상상력이 풍부한 낭만주의 작가의 책에서나 볼 수 있는 황당무계한 이야기 못지않은 경험이 기록되어 있다. 이 수기가 세상에 전해질 운명인지, 아니면 다른 사람의 눈에 띌 것인지 아닌지는 오직 미래만이 답할 수 있을 것이다.

나는 최선의 결과를 바라고 있다. 하지만 상황이 매우 나쁘다는 사실을 무시할 수는 없다. 우리가 도망치려 하는 이 사악하고 이름 모를 수수께끼도 그렇지만(상상을 초월할 만큼 무섭다는 것은 하늘이 안다) 무엇보다 심각한 것은 동료들의 정신상태다. 그에 덧붙여 나 자신의 두려움도 있다. 하지만 마음을 가다듬어야 한다. 서덜랜드의 말처럼 나는 결국 그것을 못 보았으니까. 포기해서는 안 된다. 비통함과 피, 재앙을 예언했던 선지자의 미친 듯한 머릿속 생각보다 훨씬 무서운 위협이 온다. 우린 어떻게든 이 이야기를 세상에 전해야만 한다. 사람들의 불신에 찬 비웃음과 조롱이 보상으로 돌아오더라도.

우리는 남극점에서 20킬로미터 정도 떨어져 있다. 그 무서운 텐트에서 미친 듯이 도망치는 동안 우리는 방향을 잃고 한동안 공황 상태에 빠졌다. 가루 같은 눈이 날리면서 상황은 더욱 나빠졌다. 절망 끝에 포기하려던 찰나 우리가 설치했던 이정표를 발견했다. 덕분에 방향을 잡을 수 있었고, 간신히 여기까지 도착했다.

트래버스는 텐트 안으로 머리를 집어넣더니 어둠 속에서 무엇인가 움직이는 것을 확실히 봤다고 말했다. 무엇인가 움직이고 있다! 이건 반드시 살펴봐야만 한다.

***

로버트 드럼골드가 그 무시무시한 1월 4일을 기록한 것처럼 다음 날의 기록도 남겨놓았더라면! 세 명의 탐험가가 피할 수 없는 운명을 벗어나기 위해 몸부림칠 때 어떤 일을 겪었는지 알아낼 방법은 없다. 그 수수께끼와 공포는 가장 가공할 고딕적 상상력이 정신착란과 광기에 몰입해서 만들어낸 괴기함을 능가할 것이다.

***

1월 5일.

트래버스는 무엇인가를 봤고, 우리 셋은 오늘 그것을 보았다. 그건 그 끔찍한, 아문센의 텐트에서 본 지구의 것이 아닌 그 무엇이었을까? 우리는 그것의 정체를 모른다. 우리가 아는 것은 그것이 움직이고 있다는 것뿐이다. 만일 그것이 우리가 두려워하는 존재라면, 신이시여, 우리 모두를 불쌍히 여기시고 이 땅의 남자, 여자, 그리고 아이들을 불쌍하게 여기소서!

1월 6일.

오늘은 40킬로미터, 어제는 32킬로미터 전진했다. 오늘은 못 봤다. 하지만 소리를 들었다. 한 번은 거의 우리 머리 위에 있는 것처럼 느꼈다. 하지만 그건 상상이었겠지. 개들이 겁을 먹은 것 같다. 가엾은 짐승들! 우리와 마찬가지로 개들에게도 끔찍한 일이다. 어쩌면 우리보다 더 무서워할지도 모른다. 그건 왜 우리 뒤를 따라오는 걸까?

1월 7일.

오늘 아침에 개 두 마리가 사라졌다. 우리는 밤새 돌아가면서 망을 보았다. 아무것도 안 보였고, 아무 소리도 안 들렸는데 개들이 사라졌다. 우리를 버리고 달아난 것일까? 우리는 그랬을 거라고 말하지만, 사실은 아무도 그렇게 생각하지 않는다. 29킬로미터 전진했다. 트래버스가 미쳐버릴까 봐 겁이 난다.

1월 8일.

트래버스가 사라졌다! 어젯밤 12시에 서덜랜드와 교대해 망을 보러 나갔다. 그게 트래버스의 마지막 모습이었고, 그 뒤로 그를 다시 볼 수가 없었다. 눈 위에는 아무런 자취나 흔적이 없다. 트래버스, 불쌍한 트래버스가 사라졌다! 다음 차례는 누구인가?

1월 9일.

그걸 또 봤다! 왜 이렇게 가끔 나타나는 걸까? 저것이 아문센 천막에 있었던 무서운 것일까? 서덜랜드는 그렇지 않다고, 그건 더 지옥 같은 것이었다고 한다. 그러나 S.는 제정신이 아니다—미쳤다—미쳤다—미쳤다. 내가 제정신이 아니라면 저건 모두 환상이라고 생각했을 것이다. 하지만 나는 그걸 틀림없이 보았다.

1월 11일.

11일인 것 같지만 확실하지는 않다. 나는 더 이상 아무것도 확신할 수가 없다. 나는 혼자 있고, 그것이 나를 지켜보고 있다는 것 이외에는 아무것도 확신할 수 없다. 그것이 보이지 않으니, 그런 걸 내가 어떻게 아는지는 나도 모르겠다. 하지만 그게 나를 지켜보고 있다는 것을 안다. 그것들은 계속 지켜보고 있다. 그리고 언젠가는 트래버스와 서덜랜드, 그리고 개들의 절반을 잡아간 것처럼 나를 잡으러 올 것이다.

그렇다, 오늘은 11일임이 틀림없다. 어제 서덜랜드를 잡아갔으니까. 안개가 끼는 바람에 그것이 서덜랜드를 잡아가는 모습은 볼 수 없었다. 안개 속을 지나가던 서덜랜드가 너무 천천히 움직였고, 안개가 시야를 가렸다. 결국 그가 오지 않아서 나는 되돌아갔다. 그러니까 S.가 사라졌고, 사람, 개, 썰매, 모든 것이 사라졌다. 불쌍한 서덜랜드! 그러나 그는 미쳤다. 아마도 그게 그를 잡아간 이유겠지. 난 아직도 제정신이니까 그냥 두는 걸까? S.는 엽총을 가지고 있었다. 총알이 자신을 보호해줄 것이라고 생각했는지, 그는 항상 그걸 손에서 놓지 않았다! 내 무기는 도끼뿐이다. 하지만 도끼가 무슨 소용이 있을까?

1월 13일.

어쩌면 14일일 수도 있다. 모르겠다. 그게 무슨 상관이 있을까? 오늘 그것을 세 번 봤다. 볼 때마다 가까워졌다. 개는 텐트 주위에서 끙끙거린다. 또 그 지옥 같은 소리가 들린다. 개는 여전히 끙끙거린다. 또 그 소리. 하지만 감히 밖을 내다볼 수가 없다. 도끼를.

몇 시간 지났다. 더 이상 쓸 수가 없다.

조용하다. 목소리─ 사람 소리가 들린 것 같다. 하지만 또 그 소리다. 가까이 오고 있다. 지금 입구에─ 지금─.

한국 미스터리를 읽는 4가지 키워드① 로컬리티와 미스터리

박인성

미스터리라는 공간 - 장소의 논리

미스터리 장르는 근대적 장르, 특히 근대적 공간성의 장르라고 할 만하다. 미스터리 장르가 성립하기 위해서는 추리 대상이 되는 개인의 감추고 싶은 비밀과, 그에 대한 관음증적인 시선 사이의 대결이 필요하다. 문제는 그러한 대결을 성립하게 만드는 조건이 바로 우리를 매혹하면서도 동시에 멀어지는 근대적인 공간성이기 때문이다. 여기에서는 사생활(프라이버시)이라는 개념의 구체화와 그에 따른 개인의 권리를 둘러싼 쟁점이 발생한다. 사생활이란 차폐성을 가진 사적 공간, 즉 타인의 시선으로부터 자신을 감추거나 자신의 소유물을 감추기 위한 공간의 출현을 의미한다. 그렇다면 범죄를 저지른 자의 개인적인 비밀이란 지켜져야 하는가? 아니면 공공의 이름으로 명명백백하게 광장으로 끌어내야 하는가? 바로 이러한 대립적 구도가 미스터리 이야기의 긴장감을 유발하는 조건이다.

사생활이라는 개념의 공간화는 귀족 부부의 성생활을 가리는 침실에서(더 정확하게는 침대 주변을 둘러싼 커튼) 시작한다. 근대에 이르러 부부의 성적 관계를 포함해 성이란, 존재하지만 공공연하게 드러내서는 안 되는 비밀처럼 취급되었기 때문이다. 문제는 가려지는 것이 많아질수록 시선은 가려진 곳을 향하고, 보지 못하게 할수록 관음증적 욕망과 상상력이 활성화된다는 사실이다. 보는 것이 특권이 되고 시선의 위치가 곧 계급으로 전환되기 때문에, 도시의 공간성 내부에서 타인의 시선이 닿지 않는 개인 공간을 더 많이 소유한 사람은 곧 더 많은 권력과 경제력을 소유한 사람일 수밖에 없다. 고딕풍 호러부터 미스터리에 이르기까지 부르주아 계급의 집 공간은 한눈에 관찰되기에는 지나치게 크기 때문에 생겨나는 시선의 사각지대死角地帶로 인해서 공포 혹은 비밀이 움트기 마련이다.

침실에서부터 점차 확장되어 집 전체를 포괄하게 된 사생활과 사적 공간의 탄생은 이제 근대 사회 내부에서 개별화되고 개성화되는 개인성, 혹은 인격성personality을 감출 수 있는 수수께끼의 장소가 된다. 비밀스러운 편지나 캐비닛, 지켜야 하는 사적인 영역, 감춰진 비밀 공간, 긴 복도를 배경으로 무엇인가를 감추고 찾는 일, 타인의 시선으로부터 벗어나거나 그것을 포착하려는 노력 사이의 대결이 펼쳐진다.

도시는 다양한 범죄의 가능성을 갖추고 있을 뿐 아니라, 그러한 범죄의 단서들이 너무나도 쉽게 감추어지거나 가려질 수 있는 곳이다. 사람이 많아 쉽게 목격되는 것이 아니라, 오히려 그만큼 많으므로 쉽게 가려진다는 아이러니로 인해 대도시에서 치밀하게 계획된 범죄의 단서를 찾는 일이 오히려 사막에서 바늘을 찾는 일이 된다.

에드거 앨런 포의 〈도둑맞은 편지〉에서 나타나는 아이러니도 여기에 있다. 뒤팽은 멀쩡하게 대신의 집에서 왕비의 편지를 발견하지만, 경찰들은 철저한 수색 과정에서도 왜 눈앞의 편지를 발견하지 못했는가. 그 이유는 비밀스러운 개인의 사생활이란 감춰져야 하고, 비밀을 감추고자 하는 자는 드러나지 않은 곳에 감춘다는 믿음 때문이다. 이처럼 사생활을 둘러싼 비밀과 시선 사이의 대결은 미스터리의 모든 추리 과정에 얽혀 있다. 우리가 개인의 사생활 영역에 침입하고 타인의 감추고 싶은 비밀을 들여다보기 위해서는 그만큼의 법적 정당성이 요구된다. 그리고 그 정당성이란 근대에 이르러 주목받게 된 강력범죄의 사회적 파급력에 의한 것이다. 범죄의 가능성이야말로 우리로 하여금 타인의 삶을 관음적으로 지켜보고, 그의 비밀을 낱낱이 세간에 드러낼 수 있는 빌미가 된다. 범죄란 바로 그렇게 익명적 개인의 정체성을 둘러싸고 우리가 풀어야 하는 수수께끼가 되고, 근대적 공간은 그러한 수수께끼가 머무르는 장소다. 마치 오늘날의 '방 탈출 게임'처럼, 우리는 우리를 가두고 있는 다양한 공간에 대한 상상력을 통해서 미스터리한 수수께끼를 풀어나가는 과정을 즐길 수 있다.

애초에 미스터리를 위해 비밀 공간을 구성할 수 있을 만큼 큰 공간을 소유해야 한다는 사실이 지시하듯이, 근대 초기 고딕 소설과 그 연장선상의 미스터리 장르에서 공포와 비밀이란 언제나 계급적이다. 가진 것이 많은 사람일수록, 더 큰 공간을 소유할수록, 자기가 감당할 수 없는 사적 공간에 대해, 그리고 타인의 시선과 응시로부터 관리할 수 없는 무능력에 대해, 허락 없이 자신의 사유 공간으로 들어오는 타인의 침입에 대해 공포와 두려움을 느끼기 마련이다. 이는 미스터리 장르가 부르주아 계급이 프롤레타리아 계급, 특히 어디서 왔는지도 모르는 신원 미상 노동자의 거친 외양에 대해 가지고 있던 계급적 불안과도 결이 같은 것이다.

하지만 교양 있는 부르주아의 계급적 불안과 공포는 직접적으로 표현되기보다는 우회적으로 확장된다. 미스터리의 공간이란 그들의 심리적 풍경이 구현된 것으로, 근대인의 내면에 존재하는 타인에 대한 불안과 공포가 사유지의 감각으로 공간화된 것이기도 하다. 세월이 흐르면서 미스터리의 장르적 양상과 갈래는 다양하게 변화했지만, 여전히 미스터리 장르의 범죄는 이러한 공간에 대한 이해를 통해서 다양한 이야기 논리를 발전시킨다. 미스터리가 제한적이기는 하지만 개인의 저택 내부에 비밀 공간과 비밀 통로의 존재를 인정하는 이유 역시 마찬가지다. 그것은 단순히 밀실 범죄를 가능하게 만드는 트릭으로서가 아니라, 근대적 내면의 복잡성과 우리 정체성의 비밀스러운 측면을 드러내는 도구이기도 하다. 미스터리의 피해자 혹은 가해자의 가능성을 가진 누구나가 탐정(근대적 이성의 대변인)으로부터 감추고자 하는 자기정체성의 비밀을 가진다.

그렇다면 미스터리는 왜 근대적 인간의 내면에 항상 이토록 의심스러운 정체성의 비밀을, 범죄를 유발하는 모종의 반사회적 성격이 존재한다고 가정하는가? 관음적 시선의 매혹적인 성격에 대해서는 앨프리드 히치콕의 〈이창〉(1954)과 같은 영화에서 구체화된 바 있다. 관음적 시선은 자신이 볼 수 없는 영역을 우리 자신이 원하는 시각적 판타지를 통해서 채워 넣기 마련이다. 문제는 가려진 곳에는 반드시 그것을 가려야만 하는 이유가 있다고 상정함으로써, 보는 사람이 갖는 시선에 특권을 부여하는 방식이다. 〈이창〉의 주인공 제프리는 다리가 부러진 이후 무료함을 달래기 위해 망원경을 들고 자신의 방 창문 너머로 보이는 이웃들의 일상을 관찰한다. 쏜월드가 아내를 죽이는 장면을 정확하게 목격한 것은 아니지만, 그 사각지대에서 무언가 의심스러운 일이 벌어졌으며 이를 추궁해나가는 과정이 스릴러와 얽힌다.

결과적으로 제프리의 시각적 환상, 보이지 않던 사각지대를 채워 넣은 비밀스러운 범죄의 환상은 쏜월드가 저지른 살인의 진실로 드러난다. 〈이창〉은 대도시의 아파트 문화, 거리상으로는 너무나 가깝지만 심리적으로는 서로 단절되어 있는 인상과 무미건조한 현실의 반작용을 그려낸 미스터리 스릴러에 가깝다. 대도시의 사람들은 너무 가까워졌기 때문에 반대로 멀어졌다. 현대적인 도시 공간은 효과적으로 인구 밀도를 관리하지만, 동시에 서로에 대한 심리적 거리감에 의해 지나치게 많은 비밀과 창문 너머 이웃 안에 숨겨져 있을지 모르는 미지의 정체성에 대한 불안을 보편화했다. 미스터리라는 장르가 성립하기 위해서 요구되었던 개인의 사적 공간과 사생활이라는 개념이 오늘날에는 풍선처럼 부풀어 일상에서는 무감각하고, 오히려 온라인 공간이라는 새로운 공간성으로 확장되어가고 있다. 각종 사이버범죄 등을 비롯해 새로운 범죄의 감각과 온라인 활동이 미스터리의 상상력을 일정 부분 대체해가는 이유이기도 하다. 그렇다면 이 무미건조함과 무관심 속에서 부피를 잃어가는 도시 공간 이외에 미스터리에 대한 상상력을 새롭게 팽창시키는 공간이란 어디일까?

미스터리 공간으로서의 시골의 재발견

앞서 언급한 것처럼 근대화된 도시, 그중에서도 수많은 계층과 직업, 정체성으로 얽혀 함께 살아가는 멜팅팟으로서의 메트로폴리스는 그동안 수많은 미스터리의 공간을 제공해주었다. 반드시 물안개가 자욱한 런던이 아니더라도, 범인들은 이 복잡한 대도시를 하나의 정글과 밀림처럼 이용해 다양한 흔적들 사이로 몸을 숨긴다. 하지만 도시는 결과적으로 그 모든 흔적의 저장고와 같다. 카를로 긴즈부르그가 《실과 흔적》[1]에서 제안한 것처럼 우리는 때때로 진실이 아니라 허구나 거짓으로 구성된 논리를 통해서 자신의 가설을 현실화한다. 사냥꾼은 사냥감이 남긴 수많은 흔적을 참고하지만 자신의 경험과 가설을 통해서 그 단서의 의미를 파악한다.

긴즈부르그의 언급을 참고하면서, 피터 브룩스는 이러한 상상력이 미스터리가 제안하는 추리 과정의 핵심이라는 사실을 지적한다.[2] 아서 코넌 도일의 〈실버 블레이즈〉에서 셜록 홈스가 말한 "진흙에 파묻혀 있어 보이지 않았던 거지요. 나는 이것을 찾아내려고 했기 때문에 눈에 띈 것입니다"[3]라는 대사는 상징적이다. 수많은 경찰이 인근을 수색했음에도 발견하지 못했던 밀랍 성냥을 홈스만이 찾아낸 이유는, 그가 밀랍 성냥을 발견할 것이라고 기대하고 있으며 또 자신이 설계한 가설을 통해 예상했기 때문이다. 이처럼 허구를 활용한 원인과 결과의 전도야말로, 탐정의 추리를 매력적으로 보이게 만드는 미스터리의 진정한 트릭이다. 도시는 너무 많은 단서로 가득 차 있기 때문에, 오히려 수많은 가설 속에서 가장 합리적인 진실을 찾아야 하는 과잉된 정보 처리 과정처럼 보이기도 한다.

1 카를로 긴즈부르그, 김정하 옮김, 《실과 흔적》, 천지인, 2011.
2 Peter Brooks, Enigmas of Identity, Princeton University Press, 2011, p. 132.
3 아서 코난 도일, 정태원 옮김, 〈실버 블레이즈〉, 《셜록 홈즈의 최상》, 시간과공간사, 2002, 29쪽.

반대로 도시의 과잉 정보와는 달리 좀 더 전통적인 의미에서의 미스터리적 추리 과정, 혹은 새로운 형태의 공간적 상상력을 활용하는 미스터리 작품들이 흥미를 끌고 있다. 실제로 최근 미스터리를 포함한 오컬트와 스릴러, 호러 등의 장르가 새롭게 주목하고 있는 한국적인 소설의 공간은 다름 아닌 시골이다. 도시로부터 멀리 떨어진 곳, 한정된 수의 주민들이 거주하고 익명성이 보장되지 않는 곳. 이 때문에 시골 마을을 배경으로 하는 미스터리가 성립하기란 쉽지 않다. 살인이라는 범죄가 일어나기에는 그들이 너무 친밀하고, 그렇기 때문에 알리바이의 측면에서도 보호받기 어렵다. 사생활이라는 개념이 너무 손쉽게 무너지기 때문이다. 시골은 거주지를 제외하면 지켜보는 눈이 많은 개활지로, 치밀하게 계획되지 않는다면 범행은 너무나도 손쉽게 타인에게 목격될 것이다.

이러한 약점에도 불구하고 시골을 미스터리의 공간으로 재발견하는 과정은 충분히 설득력이 있고 매력적이다. 봉준호 감독의 영화 〈살인의 추억〉(2003)이 대표적인 작품이긴 하지만, 윤태호의 웹툰 〈이끼〉(DAUM, 2008-2009)를 기점으로 지속적으로 다양화되며 일종의 '시골 미스터리' 장르로 발전해온 것처럼 보인다. 이러한 작품들의 기본적인 논리는 우리가 알고 있는 시골에 대한 전통적인 이미지, 즉 인접성에 근거한 지역 공동체 특유의 정으로 연결된 관계성을 비틀어보는 것이다. 도시인의 시선, 특히 대도시의 아파트에서 살아온 사람들의 시선에 시골의 과도한 친밀함이란 곧 사생활에 대한 침해다. 또한 외부인을 바라보는 마을 내부의 배타적인 시선은 견고하게 구성된 도시적 사생활과 지역의 토착성에 적응할 수 없는 도회적 감수성에 대한 정서적 거리감이기도 하다. 도시인의 시선에 시골의 정情이라는 말 대신 텃세와 오지랖, 그들만의 부조리한 규율을 강요하는 시골의 배타성이란 모종의 이질적인 분위기로 구축된 그들만의 '부족주의'[4]를 압축하여 보여준다.

물론 이러한 지역의 부족주의는 옳고 그름의 대상이 아니다. 애초에 부족주의에 대한 이질감도 도시인의 기준에 의한 것이기 때문이다. 말하자면 오늘날 대한민국에서 특정 지방과 지역주의에 대한 이해는 서울 사람의 시선으로 보면 도저히 이해하기 어려운 미스터리 자체다. 지금도 지방 소도시와 시골을 소개하는 〈6시 내 고향〉 같은 프로그램이 존재하지만, 사실상 우리의 고향이라고 부를 수 없는 시골에 대한 이해는 낯설고 쇠락한 농어촌 지역에 불과하다. 먼 친척이 살고 있을지도 모르지만 사실상 도시 사람들에게 연고가 없는 시골 마을은 잘 모르는 곳이기 때문에 근원적인 두려움의 공간으로 탈바꿈한다. 도시와 시골 사이의 강력한 정서적 단절만큼이나, 시골은 내집단에 대한 친밀함과 외부 집단에 대한 배타성으로 무장한 부족처럼 묘사된다.

　　조금산 작가의 웹툰 〈세상 밖으로〉(카카오웹툰, 2011~2012)와 이를 드라마로 만든 〈구해줘〉(OCN, 2017) 역시 비슷한 톤의 작품이다. 지방의 소수 부족주의는 손쉽게 특정한 지역의 토착적 문화, 혹은 종교적 영향력에 지배되거나, 흔히 지역 유지나 토호로 상징되는 카리스마적인 권력자에게 지배되는 취약한 공동체로 그려진다. 그 내부의 사람들 역시 마을 외부를 상상할 수 없는 유순한 인물들로 지역적인 분위기를 벗어나지 못하며, 손쉽게 타인의 지배력에 종속되는 것처럼 보인다. 영화 〈미드소마〉(2019) 역시 스웨덴의 한 낯선 마을을 대상으로 하고 있을 뿐, 근본적으로 문명화된 도시인의 시선이 이해할 수 없는 지역적 토착문화를 감당할 수 없는 공포의 영역으로 인식한다. 이처럼 시골 미스터리의 핵심은 시골과 도시 사이의 정서적 단절을 바라보는 비대칭적

4　"우리는 근대적 보편주의, 계몽주의의 보편주의, 승리를 구가하는 서양의 보편주의에서 멀리 떨어져 있다. 이 보편주의란 사실상 특수한 자민족중심주의의 일반화일 뿐이다. 세계의 조그마한 지역의 가치들이 모두에게 유효한 모델처럼 확대 적용될 것이다. 부족주의는 경험적으로 어떤 장소에 대한 소속감, 그리고 어떤 집단에 대한 소속감이 중요하다는 점을 상기시켜준다. 이 소속감은 모든 사회적 삶의 본질적 토대이다." 미셸 마페졸리, 박정호·신지은 옮김, 〈부족의 시대〉, 문학동네, 2017, 20쪽.

인 시선(바로 도시인의 시선)에 비친 미지성이다.

시골 미스터리가 새롭게 한국적 상황에서 장르화되면서, 시골과 시골 사람들에 대한 이해를 반문명화된 부족주의의 '장'[5]으로 묘사하는 것은 이제 전형으로 자리 잡았다. 도시인의 시선으로 바라본 시골은 그들만의 토착적 가치나 부족 내부의 폐쇄적인 지배권력에 의해 명백한 범죄에도 무감각해지기 마련이다. 하지만 황세연의 장편소설《내가 죽인 남자가 돌아왔다》(마카롱, 2019)는 바로 이러한 이질적 부족주의에 대한 미스터리적 묘사를 벗어나는 흥미로운 작품이다. 이 작품이 IMF 외환위기 직후인 1998년을 배경으로 삼은 것 역시 그러한 이유다. 이 소설 속 장자울 마을 사람들처럼, 개인의 악덕보다는 통제할 수 없는 사회구조의 압력에 의해 각각의 개인들이 위축되는 집단 트라우마적인 기억을 효과적으로 표현하기 위해 시골이라는 공간은 의미를 가진다.

장자울이라는 시골 마을에는 여섯 가구가 산다. '범죄 없는 마을'로 연속 지정되는 신기록 달성을 앞두고 신한국이라는 마을 주민이 살해되는 사건이 발생한다. 마을 사람들은 이 살인사건에 저마다의 방식으로 얽혀 있지만, 근본적으로 악심을 가지고 신한국을 죽이려 한 것은 아니다. 따라서 이 소설은 본격 미스터리라기보다는 일종의 '소동극'으로 읽힌다. 소동극의 묘미는 선명한 의도를 가지지 않은 인물의 행위가 점점 통제할 수 없는 혼란과 파국을 향해 치닫는 통제 불가능함의 아찔함에 있다. 이 소설에 등장하는 장자울의 인물들은 지나칠 정도로 순박하게 보이는 평범한 소시민에 지나지 않지만, 저마다의 사연으로 자신의 일상을 유지하기 위해 발버둥 치는 과정에서 여러 사건을 거치며 감당할 수 없는 결과를 마주한다. 미스터리란 결코 선명한 악의에 따른 결

---

5   피에르 부르디외의 장(champ) 이론은 미시적인 사회 공간들을 역사적 산물로 파악한다. '장' 이론은 전통문화의 일부였던 것들이 어떻게 그 향유의 메커니즘을 통해 새로운 상징 권력을 획득하는지를 설명한다. 이러한 '장' 이론의 핵심은 하나의 '장' 안에서는 숭고한 대상으로 여겨지는 것들이, 그 '장' 바깥에서는 어떤 의미도 갖지 않는 쓰레기처럼 변할 수도 있다는 사실이다.

과로서의 범죄나, 그에 따른 사회적 악영향에 대해 다루는 장르만은 아닌 셈이다.

오히려 신한국에게서 빚을 받아내기 위해 위해를 가하려 한 사채업자들의 더 큰 악덕이야말로 마을 사람들의 무지에 의한 소동과 맞물려, 시골 바깥의 도시적 공간으로부터의 파급력을 그려낸다. 마을 사람들에게 신한국의 사채 빚을 받아내려 협박하는 과정에서 "신한국인지 구한말인지가 술 대신 콜라 마시며 새 삶을 살아보려 했는데 빚쟁이가 시도 때도 없이 전화 걸어 비참한 현실을 깨닫게 해줘서, 새 삶을 살려고 사다 놓은 콜라에 농약을 타서 마시고 죽었다고"(363~364쪽) 비웃는 사채업자의 대사는 상징하는 바가 있다. IMF의 파괴적인 영향력 앞에서 마을 사람들을 돈줄로만 바라보는 사채업자의 논리와 대결하는 것은, 돈의 논리보다는 자기 삶을 지탱하려는 절박한 사람들의 사연의 논리다. 결과적으로 이 소설은 미스터리 장르가 구성하는 범죄의 객관적 진실 앞에서, 더 사연 있는 자들의 손을 들어주는 인간적 법관의 역할을 자처하는 것처럼 보인다.

이 소설은 IMF 이전 시골 사람들의 지나친 순박함을 의도적으로 되살림으로써, 더 큰 사회적 폭력 앞에 선 개인의 무력함을 의도적으로 구원하려 한다. 따라서 결말에서 모든 마을 사람이 합심해 신한국의 사망 사건이나 사채업자들의 사고에 따른 법적인 문제로부터 벗어나는 방식은 지나치게 작위적이고 손쉬운 해결로 보일지도 모른다. 그럼에도 불구하고 이 소설은 도시적 시선에 의해서 시골을 타자화하거나, 범죄를 집단화된 부족주의로 환원하는 시골 미스터리의 전형성을 뒤집는다. 시골 사람들은 부족주의나 토착성에 지배당하는 순박한 꼭두각시가 아니라, 어디까지나 자기 삶을 지탱하려고 최선을 다하는 과정에서 의도치 않은 사고에 휩쓸리는 능동적인 인물들이다. IMF 시대 평범한 소시민들에 대한 정당성을 복권하는 과정을 주제화하면서,《내가 죽인 남자가 돌아왔다》가 시골 마을의 순박한 사람들을 활용하는 방식이 얄팍하게 느껴지지 않는 이유이기도 하다. 그런 의미에서 시골 미스터리는 여전히 더 많은 가능성을 가진 장르라고 할 수 있다.

제주로 본 역사 – 미스터리의 가능성

도시로부터 멀어지고, 개인화된 삶으로부터 다시 멀어져 미스터리가 도달할 수 있는 가장 매력적인 공간은 역사라는 층위의 시간적 공간이 아닐까 한다. 앞선 《계간 미스터리》 연재에서 나는 역사 미스터리를 다루면서 직접적인 역사적 배경의 미스터리 작품들에 관해 썼던 적이 있다. 하지만 역사를 다루는 미스터리의 접근방식이 반드시 역사적 과거의 순간으로 돌아가야만 하는 것은 아니다. 오히려 역사는 종결되지 않은 과거의 사건으로서 현재에도 지속적인 영향력을 발휘한다는 점에서, '역사적 사건'을 대상으로 하는 현재 시점의 추리와 해석의 과정은 그 자체로 흥미로운 미스터리적 대상이 된다.

그렇다면 특정한 공간적 좌표에 시간적 좌표를 겹쳐서 역사적 미스터리의 대상을 새롭게 발굴해내는 시도 역시 가능할 것이다. 우리가 흔히 이야기하는 로컬리티라는 개념에는 이미 그러한 시공간의 좌표화가 역사와 문화의 깊이를 통해서 구체화된다. 미스터리라는 장르가 도시를 배경으로 했을 때, 때로는 트릭이나 동기의 깊이에만 신경 쓴 나머지 근본적으로 그러한 범죄가 발생하고 의미화하는 시공간을 평면화하기 쉽다. 특히 현대적인 범죄는 양적으로나 그 전형성으로나 지나칠 정도로 많고 일상화되어 있다. 사람들은 뉴스나 인터넷에서 접하는 온갖 범죄에 관한 수많은 정보 속에서 그 이상의 개별적 범죄의 특수성을 발견하기가 쉽지 않다. 따라서 미스터리 장르에서 때때로 강력범죄의 잔혹함을 두드러지게 묘사할지라도 현실의 참혹한 범죄 사실을 넘어서기란 쉽지 않은 일이다. 반대로 최근에 실제로 일어난 범죄 사건을 미스터리가 참고하거나 모방하는 것 역시 자연스럽다. 하지만 그러한 모방이 실제 범죄가 만들어낸 현실의 그림자로부터 벗어나는 것은 쉽지 않은 일이다.

따라서 독자가 미스터리 장르에 기대하는 범죄와 그 해석적 개성이란 범행의 끔찍함이나 그 기상천외함에 있는 것이 아니다. 오히려 사건이 형성되고 그 사회적 의미를 고찰하게 만드는 사연의 깊이에 있다고 봐야 한다. 역사-미스터리라는 시공간의 좌표를 구체화하는 미스터리 작품이 지향하는 것 역시 역사라는 배경을 통해서 더욱 다양한 맥락을 획득하게 되는 사건과 사연의 깊이일 수밖에 없다. 그러한 의미에서 2023년 한국추리문학상 황금펜상의 대상 수상작이기도 한 박소해의 〈해녀의 아들〉[6]은 최근 한국 미스터리가 보여줄 수 있는 사연의 세계로서의 역사적 배경, 그리고 그것을 다시금 현재의 시공간으로 소환하는 해석적 당위를 갖춘 좋은 사례라고 할 것이다.

〈해녀의 아들〉은 제주를 배경으로 펼쳐지는 좌승주 형사 연작 시리즈의 단편이다. 이 연작 소설은 공통적으로 제주라는 공간성을 활용해 다양한 미스터리를 전개하고 있다. 하지만 〈해녀의 아들〉이 유독 눈길을 끄는 것은 제주 4·3사건과 관련된 역사적 맥락에서 출발해 지금까지 해결되지 못하고 있는 개개인의 사연의 깊이가 현재의 또 다른 비극으로 이어진다는 선명한 주제의식을 드러내고 있기 때문이다. 말 그대로 이 소설은 제주 4·3사건과 관련된 역사적 배경을 중심으로 오랜 세월이 흘렀어도 사라지지 않는 폭력에 대한 기억과 그에 따른 원한의 감정을 70년이 지난 현재 시점의 살인사건을 통해서 재조명한다. 접근하기 쉽지 않은 역사적 사건과 그 참혹한 기억에 대해 결코 흥미 본위의 소재화가 아니라, 진지하고 묵직한 주제의식을 밀어붙여 끝나지 않은 국가적 폭력의 파급력을 현재화하여 보여준 것이다.

---

6 박소해, 〈해녀의 아들〉, 《2023 황금펜상 수상작품집》, 나비클럽, 2023.

〈해녀의 아들〉을 좋은 미스터리로 만들어주는 요소는 단순히 범인을 찾아내는 추리 과정에 있지 않다. 이 소설에서 미스터리의 진정한 기능은 역사의 거대한 폭력과 굴레 속에서 잊힌 사람들에게 이름을 찾아주는 과정에 있다. 서북청년단을 피해서 1년 가까이 동굴에 은신해 있던 임진수 계장의 아버지와 좌승주의 고모가 '영순'의 밀고에 의해 목숨을 잃었음이 밝혀지고, 그 영순을 임 계장이 죽이는 일련의 과정이 좌승주의 추리를 통해 선명히 드러난다. 좌승주는 물론 형사로서 임 계장을 체포해야 하는 입장이지만, 자신의 친부와 임 계장이 소중한 가족을 잃게 된 사정과, 살아남은 자로서 그들의 죄의식의 문제를 객관화할 수 없는 입장이기도 하다.

따라서 좌승주의 존재는 여타 미스터리 소설 속 도시의 이지적이고 냉정한 탐정들과 차별화된다. 일반적으로 미스터리의 탐정이 언제나 제3자의 객관적 시선을 취하는 이유는 그가 사건 의뢰를 받은 직업인이기도 하지만, 반대로 추리의 객관성을 독자들에게 의심받아서는 안 되기 때문이다. 이러한 미스터리의 관습적 문법은 물론 오늘날의 미스터리에서 철통같이 지켜지지는 않는다. 하지만 그러한 객관성의 상실이 어지간한 이유가 아니라면, 독자들은 해당 작품을 미스터리라기보다는 다른 감정적 장르의 결에서 읽어야 할 것이다. 반대로 좌승주의 사건 관계자로서의 객관성이 성립하기 어려움에도 불구하고 〈해녀의 아들〉이 미스터리로서의 위상을 잃지 않는 이유는, 좌승주 스스로가 자신의 두 가지 정체성을 의식하고 있으면서 동시에 역사적 사건에 접근하기 위해서는 가족 당사자로서의 감정적인 입장을 취해야만 하기 때문이다. 좌승주는 탐정으로서는 임 계장을 체포하지만, 동시에 '해녀의 아들'로서는 4·3이라는 역사적 사건 앞에서 자신의 당사자성을 주장할 수 있어야 한다.

때때로 어떤 미스터리 작품은 도시의 복잡성 속에서 오히려 사건이 평평해지기 쉬우며, 범죄와 관련된 선명한 진실의 추구 앞에서 삶의 복잡성과 사연의 깊이 역시 평면화되기 쉽다. 하지만 또 다른 미스터리 작품들은 현재의 진실만으로 환원되지 않는 더 길고 복잡한 역사적 사건 자체를 규명하려 한다. "어떤 과거는 좀처럼 잊히지 않는다."(58쪽) 누군가는 잊힐지언정 당사자들에게는 잊히지 않는 과거의 상처가 여전히 현재 진행 중인 사건으로서 종결되지 않은 추리와 판결을 요구하기 때문이다. 바로 이러한 종결 불가능한 역사적 맥락을 요구하는 것이 로컬리티이며, 오늘날 스스로에게 입체적인 좌표를 부여해야 하는 미스터리의 역사적 공간이라 할 것이다.

　　일본 미스터리 분야에서 자신만의 독창적인 역사-미스터리 분야를 개척해나가는 요네자와 호노부米澤穂信가 잘 활용하듯이 역사-미스터리에서 역사는 단순한 이야기의 배경이나 미스터리의 단서에 불과한 것이 아니라, 그 자체로 과거에서 현재로 발돋움하는 인간적 성장을 다루는 깊이 있는 사연의 세계다. 나는 앞선 연재에서 역사 미스터리 장르를 "본격적으로 역사를 미스터리의 대상으로 삼고, 그것을 해석하는 과정에서 미스터리 장르의 이성적 추리 과정을 새롭게 재구성하는 것"이라고 재정의한 바 있다. 그것은 반드시 역사적 배경을 다루는 직접적인 역사 미스터리가 아니라, 역사의 연속선상에서 종결되지 않은 과거의 상처를 다루는 작품들에서도 마찬가지다. 이러한 미스터리에서 역사라는 공간은 더 밀도 있는 시간의 축을 움직여서, 더욱 역동적인 '성장'을 그려낸다. 이때의 성장이란 개인의 성장이 아니라, 역사라는 층위를 살아가는 인간 집단의 성장이다. 하나의 로컬리티를 함께 살아가는 집단적 존재로서의 인간 공동체가 역사라는 공유지를 통해서 공통의 추리를 수행하는 과정이야말로, 오늘날 한국적 미스터리의 주된 관점 중 하나라고 할 것이다.

2024년에도 《계간 미스터리》에서 새로운 연재를 맡게 되었다.

지난 연재가 마무리된 것이 2023년 봄호였으니, 1년 만에 다시 연재를 시작하게 되었다. 지난 연재에서 한국 미스터리 작가나 작품을 충분히 다루지 못했다는 아쉬움이 있었기에 스스로에게 부여한 숙제를 이어 받은 기분이다. 이번에야말로 한국 미스터리를 중심으로 이야기를 전개해야겠다는 소명의식을 담아서 제목에서부터 물러나지 않는 마음으로 한국 미스터리를 호명해보았다. 더 많은 작품을 더욱 다양한 관점에서 읽어낼 수 있으면 좋겠지만 2024년 첫 연재에서는 그 점이 부족한 듯하여 아쉬움이 남는다. 이어지는 연재에서는 더 많은 작품을 다룰 수 있기를, 다시 한번 스스로에게 다음 숙제를 부여해본다.

박인성 문학평론가. 2011년 《경향신문》 신춘문예로 등단하여 활동 중. 현재 부산가톨릭대학교 인성교양학부 조교수로 재직 중이다.

정보라, 김민섭, 장일호 추천

미학적
리얼리즘의
새 지평을 여는
작가의 출현!

모든 것의 이야기

김형규 소설

한국사회의 계급 문제를 정면으로 응시하는 힘

"과거와 현재를 고찰하고 미래를 조망하는 상상력과
인간에 대한 차분한 시선이다."
—정보라《저주토끼》작가

"이런 이야기를 써줘서 감사하다. 오랜만에 읽는 굵은 선을 가진 소설."
—김민섭(사회학자)

"당신이 몰랐던 이야기가《모든 것의 이야기》안에 담겨 있다."
—장일호(시사IN 기자)

나비클럽

인터뷰 진행★김소망

정세랑

1984년 서울에서 태어났다. 2010년부터 소설을, 2017년부터 영상 각본을 쓰고 있다. 책으로는 소설집 《옥상에서 만나요》·《목소리를 드릴게요》·《아라의 소설》, 장편소설 《덧니가 보고 싶어》·《지구에서 한아뿐》·《이만큼 가까이》·《재인, 재욱, 재훈》·《보건교사 안은영》·《피프티 피플》·《시선으로부터.》·《설자은, 금성으로 돌아오다》, 에세이 《지구인만큼 지구를 사랑할 순 없어》가 있다. 창비장편소설상, 한국일보문학상, 오늘의 젊은 예술가상을 받았다.

사진@정멜멜

"집요하게 파고들어 단 한 줄의 기록에서도 소재를 발견합니다"

—역사 추리소설 《설자은, 금성으로 돌아오다》 정세랑 작가

책 읽는 독자가 한 줌이라고는 하나 책이 출간될 때마다 대중의 큰 사랑을 놓치지 않는 작가들이 있다. 그중에서도 20대 독자들이 사랑하는 작가로 정세랑을 빼놓고 논할 수 없을 것이다. 비밀을 품고 남장 여자 행세를 하며 궁의 서기로 일하는 설자은이 미스터리한 사건을 해결해나가는 '설자은 시리즈'의 포문을 연 《설자은, 금성으로 돌아오다》는 작가를 꾸준히 좋아해온 독자와 이 책으로 처음 그를 알게 될 독자들 모두에게 통할 '정세랑 월드'의 이어짐이다. 범죄 사건과 이를 추리하는 수사극이 펼쳐지지만, 그 안에는 인간의 약함을 들추려 하지 않고 내 몸으로 남의 약함을 덮어주려 하는 정세랑 월드의 인물들과 마음 씀씀이가 가득하다.

또한 이 책은 평화롭다는 이유 때문인지 크게 주목받지 못했던 통일신라시대라는 배경을 새롭게 바라보게 되는 역사 추리소설이기도 하다. 작가는 국력과 사회 구조와 문화가 달랐을 세 국가가 하나가 되는 과정에서 필연적으로 겪었을 당황스러움과 갈등을 미스터리 구조 안에서 풀어냈다. 역사를 전공했다는 작가에게 역사 추리소설을 쓰는 매력에 대해 물었다.

작가로서 통일신라시대라는 배경에 끌린 이유는 무엇이었나요?

어릴 때부터 국어 다음으로 좋아하는 과목이 역사였고, 고대사를 좋아했어요. 이야기와 역사가 결합된 형태라 그랬던 것 같습니다. 그중에서도 신문왕 시기에 가장 끌렸고요. 통일의 마지막 순간까지도 그 시대 사람들은 얼떨떨했을 것 같아요. 고구려의 강성함도, 백제의 풍요로움도 하루아침에 잃을 줄은 몰랐을 거예요. 끝을 끝으로 받아들이지 못하는 사람들과 하나의 사회를 만들어야 하는 난국에서, 신문왕의 여러 결정이 독보적이었기에 꼭 다뤄보고 싶은 배경이었습니다. 당대의 가치관과 부딪치는 부분들이 두드러지는데, 현대인이 보기에도 합리적인 요소들이 있어서 끌릴 수밖에 없었던 것 같아요.

작가님의 책에 등장하는 캐릭터는 대부분 지혜롭고 눈치가 빠르면서 정이 많고 사려 깊다는 공통점이 있는 것 같아요. 주인공인 설자은, 그와 콤비를 이뤄 사건을 추리하는 목인곤 캐릭터를 구상할 때 중요하게 여긴 점은 어떤 것이었나요?

설자은의 경우 천천히 완성되어가는 인물이었으면 했어요. 자아도 발견해가고 자신감도 얻어가는 인물요. 존재감을 지우고 숨고 싶은 마음과 싸워서, 어느새 스스로 말하고 행동하게 되는 거죠. 평소 가장 좋아하는 탐정 캐릭터가 와카타케 나나미의 하무라 아키라인데, 그런 건조한 생활감이 있는 인물에게 끌리곤 합니다. 자기 과시가 없는 탐정들을 아끼는지도 모르겠습니다. 모든 종류의 미스터리를 좋아하지만, 누아르만은 잘 읽지 못하거든요. 비장하게 어깨에 힘이 들어가는 분위기를 못 견디는 것 같아요. 그래서 목인곤은 공기를 가볍게 흔들어주는 캐릭터로 설정했습니다. 독자들이 자은보다 인곤을 선호하는 것 같아 고민하게 되네요. (웃음)

이 질문을 많이 받으셨을 것 같아요. 첫 장편 역사 추리소설을 집필하시면서 지금까지 발표한 소설 작업과 차이를 느낀 적이 있으셨나요?

자료조사 기간이 몇 배로 길어질 수밖에 없었어요. 현대물을 쓸 때는 요구되지 않았던 의식주 및 기본 사회제도부터 조사해야 하니까요. 스치는 나무 하나에 대해 써도 어, 이 나무가 그때 있었나? 외국에서 들어온 건 아닌가? 일일이 확인해보며 차이가 크다는 걸 느꼈습니다. 또 추리소설의 개연성을 만드는 일이 그렇게 어려운 줄 몰랐습니다. 독자로 읽을 때는 재미있기만 했는데, 추리소설 작가들을 한층 존경하게 되었어요. 한편으로는 독이라든지, 교살이라든지, 시신의 상태에 대해서라든지 검색어가 엄청 흉흉해지던데요? 주변에서 사건이 일어나면 검색 기록 때문에 의심받지 않을까, 상상하게 되더라고요.

설자은 시리즈가 열 권을 넘어서면 좋겠다고 작가의 말에 적으셨는데, 이 시리즈의 소재에 대해선 평소 어떻게 구상하시는지요? 소재는 어떻게 떠올리게 되었는지도 궁금합니다.

이 소설은 실제 유물과 기록들이 자연스럽게 소재로 등장하기를 바라는 마음에서 쓰게 되었습니다. 첫 번째 이야기인 〈갑시다, 금성으로〉는 몇 년 전 발견된, 당나라에서 관직을 가지고 활발히 활동했던 백제 출신들의 묘지석에서 출발했습니다. 해저 유물들이 속속들이 발견된 것에서도 영감을 얻었어요. 두 번째 이야기 〈손바닥의 붉은 글씨〉의 경우 사람들만큼이나 저택 자체가 주인공입니다. 통일신라의 대저택들이 그리 화려했다고 하더라고요. 이어지는 〈보름의 노래〉나 〈월지에 엎드린 죽음〉 역시 여름 축제나 희귀한 흰 매를 발견했다는 실제 기록에서 비롯되었습니다. 우리 역사와 문화에 매력적인 부분이 아주 많은데 너무 가까우면 오히려 발견하기 어려울 때가 있지 않나 싶어요.

숭례문이 불타고 경복궁 담벼락에 낙서가 등장하는 걸 보며 귀한 것을 귀하게 인식하지 못하는 무감각에 대해 고민하게 되었습니다. 콘텐츠를 만드는 사람으로서 긴 시간 축적된 것들의 빛남을 조금이라도 담아내고 싶어요. 책을 읽은 분들이 신라시대의 심지 가위가 어떻게 생겼는지 찾아보거나 월지의 입수구, 출수구를 주목해준다면 더 바랄 게 없을 것 같습니다.

다음 권을 쓸 때도 유물과 기록의 빈틈을 더더욱 집요하게 파고들려고 합니다. 고대의 기록은 1년 동안 단 한 줄만 남아 있는 경우도 있지만, 흐름 속에서 그 한 줄이 갑자기 눈에 확 들어올 때가 있거든요. 어떤 높은 벼슬아치가 급사했다는 한 줄에서 여러 가지를 추측해보는 거죠. 정말 평화로운 죽음이었나? 직전에 정치적 충돌은 없었나? 소재를 발견하는 일이 쉽지는 않아도 독특한 즐거움이 있는 듯해요.

1권처럼 연작 소설 형태가 아니라 한 권에서 하나의 사건만 깊게 다루는 소설도 집필하실 계획이 있나요?

한동안은 한 권에 두세 편의 이야기가 들어갈 것 같아요. 제가 소설도 중편 길이를 좋아하고 영상도 영화보다 드라마를 좋아하거든요. 그렇지만 긴 호흡으로 쓰고 싶은 소재가 생긴다면 시도해볼지도 모르겠습니다. 미스터러를 독자로서는 오래 읽었지만 작가로서는 이제 물가에 서서 발끝 정도만 적신 상태라 아직 감을 잡고 있는 중입니다.

전 세계적으로 추리·미스터리 소설이 인기 있는 장르임에도 불구하고 문학의 힘, 문학이 인류에 미쳐온 영향을 논하는 자리에서 추리소설이 차지하는 지분은 그다지 크지 않은 것 같습니다. 작가님이 생각하시는 추리소설의 힘과 매력은 어떤 것인가요?

추리소설의 역사가 길어질수록 더 영향력이 강해지지 않을까 기대합니다. 이성이, 정의가, 법치가 기능하는 이야기들이 앞으로도 너더욱 필요하지 않을까 가늠하고 있습니다. 저는 코로나 팬데믹 기간에 추리소설의 도움을 크게 받았거든요. 언제나 해결책이 있는 이야기가 그렇지 못한 현실에 대응할 힘을 주더라고요. 이야기와 독자 간의 힘겨루기가 팽팽한 것도 정말 즐겁지 않나요? 추리소설을 읽으며 모든 걸 의심해보는 능동적인 경험이 평소의 사고도 어느 정도 정교하게 만들어주지 않을까 추측합니다.

좋아하는 추리소설가는 누구인가요? 《계간 미스터리》 독자들에게 추천하고 싶은 책도 부탁드립니다.

조지핀 테이를 특히 좋아하는 것 같습니다. 인간의 아름다움도 잔인함도 놀랍도록 정교하게 포착해내는 작가라서요. 처음 읽기 시작한 게 《브랫 패러의 비밀》인데, 현재 종이책은 절판되고 전자책만 남아 있더라고요. 작가가 일찍 돌아가셔서 작품 수가 적은 편이고 블루프린트 출판사에서 전자책으로 발간해주던 전집도 몇 권 사라진 것 같아 아쉬워요. 번역 판권 계약이 끝났나 봅니다. 아직 읽지 않은 분이 있다면 얼른 확보해두시는 것이 좋을 듯합니다.

독자로서의 작가님께 좋은 자극을 주는 이야기는 어떤 것인가요? 그것이 설자은 시리즈를 쓰시는 데에도 영향을 주었는지 궁금합니다.

이야기 속의 인물과 대화를 하고 싶어질 때, 서로 다른 가치관끼리 충돌해서 책장을 덮고도 계속 고민이 지속될 때 이것이 좋은 이야기라고 느낍니다. 시대라든지 여러 큰 벽 때문에 이길 수 없을 때에도 지지 않던 사람들에게 언제나 자극을 받고, 설자은 시리즈에도 그런 면모가 스미길 바라면서 쓰고 있습니다. 현대에 사는 우리가 가진 자유와 더 많은 것들을 1300년 전의 인물들이 누릴 수는 없겠지만 한 사람, 한 세대의 수명을 넘어 지금도 이어지는 부분들에 대해 짚고 싶어요. 인간 본성 중의 어떤 부분은 한시적인 건 줄 알았는데 계속 지속되고, 어떤 건 불변할 줄 알았는데 왜 완전히 변해버렸는지를요. 추리소설이야말로 인간성에 대해 깊이 파고들기 좋은 장르가 아닐까 생각합니다.

마지막 질문입니다. 올해 출간될 설자은 시리즈 2권에 대해 살짝 귀띔해주신다면?

2권 제목이 《설자은, 불꽃을 쫓다》라고 공개되었는데, 여기에는 숨은 사연이 있습니다. 구상만 하고 한 글자도 쓰지 못한 상황이었지만 출판사에서 1권의 책날개에 다음 권 제목들이 꼭 들어가야 한다며 제목을 먼저 짓게 했어요. 소설을 다 쓰고도 제목 짓기가 쉽지 않은데 쓰지 않은 상태에서 짓는 건 더 어려웠습니다. 저도 출판인 출신이지만 가끔 출판인들 독하다 싶을 때가 있습니다. 덕분에 불꽃이 아니라 제가 쫓기게 되어 열심히 쓰고 있는 중입니다. 2권에는 연쇄 방화 사건이 일어나고, 목인곤의 과거도 살짝 등장해요. 일단은 제가 일흔 살이 되고 설자은이 일흔 살이 될 때까지 이 시리즈를 계속 쓰고 싶은데, 미스터리에 한층 능숙해지면 현대물에도 한번 도전해보고 싶어요. 요새 특수설정 미스터리들이 재밌어서 드라마 촬영장을 배경으로 써보면 어떨까 합니다.

김소망 평생 영화와 책 사이를 오가고 있다. 대학에서 영화 연출을 전공했고 현재 직업은 출판 마케터. 마케터란 한 우물을 깊게 파는 것보다 100개의 물웅덩이를 돌아다니며 노는 사람과 비슷하다는 생각을 한다. 운 좋게 코로나 전에 다녀온 세계 여행 그 후의 삶을 기록한 여행 에세이 외전, 《세계 여행은 끝났다》를 썼다.

〈자백〉, 스페인 미스터리 영화
〈인비저블 게스트〉의 성공적인 리메이크

― 그러나 조금 달라진 결말. 당신의 취향은 어느 쪽?

✱쥬한량(https://in.naver.com/netflix)

네이버 영화 인플루언서. 장르를 가리지 않고 영화와 드라마를 리뷰하지만 범죄, 미스터리, 스릴러를 특히 좋아합니다. 2022년 버프툰 '선을 넘는 공모전'에 〈9번째 환생〉이 당선되었고 카카오페이지에 새로운 웹소설 공개를 앞두고 있습니다.

스페인 미스터리 스릴러 〈인비저블 게스트〉를 극장에서 본 날, 저는 단번에 오리올 파울로 감독의 팬이 되었습니다(재능 있는 사람에게 금사빠 타입).

그래서 그의 예전 작품인 〈더바디〉(흥미롭게도 이 작품 또한 우리나라에서 리메이크되었죠)도 찾아보고, 이후에 나온 작품 중 각본과 감독을 맡은 영화는 다 챙겨보았지요. 모든 작품이 기본 이상의 재미를 주지만, 그중에서도 가장 괜찮은 영화는 〈인비저블 게스트〉라고 생각합니다. 반전과 결말이 중요한 미스터리 영화인지라 결말을 알고 보면 김이 빠질 수밖에 없는데, N차 관람에도 몰입감을 놓치지 않고 볼 수 있는 흔치 않은 영화이거든요. 영화를 많이 보다 보면, 특정 장르에 한해 민족은 다르지만 정서가 통한다는 느낌이 들 때가 있습니다. 저는 개인적으로 미스터리

장르에서는 스페인 영화가 한국 관객들에게 특히 잘 먹히는 스토리 전개와 감정의 흐름을 지녔다고 판단합니다. 약간의 욱하는 기질도 깔려 있고 가족이나 친구 관계에서 드러나는 정서가 비슷해서 그런 게 아닐까 생각해봅니다. 그래서 국내에서 리메이크되는 경우도 많지 않나 싶어요.

이 영화 〈인비저블 게스트〉도 마찬가지입니다. 2016년에 나온 원작을 리메이크해 2022년 한국에서 개봉한 영화가 바로 소지섭, 김윤진, 나나 주연의 〈자백〉입니다.

스페인어 원제는 'Contratiempo'인데, '뜻밖의, 예기치 못한 사고'라는 의미더군요. 주인공이 교통사고가 나면서 모든 사건이 시작되기 때문일 테지만, 영화를 보신 분들은 이중적인 의미로 사용된 제목이라는 것을 눈치챌

무죄를 만드는 건
거짓말 앞에서는
불가능해요

자백

절찬 상영중

소지섭 김윤진 나나 최광일

겁니다. 주인공이 일으킨 사고처럼, 자신도
마찬가지로 미처 예상치 못한 상황에 휘말리게
되거든요.

이번 글에서도 역시 가급적 스포일러를
피하고 흥미를 돋우는 정도로만 원작과
한국 리메이크작을 함께 소개하겠습니다.
기본적인 이야기 전개와 캐릭터는 크게 다르지
않으므로, 일단 원작의 사건 전개와 캐릭터에
준해 설명하겠습니다.

밀실 살인사건, 하지만 이전에 교통사고가 있었다

아드리안(마리오 카사스)은 호텔 방에서 애인인
로라(바바라 레니)를 살해한 죄로 재판을
앞두게 됩니다. 새로 고용된 유능한 변호사
버지니아(안나 와게너)가 밤늦게 아드리안의
은신처를 찾아가 모든 진술을 처음부러
다시 듣겠다고 합니다. 그렇게 아드리안의
회상으로 이야기가 시작됩니다.
아드리안은 성공한 사업가이자 유부남이지만,
사진작가인 로라와 불륜관계를 맺고
있었습니다. 어느 날 그는 아내에게 파리
출장을 간다고 거짓말을 하곤 별장에서
로라를 만납니다. 그런데 돌아오던 길에
갑자기 튀어나온 사슴을 피하려다 맞은편

차와 추돌하게 되고, 그 사고로 상대 차의 운전자가 사망하고 맙니다. 아드리안은 즉시 경찰에 신고하려고 하지만, 로라가 그를 저지하며 사고 은폐를 주도합니다. 심지어 아드리안에게 죽은 운전자와 사고 차량을 근처 호수에 빠뜨리라고 시키죠. 감쪽같이 사라진 운전자의 실종에 경찰이 조사를 시작하자, 아드리안과 로라는 범행이 들통날까 봐 불안해집니다. 심지어 목격자로 의심되는 누군가로부터 돈을 요구하는 협박까지 받게 됩니다.

그래서 두 사람은 협박범이 지정한 호텔 방에 간 거였죠. 하지만 협박범은 끝내 나타나지 않았고, 함정임을 알아챈 아드리안이 급히 떠나려던 순간, 누군가의 공격을 받고 정신을 잃습니다. 그가 다시 정신을 차렸을 때는 로라는 이미 죽어 있었고, 경찰들이 당장 문을 열라며 방문을 두드리고 있었습니다. 살인사건의 현장이 된 호텔 방에 있던 아드리안은 유력한 용의자로 몰릴 수밖에 없었습니다.

믿을 수 없는 화자, 심지어 한둘이 아니다

하지만 버지니아는 아드리안이 진실을 다 말하지 않았다고 판단하죠. 그래서 숨은 진실을 캐내기 위해 자신이 찾아낸 다른 증거로 압박합니다. 아드리안이 자신에게 이로운 쪽으로 거짓말을 섞어서 진술했다고 판단한 거죠. 그 과정에서 버지니아 또한 거짓이 섞인 정보(심지어 신문 기사를 합성해서 내밀기까지 하죠)로 아드리안을 속여서

설득하려고 합니다.

이제 관객들은 아드리안의 말은 물론 버지니아의 말조차 믿을 수 없다는 걸 깨닫게 됩니다. 하지만 아드리안의 입에서 나오는 죽은 로라의 이야기 또한 과연 신뢰할 수 있을까요? 당사자의 말도 믿기 힘든 상황에서 간접적인 상황 전달은 더욱 진의를 의심케 합니다.

한정된 공간에서 펼쳐지는 치열한 심리 게임

아드리안과 버지니아가 사건에 관한 다양한 경우의 수와 가능성을 쏟아내면서 관객들은 혼란스럽기도 하지만, 오히려 더 극적으로 상황과 캐릭터에 몰입하게 됩니다. 사건은 회상으로 설명되지만, 실제 현재 상황은 갇힌 공간에서 조금이라도 더 진실을 캐내려는 캐릭터와 자신에게 불리한 내용은 최대한 감추려 드는 캐릭터가 한 치의 실수도 용납하지 않은 채 긴장도 높은 대화를 주고받기 때문이지요. 그리고 그 과정에서 스치듯 지나간 캐릭터의 작은 몸짓에 담긴 의미가 결말에서 드러나는 순간, 관객들은 놀라움과 함께 극도의 카타르시스를 느끼게 됩니다.

한국판 〈자백〉에 추가된 설정과 바뀐 결말

원작과 리메이크작의 상영 시간은 거의 비슷합니다(공식적으로는 1분 차이네요). 그만큼 사건 전개나 연출도 크게 다르지

않은데요, 다만 〈자백〉에서는 사건의 전모가
드러난 후, 좀 더 극적인 상황을 만들기 위해
구성과 설정을 조금 바꾸고 추가(원작에서 가장
큰 반전이자 결말인 부분을 당겨 보여주고 다른 반전
요소를 추가하면서 배우들의 연기를 극대화하는
방향으로 연출)하는 데 10여 분 정도의 시간을
할애합니다.
저는 원작의 결말처럼 거대한 징을
하나 크게 울리면서 마무리하는 방식을
선호합니다(개인마다 취향이 다르기 때문에
저와 생각이 다른 분도 많으리라 생각합니다).
〈자백〉에서 조금 비튼 결말도 나름대로
의미가 있지만, 그렇게 진행하기 위해 조금은
억지스럽게 캐릭터를 끌고 간 부분도 없지
않다고 느꼈습니다. 개인적으로는 배우들의
폭발하는 연기를 보여주기 위해 만든 장면이
아닌가 싶은 생각이 들기도 했어요.
TMI로 덧붙이자면, 〈자백〉을 보면서 가장
놀란 부분은 배우로서의 나나를 발견한
것이었습니다. 걸그룹 출신이라 큰 기대 없이
봤는데, 상당히 복잡하고 양면적인 캐릭터인
세희(원작에서의 로라)를 훌륭하게 연기했다고
생각합니다. 다른 사람들의 후기에서도
나나의 연기가 인상적이었다는 평이
많았습니다.

마무리하며

두 작품을 모두 찾아보실 분들은 원작을 먼저
본 다음 리메이크작을 보시길 권합니다. 위에
설명했듯이, 리메이크작은 결말에 원작에는
없던 설정과 반전이 있기 때문에 리메이크를
먼저 보고 원작을 보면 재미가 훨씬 떨어질 수
있다고 생각합니다.

영화에 회상 장면이 많아서 완벽하게 폐쇄된
공간에서 발생하는 긴장을 다룬 건 아니지만,
소개해드리는 김에 정말로 한정된 공간에서
좀 더 집요하게 심리 게임을 다룬 다른 영화도
함께 추천해드립니다.
시조새 격으로는 〈12인의 성난 사람들〉, 가장
최신작으로는 넷플릭스의 〈아웃핏〉, 그리고
제가 특히 좋아해서 두 번 이상 본 작품으로
〈써클〉과 〈익스페리먼트〉가 있습니다. 특히
〈익스페리먼트〉는 서너 번 봤는데도 결말만
생각나고 중간 내용을 자꾸 잊어버려서
2~3년에 한 번 정도 다시 보곤 하는데요, 볼
때마다 항상 재밌더라고요.

신간 리뷰 ＊《계간 미스터리》 편집위원들의 한줄평

《부기맨을 찾아서》
리처드 치즈마 지음 · 이나경 옮김 · 황금가지

한이   "실제로 일어난 일"과 "일어날 수도 있었던 일"을 독특하게 뒤섞은 페이크 범죄 실화 소설.

《지루하면 죽는다》
조나 레러 지음 · 이은선 옮김 · 윌북

한이   지루한 소설에 살의를 느껴본 독자와 살해 위협을 받아본 작가 모두를 위한 책.

《아홉 꼬리의 전설》
배상민 지음 · 북다

김소망   지략으로 강자를 제압하는 약자 서사는 늘 매력적이다. 하지만 '세상 모든 이야기'에 단단히 홀려 모든 기량을 펼치는 주인공에 비해 이 소설은 뒤로 갈수록 이야기를 매력적으로 전하는 힘이 느슨해 아쉽다.

《도플갱어 살인사건》
애슐리 칼라지언 블런트 지음 · 배효진 옮김 · 북플라자

조동신   블랙 달리아 사건을 호주에서 재구성한 작품.

《추리소설로 철학하기》

백휴 지음 · 나비클럽

한이   브라더, 한국 추리문학계도 이제 이런 평론집 한 권 정도는 괜찮잖아?

《금단의 마술》

히가시노 게이고 지음 · 김난주 옮김 · 재인

윤자영   히가시노 게이고의 신작은 무조건 읽어야지. 단, 옛 작품과 비교 금지!

《슬기로운 작가 생활》

존 스칼지 지음 · 정세윤 옮김 · 구픽

한이   '실제' 작가 생활에 대한 유용한 조언이 가득하다. 특히 작가 지망생이라면 '거절에 관한 열 가지 이야기'는 꼭 읽어라.

《세상 끝의 살인》

아라키 아카네 지음 · 이규원 옮김 · 북스피어

김소망   종말 서사로는 낯설지 않은 갈등 구조와 캐릭터. 하지만 몇 가지 반전은 진심으로 놀랍다.

조동신   종말 직전의 세계에는 이런 살인 동기도 존재한다. 역대 최연소 란포상 수상 작가의 앞날이 기대된다.

《완전 부부 범죄》

황세연 지음 · 북다

한이　　　후세의 독자들은 '황세연스럽다'를 하나의 고유명사로 받아들이게 될지도 모른다.

《페일 블루 아이》

루이스 베이어드 지음 · 이은선 옮김 · 오렌지디

김소망　　　탐정 노릇뿐 아니라 시를 쓰고 연적과 싸우는 허풍쟁이 청년 에드거 앨런 포의 매력
　　　　　으로 절반, 오컬트적이면서도 우울하고 서정적인 묘사들에 감탄하며 남은 절반을
　　　　　읽으니 664쪽이 금세 동났다.

《묵시록 살인사건》

니시무라 교타로 지음 · 이연승 옮김 · 블루홀식스(블루홀6)

조동신　　　광신도의 죽음을 이용하는 방법은 여러 가지다.

《페어리테일 1,2》

스티븐 킹 지음 · 이은선 옮김 · 황금가지

한이　　　이게 '요정 이야기'라고? 공포의 제왕이 쓴 동화는 다르다.

《사냥이 끝나고》
안톤 체호프 지음 · 최호정 옮김 · 키멜리움

조동신 　애거사 크리스티의 '그 작품'에 대한 스포일러가 될까 평하지 못하겠다.

《소설 강화》
제임스 스콧 벨 지음 · 오수원 옮김 · 21세기문화원

한이 　냅킨에 쓴 것 같은 짧지만 강력한 조언이 가득하다. 여전히 현역에 있으면서 먼저
　　고민한 선배만이 가능한 조언들.

《붉은 궁》
허주은 지음 · 유혜인 옮김 · 시공사

조동신 　재미교포 작가가 사도세자 이야기를 써서 에드거상을 받은 작품이란 점만으로도
　　읽을 가치는 충분하다.

《명탐정의 창자》
시라이 도모유키 지음 · 구수영 옮김 · 내친구의서재

윤자영 　과거 실제 일어났던 사건의 강력범죄자가 현대에 다시 태어난다? 재밌는 본격 특수
　　설정물.
조동신 　특수설정과 실제 엽기 사건을 이만큼 잘 조화시킨 작품도 보기 드물다.

《나의 사랑스러운 방해자》

줄리 필립스 지음 · 박재연, 박선영 , 김유경, 김희진 옮김 · 돌고래

한이   어슐러 르 귄, 도리스 레싱, 앨리스 워커 등 모성과 예술 사이에서 치열한 외줄타기
        를 벌인 예술가들의 이야기.

《마트료시카의 밤》

아쓰카와 다쓰미 지음 · 이재원 옮김 · 리드비

조동신   코로나 시국의 네 가지 얼굴을 보여주는 단편집.
윤자영   코로나 시대를 반영한 코믹, 본격, 추리 단편집.

《변론의 법칙》

마이클 코넬리 지음 · 한정아 옮김 · 알에이치코리아

한이   왜 마이클 코넬리가 2023년에 에드거상 그랜드마스터로 선정됐는지 여실히 보여
        주는 작품이다. 미키 할러의 트레이드마크인 링컨 차의 트렁크에서 시체가 발견되
        는 도입부부터 쉼 없이 몰아친다.

《테러리스트》

미이 세발, 페르 발뢰 지음   김명남 옮김 · 엘릭시르

김소망   박력 있고 생기 있는 이 책을 오래도록 잊지 못할 것 같다. 올해의 원픽 소설. 현재
        까진.

《내 삶의 글쓰기》

빌 루어바흐 지음 · 홍선영 옮김 · 한스미디어

한이   "논픽션은 설명이 아니다. 장면이 설명을 이긴다." 당신이 에세이나 회고록을 쓰고
싶다면 먼저 이 책을 읽어라.

《브래드버리, 몰입하는 글쓰기》

레이 브래드버리 지음 · 김보은 옮김 · 비아북

한이   짧지만 강력한 이 책에는 거장의 집필 노하우가 오롯이 드러나 있다. "플롯은 인물
이 목적지를 향해 달려간 이후 눈에 남는 발자국에 지나지 않는다."

《캐릭터》

나가사키 타카시 지음 · 김은모 옮김 · 학산문화사

조동신   사람이 악에 눈뜨는 계기는 여러 가지가 있다.

한이   우라사와 나오키의 《마스터 키튼》, 《몬스터》, 《빌리 뱃》 등에 각본과 스토리 공동
제작으로 이름을 올렸다는 것만으로도 신뢰할 수 있다. 스다 마사키 주연의 영화도
볼 만하다.

《로버트 맥키의 액션》

로버트 맥키, 바심 엘-와킬 지음 · 방진이 옮김 · 민음인

한이   스토리의 장인이 풀어놓는 '액션' 장르의 모든 것. 특히 액션을 다른 장르와 결합시
킬 때 유용한 꿀팁이 가득하다.

폭력적인 드라마나 공포 영화, 재난 영화를 즐겨 보는 게 정신적으로 유익할 수 있다는 연구 결과가 있다. 시카고대학교의 콜턴 스크리브터가 주도한 연구에 따르면 암울한 작품을 즐겨보는 사람들은 코로나19가 전 세계적으로 유행한 기간에 정신적 스트레스를 덜 받았다고 한다. 어두운 미스터리에 노출되며 "현실에서 유용하게 쓸 수 있는 효과적인 대처법을 연습"할 수 있었던 게 아닌가 싶다. 때로 가상의 트라우마는 우리가 현실의 트라우마에 더 잘 대처하도록 돕는다.

—《지루하면 죽는다》 68p, 조나 레러, 이은선 옮김, 윌북 2023

교도소 독방 살인사건

황세연

  19세기, 영국의 사냥꾼들이 사자를 생포하기 위해 아프리카로 갔다. 그런데 한 치 앞도 보이지 않는 비 오는 밤에 사냥꾼들은 오히려 사자 무리에 포위되고 말았다. 안전한 곳을 찾던 사냥꾼들은 사자를 생포해서 가두려고 준비해간 우리에 들어가 밤을 지새워 목숨을 구했다.

  사자 무리에 포위된 사냥꾼들에게 가장 안전한 곳이 바로 사자 우리였던 것처럼 다른 범죄자나 희생자 가족에게 쫓기는 범죄자에게 가장 안전한 곳은 바로 교도소다.

  그런데 범죄자에게 가장 안전한 곳인 교도소에서 살인사건이 일어났다. 교도소 중에서도 보안이 가장 철저하다고 알려진 추리교도소 독방에 수감되어 있던 재소자 왕범죄가 살해된 것이다.

  시체는 아침 6시 30분께 당직 교도관에게 발견되었다.

  왕범죄는 아침 점검 시간에 모습을 드러내지 않았고 몇 번을 불러도 대답이 없었다. 교도관이 사방 안으로 들어가 보니 왕범죄가 화장실 칸막이 뒤의 변기 옆에 쓰러져 있었다. 손목에 긴 상처가 있었고 상처 주변에 자살자의 손목에서 볼 수 있는 주저흔 같은 자국이 있었다. 당직 교도관은 급히 비상벨을 누르고 심폐 소생술을 실시했지만 소용없었다. 시체는 이미 싸늘했다. 죽은 지 꽤 된 것 같았다.

  추리교도소의 요청으로 조은황 탐정이 추리교도소로 달려갔다.

"사망 원인이 뭡니까?"

시체를 보자마자 조은황 탐정이 보안과장에게 물었다.

"글쎄, 저희도 아직… 하지만 몸의 상처나 멍은 손목의 저 상처가 유일합니다. 자살일 수도…."

"흘러나온 피가 거의 없는데요? 이건 열상도 아니고 찰과상 정도군요. 이런 상처로 사람이 죽지는 않습니다. 흉기는 뭐였죠?"

"글쎄요? 어젯밤 이 방은 완전 밀실이었는데, 방 안 어디서도 흉기가 발견되지 않았습니다."

"그래요? 이상한 일이군요."

성폭력, 사기 등 전과 7범인 왕범죄는 5년 전 다섯 살짜리 아이를 납치해 살해한 뒤 부모에게 돈을 요구하다가 붙잡혔다. 검사는 사형을 구형했고, 1심과 2심에서 모두 무기징역이 선고되었다. 대법원에서 무기징역이 그대로 확정되었다.

왕범죄는 1년 전쯤 같은 방을 쓰던 다른 재소자를 살해하려다가 미수에 그친 뒤 지금의 독방에 감금되었다.

죽은 왕범죄의 독방은 2층짜리 건물의 2층이었다. 철판으로 된 출입문은 늘 잠겨 있었고 맞은편에 투명 아크릴로 된 작은 창문이 있었다. 창문 밖에는 튼튼한 쇠창살이 달려 있었다. 창문을 열 수는 있지만 쇠창살 간격이 10센티미터 정도여서 밖으로 머리조차 내밀 수 없었다.

창문 맞은편에는 같은 구조의 다른 사동이 있었고 사동과 사동 사이에 잔디와 꽃, 키 작은 나무가 서 있는 가로 20미터, 세로 30미터 크기의 정원이 있었다. 정원 오른쪽에는 5미터 높이의 시멘트 담과 감시대가 있었고, 왼쪽은 운동장과 이어져 있었다.

왕범죄의 독방 안에는 매트와 담요, TV, 그리고 속옷과 영치품을 보관할 수 있는 작은 관물대 하나, 구석의 허리 높이 칸막이 뒤에 변기와 세면기가 있었다. 세면기 위에 비누와 치약, 칫솔, 전기면도기가 놓여 있었다.

왕범죄는 아침 6시 30분에 기상해서 낮에는 작업장에서 일하거나 운동하고 오후 5시 30분에 사방으로 돌아왔다. 사방과 작업장은 철창이 쳐진 복도로 연결되어 있었다.

"날씨가 쌀쌀한데 창문을 열어놨군요. 창문 밖은 조사해보셨습니까?"

철창 밖을 살피던 조은황 탐정이 다시 보안과장에게 물었다.

"아직요."

"그럼 제가 해야겠군요."

하지만 창문 밖 정원에도 왕범죄의 손목에 상처를 낸 흉기는 없었다.

정원을 조사하던 조은황 탐정은 왕범죄의 2층 사방 창문 쇠창살에 묶여 있는 이상한 줄을 발견했다. 옷을 꿰맬 때 쓰는 실을 꼬아서 만든 긴 줄이 창문 쇠창살에서 1층 화단까지 늘어져 있었다. 화단 쪽 줄의 끝에는 생선뼈가 묶여 있고 또 올가미 매듭이 있었다.

"이 줄은 뭘까요?"

"아, 죽은 왕범죄가 미끼를 매단 올가미로 참새나 비둘기, 쥐를 잡으려고 했던 것 같군요. 어제저녁 메뉴가 고등어구이였습니다. 이건 그 뼈 같습니다."

"참새나 쥐를 잡아요? 먹으려고요?"

"아니, 애완용으로 키우려고요. 교도소에서는 애완동물을 키울 수 없는데, 재소자들이 새나 쥐를 잡아 몰래 키우곤 합니다. 얼마 전에 한 재소자는 어렵게 잡아서 키우던 쥐를 교도관이 빼앗았다고 작업장에서 난동을 부리기도 했습니다."

"교도소 내에 쥐가 많은가 보죠?"

"아닙니다. 쥐가 귀하니 키우던 쥐를 빼앗겼다고 난동을 부린 거겠죠. 예전에는 이쪽에 쥐가 많았는데 최근에는 거의 못 봤습니다. 쥐약을 뿌린 것도 아닌데, 싹 사라졌어요. 교도소가 청결해져서 그런 건지 다른 이유가 있는 건지…."

왕범죄의 부검 결과가 나왔다. 사망 원인은 보툴리눔톡신 중독이었다. 보툴리눔톡신이 손목의 상처를 통해 몸속으로 스며든 것으로 추정되었다.

보툴리눔톡신은 '보톡스'라는 의약품을 만드는 데 사용하는 독이었다. 세상에서 가장 강하다고 할 수 있는 맹독이지만 농도를 희석해 극미량을 사용하면 피부 주름을 펴는 데 효과가 있었다.

왕범죄의 방 안은 물론 변기와 연결된 정화조, 세면기 밑의 하수구, 창밖의 화단 등 그 어디서도 그의 손목에 상처를 낸 흉기와 독을 넣었던 용기가 발견되지 않았다. 타살일 수밖에 없었다.

그런데 그가 살해되던 날 밤에 그와 접촉한 사람은 아무도 없었다. 교도소 복도에 성능 좋은 감시카메라가 두 대 있었는데 왕범죄가 살해되던 시간 전후로 몇 시간 동안 그의 방문 근처에는 당직 교도관조차 접근하지 않았다. 누군가가 정원에 사다리를 놓고 그의 방 창문으로 접근했거나 옥상에서 밧줄을 타고 내려가 그와 접촉했다면 분명 감시대 근무자가 봤을 텐데 보지 못했다. 또 창문 앞 화단으로 접근하려면 교도소 담을 넘거나 운동장을 지나가야 하는데 담장 위의 감시카메라는 물론 운동장의 감시카메라에도 저녁부터 아침까지 아무도 찍히지 않았다.

"이거 정말 골치 아픈 사건이군!"

조은황 탐정은 곧 용의자 한 명을 찾아냈다.

추리교도소에 근무하는 교위 직급의 교도관 윤성열이 왕범죄와 원한이 있었다. 5년 전 왕범죄가 몸값을 받아내기 위해 유괴해서 살해한 아이가 바로 윤성열의 딸이었다. 당시 윤성열은 의사였는데 왕범죄의 무기징역이 확정되자마자 병원을 그만두고 교정직 7급 시험을 쳐서 합격했다. 그는 다른 교도소에서 1년 6개월을 근무한 뒤 6개월쯤 전에 자원해 추리교도소로 근무지를 옮겼다. 의사가 병원을 그만두고 교도관이 되어 추리교도소에 온 목적은 뻔했다.

하지만 윤성열과 왕범죄의 관계를 아는 추리교도소 소장은 두 사람이 대면하지 못하도록 윤성열을 왕범죄가 있는 사동과 작업장에는 배치하지 않았다. 그래서 지금까지 둘이 직접 대면한 적은 없었다.

윤성열을 더 조사해보니 윤성열의 아내가 보툴리눔톡신으로 피부미용 의약품을 만드는 회사의 연구원이었다. 윤성열의 아내가 보툴리눔톡신을 빼돌려 남편에게 건넸고, 남편이 그것으로 왕범죄를 독살했을 가능성이 있었다. 하지만 정황 증거일 뿐이었다. 왕범죄가 살해된 방은 들어간 사람도, 나온 사람도 없는 밀실이었고 윤성열은 왕범죄가 살해되던 시간에 비번이어서 집에 있었다.

"가만! 손목의 이 상처, 어디서 본 적이 있는 것 같아. 자세히 보면, 한 줄이 아니고 세 줄인데? 아, 그래! 예전에 동물보호협회에서 일하던 여자 친구 손목에서 이런 상처를 본 적이 있어!"

조은황 탐정은 수사 끝에 윤성열이 왕범죄를 죽인 범인임을 밝혀냈다.

문제: 윤성열은 왕범죄를 어떤 방법으로 독살했을까?

정답은 QR코드를 스캔하거나 나비클럽 홈페이지(www.nabiclub.net)의
〈계간 미스터리〉 카테고리에서 확인할 수 있습니다.

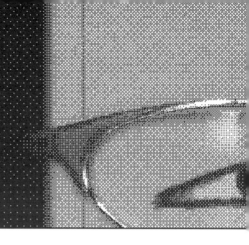

2023 겨울호

독자 리뷰

★블리오의 바다

대학생 때 서울 보수동 헌책방에서 《계간 미스터리》를 처음 만났다.

다소 촌스러운 표지와 폰트는 내 취향이 아니었는데(지금은 출판사가 바뀌어 세련미가 있다) 책방 주인아저씨가 '한국에서 가장 오래된 추리 잡지'라며 열심히 홍보했고, 책값도 몇천 원밖에 되지 않아 덜컥 구매했던 기억이 난다. 그런데 잡지에 실린 글은 별로였다. 즐겨 읽던 애거사 크리스티나 코넌 도일은 물론 히가시노 게이고를 비롯한 일본 추리소설과 비교해 부족함이 많았다. 그럼에도 아직도 챙겨 보는 이유는 더디지만 분명 한국 추리소설계는 발전하고 있고, 그 증거가 《계간 미스터리》에 담겨 있기 때문이다. 《계간 미스터리》의 장점을 꼽으라면 한국 추리소설가의 다양한 작품을 읽을 수 있다는 것이다. 2023년 겨울호에는 김유철, 황세연, 장우석, 백휴, 쥬한량 작가를 비롯해 영화 〈잠〉의 유재선 감독 인터뷰도 실렸다. 신인상도 선정되었는데 20여 년 동안 여러 회사에서 게임 기획자로 근무한 이시무 작가의 〈아버지라는

이름으로〉다. 사회파 미스터리와 본격 미스터리를 적절히 섞었고, 미스터리에 대한 이해도가 높은 점을 인정받아 심사위원 만장일치로 선정되었다고 한다.

한국에서 정기적으로 발간되고 있는 추리 잡지는 《계간 미스터리》와 《미스테리아》뿐이다. 내 목표는 명확하다. 두 곳에 내 글을 싣는 것. 그리고 대한민국 최초로 추리소설 공모전 단편소설과 비평 부문 동시 수상이다. 하나도 쉽지 않은데 욕심일지 모른다. 하지만 《투명인간은 밀실에 숨는다》의 저자 아쓰카와 다쓰미처럼 멀티플레이어가 되어 한국 추리소설에 이바지하고 싶다. 설령 목표를 이루지 못하더라도 과정에서 얻는 열매는 달콤할 테니 말이다.

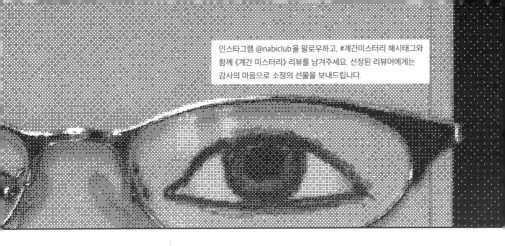

★yuni_lella

연재물은 기다림이 장점이자 단점인 듯.
《계간 미스터리》의 가장 좋은 점은 재미있고
신선한 추리소설이 많다는 것. 하지만 연재는 은근
고문이다. 다음 편이 너무 궁금한데 계간지라 좀
많이 기다려야 한다. 물론 세상엔 읽을거리가
넘치므로 그사이에 난 또 이것저것을 읽고 있겠지.
시간이 지날수록 기억도 지워진다는 게 맹점이다.
《탐정 박문수》'성균관 살인사건 시리즈'가 마침내
완결되었는데 1부, 2부 내용에 관한 기억들이
지워져(이건 개인적인 문제다. 기억력이 좋지 않음)
다시 처음부터 읽어야 했다(새로운 소설인가 했다).
성균관과 반촌을 배경으로 살인사건이
벌어지는 미시터리(미스터리가 아니고 한자로
'미시터리迷始攄理'). 읽을 때 정신을 바짝 차리지
않으면 안 된다. 일단 등장인물이 많다. 그리고
그들의 사이가 예사롭지 않다. 우연인 듯 아닌
듯한 사건이 연달아 일어난다. 사건들 속에 숨겨진
트릭을 놓치지 않으려면 결국 한 호흡으로 읽어야
하는 이야기다. 잠깐 등장하는 까마귀조차 대충
보면 안 된다. 더 이상은 스포일러가 될 우려가
있어서 생략한다.
연재의 아픔을 알면서 다음엔 어떤 작품이 실릴지
기대하는 건 또 뭔지.

★hrhrhr

《계간 미스터리》 2023 겨울호도 재미있게
읽었습니다. 소설처럼 쓰인 특집 기사를 비롯해서
소설 작품이 많아서 좋았습니다. 특히 사회파
추리소설을 좋아하는데 이번 호 신인상 작품이
사회파 작품이라서 재미있게 읽었습니다. 영화
〈잠〉도 재미있게 봤는데 마침 감독 인터뷰가
있어서 반갑네요. 잘 읽었습니다. 다음 호도
기대하겠습니다.

SF 작가 X 미스터리 작가
9인의 장르 컬래버 프로젝트

2035 SF 미스터리

천선란, 한이, 김이환, 황세연, 도진기, 전혜진, 윤자영, 한새마, 듀나

시대의 최전선에서 인류의 미래를 고뇌하는 SF와
인간성의 심연을 탐구하는 미스터리가 만났다!

미스터리와 오컬트가 결합된
오싹하면서 매혹적인 환상소설의 탄생

우울의 중점

이은영 소설

심리적 시공간을 환상적으로 연출하는 이야기 마술사의 등장
자신을 타인처럼 모른 척해온 이들을 위한 이야기
─박인성(문학평론가)

계간 미스터리 신인상 공모

전통의 추리문학 전문지 《계간 미스터리》에서
새로운 시대를 함께 열어갈 신인상 작품을 공모합니다.

★모집 부문
  단편 추리소설, 중편 추리소설, 추리소설 평론

★작품 분량(200자 원고지 기준)
  단편 추리소설: 80매 안팎/중편 추리소설: 250~300매 안팎/추리소설 평론: 80매 안팎
  ※ 분량 기준을 준수하지 않은 응모작은 심사 대상에서 제외됩니다.
  ※ 평론은 우리나라 추리소설을 텍스트로 삼아야 합니다.

★응모 방법
  - 이메일을 통해 수시로 접수합니다. mysteryhouse@hanmail.net
  - 우편 접수는 받지 않습니다.
  - 파일명은 '신인상 공모_제목_작가명'을 순서대로 기입해야 합니다.
  - 이름(필명일 경우 본명도 함께 기입), 주소, 연락 가능한 전화번호, 이메일을 원고 맨 앞장에 별도 기입
    해야 합니다. 부실하게 기입하거나 틀린 정보를 기재했을 경우 당선 취소 등 불이익을 받을 수 있습
    니다.

★유의 사항
  - 어떤 매체에도 발표되지 않은 작품이어야 합니다.
  - 당선된 작품이라도 표절 등의 이유로 타인의 지식재산권을 침해한 사실이 밝혀지거나, 동일 작품이
    다른 매체 등에 중복 투고되어 동시 당선된 경우 당선을 취소합니다. 이 경우 원고료를 환수 조치합
    니다.
  - 미성년자의 출품은 가능하나 수상 시 법정대리인의 동의서, 가족관계증명서 등을 제출해야 합니다.

★작품 심사 및 발표
  - 《계간 미스터리》 편집위원들이 매호 심사합니다.
  - 당선자는 개별 통보하고, 《계간 미스터리》 지면을 통해 발표합니다.

★고료 및 저작권
  - 당선된 작품은 《계간 미스터리》에 게재합니다. 작가에게는 상패와 소정의 고료를 드립니다.
  - 원고료에 대한 제세공과금을 공제합니다.
  - 신인상에 당선된 작가는 기성 작가로서 대우하며, 한국추리작가협회 정회원으로서 작품 활동을 지
    원합니다.

■문의
  한국추리작가협회 02-3142-3221 / 이메일: mysteryhouse@hanmail.net

《계간 미스터리》에 대한 의견을 보내주세요.

"이런 코너가 생기면 좋겠어요."

"책 크기가 더 커지면 어떨까요?"

"이 잡지가 오래 가려면 이렇게 바뀌어야 한다고 생각해요."

"더 재미있는 한국 미스터리 소설을 읽고 싶어요"

유일한 한국 추리문학 전문 잡지인 《계간 미스터리》를
더 의미있고 재미있는 계간지로 만들기 위해
독자분들의 솔직하고 애정 어린 자문을 구합니다.

QR코드를 통해 의견을 남겨주신 분들 중 30분께
감사의 마음을 담아 스타벅스 아메리카노 기프티콘을 보내드립니다.

● 참여 일정

2024. 3. 15 ~ 2024. 4. 20

설문조사 하러 가기